浮塵悳影

獻給年輕世代的執拗低語

王幼華　著

目次

自序

這部作品來自一九八〇年七月二十八日至一九八三年十月二日的幾本日記，以及一九八〇年四月未完成的中篇小說稿。這兩年有機會將它重新謄寫，修改，幾經考慮，決定用這樣的面目呈現出來。

本書記述的是二十四歲到二十七歲的人生行路，是我認為最值得再三回味的歲月。內容包括了對知識的追求，愛情的碰撞，心靈的徬徨與掙扎，創作的挫敗與歡愉等。過程裡充滿了意志的燃燒，精神的試煉和理想的追求。

在回溯這段歷程中，我感覺人生是無法完整書寫出來的，書是不可能被完全讀懂的，所有的詮釋都會有部分遺漏。所謂的正史，傳記、日記，所寫出來的可能只是想被看到的部分，講的是自以為是的真實。

然而這些耽溺和鬱鬱，喃喃不已的傾訴，也許在召喚同樣走在這條路上的人們。那些斑斑的印記，也許願意閱讀的你，不再感到踽踽獨行的惶然和寂寞。

第一章 那就離開淡水吧

一九八〇年七月二十八日

忽然聽到一首古曲《普安咒》，是由一把箏一管簫合奏的。那悠然，肅穆，安和的聲音讓人起了恭敬心。和那經常聽到東洋味的洞簫聲，比較起來，後者竟是如此妖媚的，充滿誘人的世俗之情。

出門到「錫板」的海邊去散步，搭公路局車，花了二十五分鐘。不料整條路上塞滿了各種車輛，是去白沙灣的多。「錫板」那兒也好多弄潮人，期待的寧靜和孤獨感被占據了，感到失望。

陽光熱辣，那光線裡有著看不見的能量，無形的重力，就算在公寓中被切割成小塊的陽光，碰觸之下，也這般灼熱。

一九八〇年七月二十九日

天氣顏色陰黃不定，忽青，忽黃，忽風，忽雨，感到自己體內升起的情慾竟是如此狂重，難以遏抑，因此而頹喪而自卑不已。像天氣，天氣的顏色。

安靜——靜——養——。短暫、安靜、理性、清潔，冷淡。

總算來到了日頭西沉，濕熱逐漸散去。

夏日黃昏的青空，夜正要來臨，我看到一顆明淨的、晶瑩的、如露珠的星星，閃爍而羞澀。它就在對面高樓的一角出現，我望著它，有一種遼遠清涼的舒適感。

一九八〇年七月三十一日

在安靜中方能得到甜美，窗明几淨——平安、舒適。生命的原始如同一根粗野胡亂生長的樹木，現在我用「養」的功夫，斧斤之，使它獲得適當的切削修整。——清風徐來；七月盡去，七月呵——

英文系的王津平老師來，幾分鐘內便把我這月裡寫的五個短篇拿走了！他真的是熱心的老師。

夜裡我將睡去，忽然聽到對面房間男女的對話，是那個女的倒了一杯香水出來給男的，不小心打翻了，空氣中剎時充滿了香水味道。初時還覺得甘美，後來竟覺得要讓人窒息的那般，揮之不去，讓人呼吸窘迫。

五篇小說：一、〈白蝶姑娘〉二、〈小鎮溪橋〉三、〈愛玩瑪琍〉四、〈水手〉五、〈有應公殿下慈悲〉。共三十頁。

一九八〇年八月一日

這人世偏正好有這段「音樂」，那旋律，正合著你的心裡的調子，於是你便隨著那旋律被拉扯，扭動，飄搖，啊——竟是如此令人難以自持。

看完《天龍八部》，「吉明？」出版社的。作者的寫法是先寫甲、段譽，大約三、四萬字，把人物、事件以及將發生的事先布置好，交代背景，埋下伏筆。然後再寫甲遇到乙、蕭峯，再由蕭峯發展，寫他的出身、感情遭遇，處境的兩難、三難。接著再寫丙、游旦之，再寫丁、虛竹，然後再用一件大事，將各人聚合在一起，貫串起來，然後分別寫那些人的下場，結局。

小說本是引情的東西，作者用各種方法誘使閱讀者的七情六慾發動，——看完很像經歷了一場虛幻而實在的歷程。

反觀本心而後有的「敬」與「愧」，反照身心而後動的光明、坦然。我曾悵然而悔恨自己會有如此多的情慾，以及無明的行為，然而今日卻由此種子得觀各種情慾發展的樣貌，可由一體觀萬體。修與養，對我這種體慾多的人，以消融為是，壓抑克制反招損傷，在克制、壓抑方面我的經驗中卻有兩種方式——在認識施叔老師之前是意志方式，它顯得容易激動、崩潰，而不牢固，但生命呈現繽紛、豐美、激盪。後來是以理性來處理，將萬物萬事條理化，力量源自於知識和思考。

一九八〇年八月五日

八月三日去國立藝術館聽牟宗三：「中國文化斷續的問題」，人是爆滿的，老老少少，我認識其中執拐杖的「黃得時」老先生。

牟先生甚是瘦小，白色的夾衫，足登皮鞋，他說得夠圓融會通的，一、形式與材料的問題，中國文化的食、衣、住、行倫理一切都是材料，中國文化要不斷滅，就必須以中國的「from」來做主，做為主動者，主導者，而非「馬列思想」，用他們的「from」即是文化的斷滅。二、談理智與理性的分別，「Kant」認為理智是聰明的使用力、辨別力，理性則有善的前提，理智沒有善惡的負擔。

三、卡西爾的國家神化論：用毛澤東的英明痲醉法，群體的催眠法來做例子。四、毛澤東的「反智論」反知識份子論，是開人類的倒車。五、知識份子在西方分為（一）專家Specialist（二）知識份子Intellectual——自有不同，而我們皆一同混之。

聽演講的群眾中有一個特異的人物，他在會場內外走來走去：一個白髮老人，全白的頭髮中分披散下來，鬍子也是髒白了。他穿了一件卡其布中山裝，一雙黑膠鞋，大熱天，手裡提著一包塑膠袋，袋裡面裝了一些雜物、衣服。他十分搶眼。

聽完演講出來，門口站了一位很學者模樣的中年人，身材高大，西裝筆挺，提個皮箱，和許多人打著招呼，笑容滿面：「牟先生在吧！哈哈。」

去幫五叔公搬家，搬出來一大堆破爛家具，他們也只有這些。窮困、刻苦的軍人。我們很多的親人，就是這樣吧。

跟父親去頭份東興里萬先生家吃拜拜，還沒入席前我和父親坐到客廳，那兒的牆上掛著主人上幾代先人的照片，我看到幾個葫蘆形頭顱的漢子，也看到面貌頭型如此相像的子孫，活生生的坐在我的身旁。在席間忽然覺得感動，面對這些人們，老的少的，那麼多家族的人，很惶然：這是一個家族的衍生，世代的傳承。父親因戰亂離開老家，我沒有直系家族的人在這裡。——喝了不少酒，忽然我就想握住一隻手，一隻手……後來我平靜了它，而反省了自己對感情的追求而至幻滅的情形，便覺得一種悚然而驚的枯乾。

一九八〇年八月六日

一個感覺即是一個經驗。

思考牟先生的形式處理材料的問題，這種寄望相當困難，但是依然有希望，只是發展很不確定。我嘗用章回的方式來處理小說，就是用傳統型式處理新材料（〈天魁鎮草莽錄〉）。不過「from」的自發自覺，在西方強勢的潮流之下，很難把握。首先對西方的東西要經過相當長的學習、吸收過程，轉化融合並不容易。胡適說的「向世界化努力」，他的全盤西化和牟宗三的就有些衝突了。胡適的看法，其實帶些失敗感，否定傳統中國的一切，他的主張倒是很接近現在台灣的情況，而民族本位的牟宗三想法，也不斷在此地反覆出現，那種民族情感的召喚令人激情、奮亢。

看一些「佛教史」與「社會學」的書，再看了思想史和批評史的一些著作。

一九八〇年八月七日

夜晚由於情緒不平寧，便出去散步，在英專路文理書局的雜誌攤上見到毓秀——我多次到她了，今天見得近了，她似乎瘦了很多，精神相當緊張，她拿刊物的手顯得急躁和直接……談了一下，她說了句令我燃燒一番的話。她不該這般在夜晚裡行走了，她有個新婚夫婿的？

一九八〇年八月九日

在重慶南路河洛出版社門市部。本想去買他們出的那本《白話山海經》以及《三言》，結果他們不賣，要買得買全套。看看書目，一百本一萬六，想買，但是，……我想去和小姐詢問，結果我見到雅玲走進來，她給我介紹她的男朋友，「新換的」、「新換的？怎麼不一樣啊——」我幾乎說出這句話，還好，忍下了……她考上東海研究所，我想她會考上的……；我覺得疲倦和壓抑——因為再看到這樣的她。

買了中華書局的《穆天子傳》、《山海經》、《博物志》，聯經的《寒原道論》、《話本楔子彙說》。向前望去——我讀了太多的書了，這個月來也是，怎麼好呢？可是又無法不去看它，——我向前望去，我的道路該是什麼啊？什麼啊——我想怎麼能支撐著不去喝酒！酒！

一九八〇年八月十日

曾幾何時成了個禁慾主義者了——我不再去描寫自己的生活情形，生活過程，只注意到了感情和感覺的片斷（或者心理過程），將它提升出來……也不迴避它了，我替我的激情寫下一些東西。

在樓下見到「曾文彥」，他二十號將要去美國，很苦惱，嘲笑著自己的白髮。他三十歲了，沒有婚姻，沒有確定的一切，在美國的一切又那般混亂不能肯定，一學期可要八千美元的註冊費。他的白髮令人慨嘆！

想到岑參的詩句：「男兒三十當富貴，焉能終日守筆硯。」

一九八〇年八月十一日

想歸去了，想離開的意思是說，確實感到無可再奮鬥下去的理由……看不到遠景，不知該努力或是可以放下了。睡不好覺，很疲倦，腦子所能覺得的都顯得黯淡。昨夜，我在前面的「福德宮」抽到了一張上好的籤，是聞到爐裡飄出的香味而想去參拜一回的。到那狹小的廟宇，我閉上眼感到昏然，籤是這麼說的：「船泛江湖內，門邊護寶珍，更宜進大用，禍散福歸來。」

解曰：憂心頓收所求昌，十分福利倍門開，好事成喜得大吉，合家康寧永無止。

是這樣嗎？這麼好。

看完孫克寬的《寒原道論》收穫甚大。

《The Mask of Dimitrios》驚悚電影，不甚好。文字淺易，情節單純。

啊——想回去啦——消極的片段想法。

一九八〇年八月十二日

這莫不是一種幻然嗎？她握著那個高瘦的青年說：「這是我的男朋友？」我不知道她那雙美好的手曾經過多少這般的青年，而她腦子的美與這事如何調和，感覺到她那複雜臉孔裡底的妖慾。

據說在深夜中，天空東北角那兒流過甚多、甚多的流星，流星……

舅爺的死是一個「咒」，一個令人愧惡的咒，他不斷出現我的夢中，沒有好好照顧，死得狼狽，無可奈何。

中風後，舅奶奶自顧不暇，送去給一位老兵照顧。老兵照顧的甚差，渾身屎尿味，指甲長而捲。他不願認我們，面向牆壁哭喊「娘！娘！」。無法也無能為他做什麼，曾有的長者風範，讀書人的矜持，蕩然無存。心懷慚愧感，讓他任意摧殘我的夢境。

明天也是一個「咒」，緊緊而惱人的逼視著我。

寫完〈麵先生的公寓生活〉，二十頁

孫克寬《寒原道論》中所提示的民間宗教信仰，是從其人性基本點出發，有其存在的意義和價值，宋澤萊的小說只見到了負面的一部分的。

一九八〇年八月十三日

情愛如果是一種生物性繁衍的需要，由此強烈的必要而造成諸多的感情現象，很多只是生物性的驅動而已，人卻不能自主。

飲酒在深夜——啊喲——

他們真的是相愛的，在我情志衰頹、身體虛弱的時候看到，一想多，便如同有人在胸口重推了一把，半隻右手掌感到麻木！

在愛情上我好像一直就沒有再勝過了，一直潰敗，一直潰敗。

一九八〇年八月十五日

徐復觀在《中國之藝術精神》中說的：「莊子的哲學即是藝術。」，應該是說某一部分的精神表現是如此：如自由、解脫、高蹈、孤獨，與叛逆。親情的問題，在莊子中找不到議論倫理的觀念。莊子之徒是遊俠之士嗎？信服莊子的人們，只有認知等第的高低，沒有倫理關係。

慚愧，這日檢書，找出了這段話《莊子》〈天運〉：大宰問曰：「請問至仁。」莊子曰：「至仁無親。」……，可是此句之後莊子的議論還是沒有建立倫理的觀念，而只是迂迴在超脫的思想中打轉，沒有解釋，那解釋似乎在一個「忘」字，用這個來解決倫理問題，然而萬物齊一，就連親疏都沒差別了嗎？無思想、無智識的行動，並沒有莊子的認識論。但是莊子深感知覺的痛苦、矛盾，但是回返又如何呢？已回返了又如何？

一九八〇年八月十六日

早上十點。出門到文理書局，腦子還未全清醒過來，見到王津平，他給我《台灣時報》編輯李南衡、周浩正的電話；他們要用我的東西，一部分。

到台北長安東路《民眾日報》去，帶著我的中篇小說〈勝負〉，報社的人們都不在。

兩點鐘，我到夏典出版社陳賢明那兒，他替我打電話到《中國時報》去，今年度小說評選完了，沒有我的名字，很失望，出來，垂頭喪氣的。《聯合報》的比賽更難了，……今年該得獎了，又沒了，又沒了，我走在路上沉重的呼著氣。

四點，打電話給彭碧玉，我想要回那兩篇稿子，她說〈教堂故事〉他們留下了，我不太相信這句話，等著瞧吧。

四點二十分，打電話給李南衡先生，他很客氣，不停的說我有「才華」。有「才華」是令人害怕的一句話，人們這樣的說，委實弄不清楚話中的真假。他們用了一篇，其他的退回，他說我的作品有敏感性的問題？他稱讚那篇：〈有應公殿下〉，敏感？——「噢，你真是不得了。」大約是鼓勵之情多些的。

五點半回到淡水，一直興奮，興奮的頭疼著，不住的疼痛、繃緊，不知道自己在興奮什麼，那神經追逼著，令我不禁想嘔吐！

我想到第一次見到〈犯人〉、〈雨季過後〉刊出時的感覺，那時卻沒有那般冗長持久的興奮和難受，簡直無法忍受的額頭、眼眶神經的拉緊。

沒奈何，晚上更是如此，便去看了部電影《古寧頭大戰》。回來後，想到一篇新作品，從戲院出來，確信自己的眼前浮現了那個女子的臉孔，第一次正面的看到。

總是期望用對愛情的想望，來拯救崩頹的心靈。

一九八〇年八月二十五日

連續三天油漆頭份的老家。搬離淡水，搬離了，結束了大學的生活，結束了某一段的時日。有明月，中元節。

《台灣時報》八月九日登〈愛玩瑪琍〉。

如果用一個寬鬆的歷史角度來看，所有細碎的文件都是重要的。

一九八〇年八月二十七日

寫完〈司機大夢〉，二十五頁。（一頁六百字稿紙）

颱風來。暴風雨，像住在瀑布、雨濂之下。

眼眶與腦門中央常感疼痛。

一九八〇年八月二十九日

「諾瑞斯」颱風來，狂風狂雨，我連夜不曾好睡，二十八日早晨六時五十分起床，眼弱而模糊，到信箱拿回報紙，——果然登了〈教堂故事〉，颱風風雨仍大，這日不止的雨著。

興奮早已過去。這是一個高峯，最連綿而艱難的高峯，我踏上的第一步，《聯合報》——兩年多來的一個目標。踏上了。《聯合報》號稱「百萬份」的。

相當艱難，我決定要把聯經出版社的稿子要回來，投給他們很久了，毫無訊息，等著以後再說吧！出書的事情延後好了。

被當成新秀的那種味道不甚好。

雨淋透了我的棉被，忘了收。

今天的雨還是滂沱，不如打開窗來，好好的聽一會雨吧！

在我腦子的某一處，有一塊魔鬼的基地，它隨時便自動的瘋狂起來，我在它瘋狂、憤怒、激情、安靜、喜悅、惱火時創作，唯一能幫助的便是酒。

寫的時候較缺乏感情了，於是文字便顯得平淡。

一九八〇年九月二日

給義和團。

在最沮喪、失望、失敗中，我們不是沒有抵抗的民族。

夫吧。應埋首於安靜、孤獨之中，慾望的升起，於是便有了許多的沮喪和情緒，於動心起念之處下功

往台南一遊，找老朋友敘敘舊，然而時空移轉，彼此都有些陌生感了，友誼很難維持，平添多少黯然。

小說的真實是文學的、歷史的、社會的真實，而不是事實。事實僅是材料。小說的真實只是小說家編造而呈現的真實。

怎麼樣才能使生活過得自己滿意，不覺得生命正在耗費而且虛洞？

一九八〇年九月四日

寫完〈山雞國春秋〉，十九頁，只寫了兩天。兵單來，十九日往屏東龍泉去，陸戰隊。好，要是萬一非當不可，當有所計畫。一年十個月年，要寫出二十萬字。

一九八〇年九月六日

九月五日由頭份到台北「自由之家」，《民眾日報》三十周年社慶。酒會，見到交通部長林金生，新帶著一顆星的軍人陳？。那是有著活力與智慧的人物，是所謂「理智」型的智慧，是牟宗三依康德的思想做的闡釋。

見到：李篤恭（日本浪人模樣）、雪眸、簡錦松、林煥彰、曾心儀。另外有鍾肇政、管管、陳賢

明、龔鵬程、陳萬源等人。

去陳賢明那兒把稿件拿回來，不必再想可以在聯經出書了。

一九八〇年九月七日

做了一個夢，在操場上被一隻飛來的足球打中半邊腦袋，左耳頓時聾了，伸手指去摸它，那兒沾滿了血跡。

一九八〇年九月九日

陰暗的苦笑中的想法：

我想快一點出發，以便能趕較遠的路。

我要趕快出名，以便儘早享受工作與努力的代價。

如果我沒有適時奪得別人的位置，我便沒有資格去享受位置；亦不必寄望得到。

如果我得到便得到。

李南衡來信，要我的簡歷和照片，《台灣時報》要登載。大約九月底、十月初。兩年多的努力還是被看到的。

一九八〇年九月十日

秋涼嗎？季節開始來轉換，天氣清冷多了。

對人物的描寫很乾燥，是因為忘了去投入的扮演他們真實的角色。

醉酒與感冒，使我在房內如同自怨自棄，面貌庸俗等不到愛情的女人。

常用左手做事的人，除了視覺上的使人不協調外，他們也是更接近死亡的，他們暴露心臟。

一九八〇年九月十二日

噢，是寂靜嗎？寂靜是這樣嗎？有一天我出門去買東西，發覺自己竟說不出話來，喉嚨乾澀，無法自如的發音。閉門讀書，自囚太久。

所謂「才氣」應該就是敏感，組織能力、表達能力強。

頭痛兩日，今日稍好了些，身體確實衰弱，無法去做劇烈的運動，怕驚擾了細緻的思想。

一九八〇年九月十八日

明天便去軍營。

從台大醫院的超音波檢視器中，見到自己體內灰黑色的皮肉，肝臟。

強烈的颱風，不夠寒冷，夠肅殺。

面向一個新的生活，必會使我適應不良。

南京西路的夜晚，街道熱鬧著。走過一段又一段的騎樓，來到一間大樓底，站住。這裡有來去匆忙的漂亮的女人，熙來攘往的人群，人聲喧騰。有個攤子上吊著兩盞紅燈籠，打扮得鮮豔嫵媚的女人在吆喝著生意，她賣海產，花枝、鮪魚、鱸魚、鰻魚、貝類……。隔鄰是間山產店，我看到四、五隻鐵籠子裡關著些動物，一隻果子狸匆忙、昏亂的在籠子中走動，牠是想保持行動能力和警覺性嗎？一隻古怪的猴子，牠對眼前的事事物物視若無睹，只坐在鐵籠裡，陷入幻想中，自顧自的和自己玩著。一隻暗褐色的大鷹站在架子上，我看了牠一眼，牠就把身子背過去了。

流連一陣，然後離開，去到北站搭中興號車回家。

第二章 來到丹楓療養院的K君

（一九九〇年十二月十五日～一九九一年二月二十八日）

沿著一條僻靜的馬路上來，斜度很大的坡道，沿途都種著高大的楓樹。正是霜風吹動的時日，樹葉的顏色斑駁繽紛，地面落著許多褐紅色的葉子。走至半山腰，來到一處寬闊地，那兒有一座高聳的石柱形大門，鐵柵門，警衛亭，灰白色的柱子上寫著：「丹楓療養院附設民眾診療所」。亭子有兩名警衛，進入療養院的人都必須接受詢問、檢查證件，獲得允許後才能進入。這是一座頗大的療養院，面積約有三公頃，主要建築是座稱為「惠康大樓」的水泥兩層病房，這大樓容納近兩百名的病人，是各類型的精神病患者。

除了這棟建築物以外，有幾間日本式的黑瓦房，這些木造的房子看得出經過仔細的保養與維護，沒有一塊破的玻璃，窗櫺、木門漆著厚厚的綠漆，瓦房與瓦房之間的緣川、欄間也看不出蟲蛀的痕跡。這些瓦房像打扮得精神奕奕，故意裝得中氣十足、挺著胸脯的老人。大部分的行政事務，譬如進院出院的手續、繳費、開證明、領單據等等，都在這些瓦屋裡辦理。幾棟瓦屋之間的庭院是值得介紹的，如露出糾結纏繞的根部，好像一堆亂蛇盤據的榕樹；整整齊齊開出黃、白、紫各色鮮豔菊花的花圃；枝椏橫生，姿態獷野的梧桐；半埋在泥土中形狀特異的奇石，石頭上布滿青綠色的苔蘚。這麼充滿生意的、寧靜幽美的日本式庭園，卻不是住在「惠康大樓」內的患者所能接觸、享受的。

療養院門診的地方，是一進大門就能看見的平房。這兒因為來往的人比較多，白漆顯得有些灰髒，有的地方也磨損、脫落了。

從大樓的左右側看去，都是連綿的丘陵地，這時正是秋深初冬的時候，山巒的顏色鬱暗蒼茫，它的深沉使人感染到萬物凋落的憂傷，不時颳來的山風十分淒寒。幸好有些楓樹雜生在其間，褐紅、焦黃色的葉子，讓山的顏色不那麼單調。這裡的天氣很少晴朗，不時落下清冷蒼白的雨水，四處顯得陰暗、潮濕。起伏的山巒間點綴著一些白色、紅色漂亮的別墅，說是有錢人們夏日的避暑地，冬日多半空著。這裡和煩囂、汙濁的都市有段距離，加上山上特有的新鮮空氣，許久以來便是靜養的好地方。

「惠康大樓」是座長方形的建築，中間有一塊方形的天井，那是供給住院的人做些運動，活動一下的好地方。這塊地的地面光禿禿的，被踩踏得露出黃色泥土，一些野草雜亂的長著。天井中間只有一棵粗大枯乾、模樣崢獰的樹木。那樹的樹皮長時間被人剝扯，磨蹭，已經脫落殆盡，剩下骨白色的原形以及僵直的軀體。朝向天空的樹身，像隻伸直著、仰著，奮力向上張開的手臂，分叉的枝椏如同屈張的五指，在無限的虛空中抓取什麼，顯示出一種枯槁與無奈的姿態。在天氣晴朗的日子，大樓朝裡的四面鐵門打了開來，病患們陸續來到樹木的矗立處，坐在四周或遊魂似的繞著它走動。

病者是這樣開飯的，由一名伙伕挑著兩隻竹籮筐過來，一面喊著：「××病房開飯啦！」三餐的時間分別是六點半，十一點，下午五點，這是配合著吃藥的時間。菜通常不甚好，用一隻隻白鐵飯盒，裝成一份份的疊在一起；病者在竹籮筐拿取就可以了。菜常有菠菜、青辣椒、人造鴿蛋、燻肉等等。青菜通常燉煮得太爛，食物的滋味很淡，大多不太新鮮。每到接近三餐的時刻，眾多的患者便擠攘著的排著隊，手裡拿著筷子或湯匙；有人也帶著從福利社買來的辣椒醬，急切的等待食物的到來。排隊的時候很容易發生爭執，有人在籮筐裡挑來挑去，總弄不到自己喜歡的飯盒。謾罵與拉扯是很平常的，常常可以見到一位老人和一位年輕人扭打在一塊，互相罵著粗話，來來回回打鬧不休。

有人喜歡偷點東西，香菸、零食、手錶、錢都得注意。要住久了才可能分辨出那些人是習慣偷的，那些人是偶爾偷一下。每個病人的臉色、神態都像偷盜的人，他們的特點都是蒼白、浮腫、猥瑣和憔悴不堪。如果病患們鬧得太嚴重，吵鬧不止而致大打出手，那麼就會有相關的人過來制止。一陣子後，鬧事的會被關起來，關到一間四壁鋪著木板，海綿墊，用鐵欄杆做門的小房間內；或者打一針鎮定劑，或者就去電療室電療。

在飯廳裡有一架影像不時跳動的小電視機，提供病人們收看三家電視台的節目。看電視的，常常是那幾張固定的面孔。

一群灰鴿子般的護士們會來照顧病者，陪伴他們唱歌、遊戲、下棋，有時候去郊遊。她們大都很年輕，十七、八歲，來病院實習的。大部分只待一個月就走了，然後再換一批新人；只有護理長和四、五位護理官是固定的。護士們負責這些：

「六號起床啦，怎麼還不起床，快起來洗臉！」、「三十號你今天中午一定要洗澡，你幾天沒洗啦，你看都有味道啦。」、「四十一號我們來下五子棋好嗎？我剛學會的，你要讓我喔。」、「十一號你今天怎麼啦？是不是有心事，還是感冒了，告訴我好嗎？想家是嗎？」、「九號我們要布置晚會的場地，你要給我們幫忙噢。」等等之類的事。

叮嚀吃藥，量血壓、體溫，紀錄大、小便次數，是例行的工作。每一批新來的實習者，護理長都在開會的時候告訴她們，有那些特殊的病人，要小心哪些地方，或要怎麼進行護理工作。每個人分配幾位患者，她們必須去了解這人得的是什麼病，會有什麼症狀，要怎麼幫助病人。實習護士們隔幾天就要輪替，以便熟悉各類型的患者。她們來往穿梭，為病人的大小事忙碌，既要陪伴、照顧、觀察病人，也要寫報告，做紀錄。每當一個病人恢復了些神智，不再胡言亂語，不躁動，能正常的大小便；清醒過來，能參加牌局、下棋而勝過人家，能按時吃藥、進食，她們就為這病人拍手叫好。這表示他已經能做一般人該做的事，能保護自己，甚至可以打敗別人了；那表示病況有起色了，好像就可以往「正常人」的世界走去。

時間，在這裡是一句浮蕩的字眼，不具備什麼意義，看不到未來和希望。那些住在此地數十年，頭腦昏亂，形神枯槁的老病友們，他們整天等的只是吃飯、睡覺；或躺在塑膠棉墊的床上，忍熬著那空洞的模糊感覺，不知所以的渡過一天又一天。有時抬出一名死亡的患者，人們才驚覺到時間所帶來的訊息。那訊息使人不安，然而不安亦是無可奈何的。在這裡，春夏秋冬變化的意義，會因為幽暗無休止的、單調的日子而逐漸被遺忘。有時候患者突然覺得想要證實，自己確實是存在於這一時間、空間的，便會大喊幾聲，或做些粗魯激動的行為，以別人對他奇異行動的反應，以及身體的刺激感、疼痛感，來映現自己是存在的感覺。

大部分病人或家屬，覺得來這裡住院非常丟臉，「神經病！」這個詞語，是令人難以承受的羞恥，深怕被人知道，也不能避免的遭受到各種譏嘲。很多軍人家庭期望能把生病的家人送進來，以減輕家庭經濟和照顧的壓力。有些病患只是短期的在這兒療養，狀況改善便離去了。有些人好好壞壞，進進出出，有些進來後便沒有離開過。

一、願意被隔離的人

一輛中型的吉普車駛上這條僻靜、斜度很高的馬路上來，暗黃色的車廂兩側標誌有大型紅色十字，車牌號碼是以「軍」字開頭的。車裡載來的是在部隊中發生精神症狀的兩名士兵，車上另外坐了兩位資深的士官，他們負責送病患過來。病患中一名較矮胖的叫謝錦章，穿著件一兵的綠色軍服。這軍服似乎太小了，緊緊綁在身上，感覺很是拘束。他的黑眼珠是放大而呆滯的。

「你為什麼要穿軍服？」

另外一名穿著便服的病者問他。

「你不知道，穿著軍服去才不會給人家看不起，說我們是瘋子。」穿便服的不說話了，偏過臉去。兩位士官們抽著菸，有一搭沒一搭的說話。天下著雨，車頂有些漏水，水珠滴下來。

「喂！K君你放心，在呆瘋療養院我很吃得開，我會照顧你的，真的，我吃得開，我在那裡面住過一年多，我是政戰特遣部隊的。」矮胖的說。

「你說什麼？」

「什麼呆瘋，別亂說話！」一位士官說。

「是，報告長官！是丹楓，我錯了，更正，丹楓！」

「別亂說話。」另一位士官也說。

「是，是，是長官。」謝錦章雙手貼著褲子，腰桿挺直，面孔緊繃的坐在位置上。

「好了，好了。」

K君看看他們，腦子裡想著，這種吉普車設計得真好，一看就知道是美軍用過的東西，車廂整個是封閉的，很寬敞，坐進來的人不可能逃得掉。國軍的裝備，大部分是美國韓戰、越戰淘汰品，新的武器和裝備，要買還要看時機和價錢。

美國、美國、美國……他恨透了新聞這樣的報導：

卡特昨天跌了一跤，卡特的兒子閃電結婚，卡特的母親喉嚨痛，卡特女兒的車子出了點意外，卡特得到痔瘡。……美國會考慮銷售一批武器與我……又因為……目前大致決議將售我防禦性的飛機，但要等到……才能決定。

台灣原來是日本殖民地，現在似乎成了美國的殖民地，美國發生的大大小小事，都成為新聞的重點；總統和他家人生活的點點滴滴，電視、報紙大大小小鉅細靡遺的報告。電視或報紙有關世界各地的新聞，都是靠一些路透社、美聯社、××通訊社……提供的，台灣的媒體沒有能力去做採訪，只能購買這些強權國家的資訊。很多內容真真假假難以分辨，是站在他們國家的立場報導的新聞。

台灣的人民只能被餵食經過政府剪輯的，站在「自由世界」立場的消息。其實唸大學前他是熱愛美國的，美國是那麼強大，富足。他從小到大，百看不厭的戰爭片，他都是站在美軍這一方，看他們消滅德國軍隊、日本軍隊，為他們的正義和英勇感到十分振奮。

唸大學之後，在教師和同儕裡學習到，原來美國是個新興的帝國主義，自以為是的世界警察。他們用武器、媒體、商業手段操控像我們這樣落後的國家，不斷輸入思想和文化，賣給我們可口可樂、麥當勞、香吉士、好萊塢電影，希望改造我們。台灣只不過是環球戰略下的一枚旗子，隨時是可能被他們出賣的。二戰末期美國軍機曾經大舉轟炸台灣，連總統府也炸了，台灣的人死傷慘重。但沒人敢說什麼，不敢說要替親人報仇，炸死的就算了，後來還靠美軍保護，否則台灣早被中共拿下了。他們太強大了，敢有什麼意見？

對美國真面目的發現和批評，使他覺得自己成了一個有智識的人，對成長期時盲目崇拜的心態感到幼稚和可笑，現在總算看清楚了，有所覺悟了。敢於批評這樣的大國，好像便成為了不起的人物了。

事實上他對眼前的國家、社會、經濟都帶著些惱怒，可是毫無辦法掙脫。這是政府的法令和制度，所有國家的男子都有服兵役的義務，必須接受二到三年的軍事訓練，成為一名戰士。因為擔心中國大陸政權的武力侵占，全國的男子都須承擔保家衛國的責任，準備和來犯的敵人決一死戰。然而軍隊生活的緊張和強恣的要求，很快使憤怒變成病態的不滿，他不能控制那樣的情緒不斷滋長。不只一次向身邊的伙伴說，如果真發生戰爭，連上的長官應該會第一個被班兵殺死，然後才會向前抵抗敵人。

因為不只一次這樣說，有人去告密吧，還被連輔導長約談過，不過那種陳腔濫調的談話是無效的，政戰系統出身的輔導長，腦中塞滿了軍中的教條，不了解人文學院裡像他這種學生學習到的知識。那種談話只是更增加了差距，甚至有了逃兵的念頭。一次連長要求全連的兵脫光了衣服，只穿條內褲下去清理一條汙穢、長滿雜草的大水溝。那無聊而有點滑稽的連長，有意無意拿著根常吹的洞簫，看著兵士們一身汙泥，在飄著惡臭的溝內工作。連長滿臉得意的站在高處，不時還揮著手中的洞簫要脅著要打人，口氣十分惡劣。旁邊的班長也跟著吆喝，大聲叫罵，像在對付戰俘或奴工。這並不是「合理的要求是訓練，不合理的要求是磨練」，只是這個素質不佳領導者低級的行徑吧！

那個狀況持續一陣子，不知是太陽太大，曬得人昏亂，還是忍受不了水溝中的惡臭，忽然不知哪裡來的衝動，忍不住從水溝裡爬了出來，前去衝向，不顧班長的攔阻，把手中的鏟子朝連長砸過去——。

當醫師問是不是真的有扔鏟子，攻擊長官，漠視命令，經常情緒激動的狀況時，他忽然恍惚起來，意識混亂，嘴裡發出「恩——阿——」的聲音，不能確定那是不是真的，或者不能確定有沒有發生過。

「你敘述一遍事情發生的過程好嗎？」醫生說。

「恩——阿——」

「你講一遍好嗎？那個過程。」

「什麼？」

「K君你不要擔心，我不是真的有病，隊長派我來住院，我是有任務的。」謝錦章說。

車子駛進了療養院，這兒是K君住的第二間病院，他剛和謝錦章從另一間病院過來。那兒是精神急症患者的治療機構，這裡是讓他們療養的地方，所謂療養是可以住到退伍或好了些為止。療養院裡住的不只是軍人，一般的平民患者也是接受的；還有一些是貧病無依的人，病況由縣市政府找醫生鑑定，符合條件便可以在此得到一張病床。士官招呼他們下車，兩人提著行李跟著走進門診室，那兒有一位醫生正等著，士官把病歷表交給醫生。一位護理長走進來，謝錦章看到她，便高興的走向前。

「嗨，李護理長你好、你好，你還記得我嗎？」

「噢，你是謝錦章嘛——怎麼又住進來了。」

「是啊、是啊，老毛病又犯了，第二次了，這裡很好，我喜歡這裡。」

「盧醫師啊！收了謝錦章吧，他很可愛。」

K君皺著眉頭站在旁邊，他不想再和這人同一病房了。在前一個治療機構「總合醫院」的時候，有好幾次幾乎要動手打他。這傢伙老是爭著想當他們那一群的班長，班長的好處是可以隨護士小姐在星期一、三、五的夜晚，離開嚴禁外出的病房，到街上購買病友們託購的物品，順便逛逛街。此外，班長的責任是每天早上帶領大家做體操，還可以指揮病友做這，做那。但是他老是做不好該做的事，東西買錯、錢找錯；帶體操的口令和大家的動作不一致，常常弄得一陣混亂。不讓他擔任這個職位，他便顯出如喪考妣的沮喪模樣，嘴裡不斷埋怨，說個不停；私下串聯幾個人，不斷攻擊另外選出的班長。他總是嗓門最大，自吹自擂，凡事總要插一手。看到漂亮的護士小姐便顯得熱切渴望，滿嘴胡言亂語，甚至跪在地上拉她們的衣服。被這樣的人領導，讓他感到十分不耐煩。

「讓他當吧。」一位護士低聲的在他耳邊說。

「為什麼？太亂了。」

「他會搞破壞，或者——。」

「我知道他吃鋰鹽，吃少會發病，吃多會中毒。還是？」

「……。」

「大吵大鬧？搞破壞？我好像有聽說。」

「不給他當問題很大，控制不住。」

「了解了。」

「謝謝你幫忙，本來我們是想找你的。」

K君看了護士一眼。

「很多政治人物就是這樣。」她說。

六十九年×月×日總合醫院精神科轉院單

人數：兩名

姓名：K君

性別：男　年齡：二十四

單位：海軍陸戰隊××師××營×連

階級：上兵　學歷：大學

診斷：不適性人格違常

症狀：

緊張、過度敏感，有攻擊性行為，攻擊長官。家庭關係——與父親關係惡劣，曾有逃家情形，經常口角並發生打架，對長輩反抗心理特強，漠視一切規範。與母親關係冷淡，猜忌，缺乏安全感。與兄長弟妹之間關係不佳，常有口角爭執。

於大學期間兩度轉系，與教授衝突。大三、大四離群獨居，有一兩個禮拜不曾與人說話的紀錄。是非感強烈，道德要求甚高，有兩次不快的感情經驗。同學間相處不融洽，適應不良。自殺妄想。有獨自旅行習慣。專門性知識豐富，忍耐力低，經常失眠。環境認知錯亂，在部隊中對口令及守則拒絕背誦，不肯說話。要求讀書時間。幻覺，暫時性幻聽，易躁易怒，⋯⋯

治療藥物：××⋯⋯

軍醫：

×××

六十九年×月×日總合醫院精神科轉院單

姓名：謝錦章

性別：男　　年齡：二十二

單位：政戰特遣部隊××師×營×連

階級：一兵　　學歷：高工

診斷：循環性躁鬱症

症狀：

父親為肢障者，從事木匠工作。母親為汐止鎮公所清潔隊隊員，母親有精神病病史。兄弟姊妹共六人，謝員排行老二。家庭收入不穩定，親子相處尚可。

謝員容易亢奮激動，沮喪憂鬱，暴飲暴食，思想飛躍、言語誇大，有偷竊行為，藥物濫用……兩度入院。

需長期治療，有吐藥及不肯按時服藥行為，發病時造成部隊管理困擾。治療時應督促其確實服藥，平時行為要加以注意。

治療藥物：××……

軍醫：

×××

醫生臉色暗沉的讀完了他們的病歷，抬起頭來看了看站在門邊，交疊著雙臂的K君。

在瓦房那邊辦好入院手續，交代完畢，士官們便離去了。K君和謝錦章被帶到「惠康大樓」，K君分到第五病房，謝錦章第二。病房外面的會客室有些來會客的家長，圍著幾張桌子坐著。家屬要探望家人，只能在這裡會面，不能進入裡面。病房和會客室隔著一個堅固的大型鐵門，到了門口，士兵核對了身分，便打開鐵門帶他們進去。

剛一進鐵門，K君就覺得不太舒服，裡面的人太多了，走來走去，十分雜亂。有些病者的面孔看起來令人胸口發緊，精神也變得恍惚起來。「總合醫院」的設備很好，乾淨整潔，三、四個人一間病房，全院通常只保持著十餘個病人，照顧他們的護士就有十一、二位。每天更換枕頭巾和床套，安排好的時間一到，起床、運動、吃飯、吃藥，按表操作，非常有規律、條理。

K君的五病房是在樓上。二樓五病房還算寬大，不會有擁擠的壓迫感。除了護理站，還有一個十幾坪的飯廳、兩間廁所、浴室，兩間保護室，主要的空間便是三、四十張病床。

來到護理站，護士小姐確定了他的身分，便發給了一套綠色卡其布的服裝，帶領他到指定的一張床位。這張病床號碼是十二號，床鋪旁有一隻陳舊的木頭櫃子和一把椅子。他剛換上衣服，要把東西收拾起來，準備鋪床的時候，幾位病人聚攏了過來。一位頭髮花白，鼻孔散出一撮黑毛，面孔慈祥的老者，十分善意的伸出手來幫他整理床單；另一位幫他把行李放進櫃子裡。

「新來的，是新來的。」後面的幾個人說。

「少年仔，我是老灰仔，這是老溫，那個是許仔，來幫你的。」

一位頭髮稀疏，短髮灰白，精神很好的老先生說。

「班長，伊是班長啦！」

「要注意，錢要收好，手錶也要收好，這裡的人很會偷。」

「廁所在那邊，浴室在前面…」老溫幫他打開棉被，用著腔調很濁重的國語說。

「若有需要幫忙，找我們就好。」

K君向眾人點點頭，那些熱心的人離開了。轉身打開櫃子，檢查了一下行李，錢包、證件都還在。勞累一天了，便倒在床鋪上躺了下來。身上的服裝不合身，褲子太小，上衣少了兩個鈕扣，感覺不太舒服。不過這比在軍營要好太多了，沒有命令、訓斥、訓練、勞動的生活，讓他感覺自在很多。

病房內來回走動的人們，像一群綠色的幽靈，不時向這邊瞄瞄。他躺在床上，枕頭滲出怪異的味道，眼睛望向懸著灰髒蜘蛛網的天花板。此後是會被禁閉在這裡面，和「正常」的人群隔開，沒有理由是不能推開那扇鐵門離開的。能不能出去，健不健康，是需要醫生認定的。

二、新來的病友

這是個容易使人變形的世界，每個人有他變形的原因。

K君在「總合醫院」時見到一位下士，他是善良的人，脾氣溫馴，身體高壯堅實，令人想不出為什麼崩潰。他剛進來的那兩天，一句話也不說，只是睜著眼睛，意識茫然的走動。安靜的接受檢查，抽血、脊椎穿刺，然後無聲無息的躺著。他的父母聞訊趕來，竟不知道相認了。他的母親，一副鄉下勞動婦女的打扮，向K君哭泣著說：

「怎麼辦，怎麼辦？都不會認人了。」

K君安慰的說會好起來的，這裡的醫生很好，會治好的，只要離開原來的環境，休養一陣子就會好的。

「真的嗎？有影麼？」

「你看，我不是很清楚嗎？」

後來，下士逐漸清醒，和氣的和K君交談。說話時他不斷撫著頭，眼神閃躲，不敢看人。下士娓娓的說著在軍中的經驗：五百公里行軍，他照顧班上的兵。實在不行的，替他們站崗。演習時一個人扛三支槍，三、四天沒有睡覺。部隊移防馬祖戰地，任務很多，他凡事帶頭做，上面的長官都很器重。他不是好炫耀的人，不喜歡責罵班上的兵，挖坑道幹活他總是做得最多，從不馬虎，處處替人著想。他初中畢業，家裡有一片種滿水果的山地，是從小勞動慣的。

K君讚嘆的說：「當你的班兵一定很不錯。」

他不知道自己怎麼會瘋的，只記得有一天忽然便走到軍械室，拿出一柄自動步槍，裝滿子彈，走出連隊，朝天空開了十幾槍；接著便衝向營部，三個兵想攔他都沒攔住。他衝了進去，很想對人開槍，只是還沒想好要打誰，結果被一位長官從後頭抱住，摔倒在地上。他保管了五百發子彈……實在想不透自己怎麼會瘋的。

當下士講到裝滿子彈，握著槍衝鋒的時候，K君感到一陣興奮，莫名其妙的興奮，殺人或被殺？這便是這個時代年輕人的責任與義務，為了國家必須團結在一起勇敢的殺人，或被敵人殺死。不過下士殺的是自己人，還沒去殺敵人，自己人便讓他瘋狂了。

在部隊裡K君沒想過要自殺，——自殺。在同一病房裡有一名叫尤思達的，未當兵前是跑船的海員。很有個性，模樣帥氣，略白的臉長著些青春痘，會彈吉他，能歌唱。平常說話很正常，只是不太有禮貌。由於一天要喝十幾杯濃釅的茶，使他晚上在大家就寢的時候，還獨自不停的走動。部隊的任務很沉重，操練、演習，日夜難安的生活，也使他的精神異常興奮著，體力不斷消耗、流失。他是自殺送進來的，這人不時把左手臂挽起來給大家看。

「我在部隊裡沒有朋友，只跟站在我旁邊的小子不錯。有一天，一位長官來向大家勸說，問我們有沒有人願意去士官學校受訓。受訓半年，服役三年半，待遇很好；只是時間久一點，但是比當兵好。我旁邊的那人出列願意去，我想他去我也去吧，反正沒有朋友了。去了以後我很後悔，不習慣，想想還有三年半，很不舒服。有一天放假，我沒回家，出去住在旅社裡，愈想愈不對。到了晚上，我打破了一隻玻璃杯就割了起來。割手腕附近血流得慢，要割關節上面，一割血就用噴的。我割了十六道，動脈斷了，血從門縫流到外面……」

他的左手臂內側，劃滿了支離破碎的痕跡，皮膚上有幾道白色縫線，也有一小段正在發炎，看起來爛爛的。

「血流了這麼多，有什麼感覺？」

「我只覺得一陣陣發冷——發冷……」

有天，晚飯過後，尤思達因為表現正常，口齒伶俐，經過醫師評估他和幾位病友獲准外出散步。一行人走在熱鬧的街道上時，這傢伙突然拔腿脫逃，朝人群最多的地方鑽去，身上還穿著病人服裝。當晚出動了許多軍、警、憲兵圍捕，抓了許多天都沒抓到。他幾乎是想到什麼就做什麼的人，那天是女朋友的生日，晚上有個宴會，他想要去參加，住在這裡當然是不能隨便出去的。

在病房裡，尤思達對K君很好，把母親做的肉包子請他吃，有事便來商量。要逃走的事K君不贊成，但是這人的毛病就是已經想到的念頭，就一定會去做，怎麼說都沒用了。當醫生、護理長在討論他為何要逃走的時候，K君只有默不作聲。

病房裡還有一位張國玉，是位溫柔敏感的人，三十歲左右。他父親送他來這兒住院，因為身分是一般民眾，每天要花一千塊錢。由於太過昂貴，他不時急著想出院，可是父親向他說：要了解一個做父親愛兒子的心意，堅持要留在在此治療。張國玉的父親是個擺地攤的小販，實在沒有太多錢來供給，為此感到惶惶不安。他常常一個人坐在床邊不做聲，見到醫生和護理長，便不住的鞠躬，說著感謝的話。張國玉說話的時候先深呼吸一口氣，然後是一口氣說幾百字不停；一口氣放盡後，再吸一口氣，又說了幾百字。他謹慎而卑下的語氣使人難受，說話時間歇的喘息聲、換氣聲，使聽的人感到焦躁。他看起來毫無病狀，不過據護士說他曾說過：「神告訴他，卡特總統上任時將要給他四百萬美元，這是神的旨意，任何人不能改變。」又說：「總統在最近要來病院特別看他。」……

有幾位病人還不曾瞭解，沒說過話，K君便離開「總合醫院」，移轉到這兒來了。

這五病房可以容納了三、四十個病人，有軍中的也有民間的，老老少少各種年紀的都有。「惠康大樓」裡共有四個這樣的病房。編號從一到五，跳過一個四字，原因是那四字的聲音不太吉利。

病房白色牆壁上主要部分，貼著白底藍字的標語：「堅決反共，擁護領袖」、「三民主義，統一中國，中華民族，團結奮鬥」、「別問國家為你做了什麼，要問你為國家做了什麼」、「生活的目的在增進人類全體的生活，生命的意義在創造宇宙繼起的生命」等等。

飯廳角落還貼著幾張小海報，紙質和印刷很粗糙，內容是：「慶祝光輝十月」，「緬懷蔣公德澤」等等。

這裡的一切和「總合醫院」的情況差很多，人也雜亂，K君又有了不適應的狀況。無法即時適應環境，很容易找出缺點，忍不住的想批評和攻擊，一直是困擾他的心理和精神的重要原因。

吃藥的時候，走到護理站的公佈欄去看了一下，他被分配到打掃餐廳，也就是等開完飯後，去掃人們留下來的殘渣飯屑，並用抹布把桌椅抹乾淨。他不喜歡這工作，誰分配的也沒經過自己同意。他考慮是不是要接受，還是要去和護理長議論。

來這兒的頭幾天，他沒法按時的大小便。廁所的形況很糟，兩間的門都壞了，而且裡面老是有人蹲在那裡。到處都有痰跡，糞便漏在外面，小便池堵塞，蓄滿了一池暗褐色的尿液，尿液上漂著煙頭。慢慢他才發現有一間還不錯，打掃的人很負責，弄得還算乾淨。不過過了早上十點，狀況就很可怕。

早晨，他們起床後全部集合做早操，帶操的是一位乾瘦的中年人，就睡在附近，口音有點怪，不知道是哪個省來的老兵仔。他表情冷漠，口令清楚，做事看起來很穩健。

剛進病房的日子，K君對自己體能的保持相當注意，認真的做每個動作，伏地挺身還比別人多做十幾個，直到手臂痠麻為止。他其實體能非常好，喜歡運動，從小學就是田徑隊，練過柔道、跆拳道，參加過很多比賽。在中心訓練的時候，每天要做忽快忽慢的兩、三百個伏地挺身，這並沒有難倒他，發令者再怎麼期望能讓他不能支持，像其他弟兄般發出呻吟，倒趴在灰髒的地面上，他都能忍住，硬撐過去。

早操做完，還要精神答數，然後原地踏著腳步唱軍歌，軍歌大約都是「我愛中華」、「莫等待」、「我有一隻槍」這三首。之後便是自由的時間了，各人做各人的事：有人和護士小姐打牌、下五子棋；有人發著呆；有人就躺回床上；有人在偌大的病房來回走著，一趟又一趟。除了會客之外，任何人都不能出去。每天早上十點鐘左右，護士小姐會找一位嗓子大的喊著：「五病房購物！」想買東西的人便聚過來，讓獲准出門的病人去替眾人到福利社購物，買的通常是日用品和一些零食。

在「總合醫院」一個多月的時候他還看些書，是自由主義和社會主義思想方面的，總想在書裡找到一些合於自己想法、觀點的文章。他的抵抗、桀驁和憤怒，是不難在書裡面找到一些共鳴的，被壓史記載下來的絕大部分不是「正常」的人。

他厭恨被要求和別人一樣，討厭平庸的人，極力要求保留自我的意識。醫生就部隊來人對他的描述，人事單位的紀錄，還有在醫院中的表現，認為這人確實發生了某些問題。

在這裡光線不好，心情容易浮動，使他放棄了看書的想法。當兵前他的生活全是知識與思考的，並以自己沉浸於這樣的氛圍自豪；但軍隊的生活，是非常粗礪而簡單的，要求放棄腦中原有的東西，變成直覺的、體能的、機械的生活。他便如喪失靈魂似的，狂亂的抵抗了起來，拒絕背誦一些「蔣公遺囑」、「愛民十大紀律」、司令官指示事項等等，因此被處罰過許多次：罰站在總統遺像底下，高聲朗誦「愛民十大紀律」幾百遍，交互蹲跳，拔草，伏地挺身……。再怎樣的處罰，都不能讓他背出完整的句子。他不在乎軍隊中的訓練要求和思想要求，只擔心著自己腦中的思想已經退化了，空白化了，會逐漸變成一個空洞的人。

有個人來到K君的床前，他叫丁偉，是個有著一身鬆垮垮肥肉的胖子，體重有九十幾公斤。原先也是住在「總合醫院」的，比K君先轉到這裡來療養。K君不怎麼喜歡這個人，因為語無倫次，而且顯得自私自利。

「K君你好，你轉來啦。」

「噢噢你好，你在樓下嗎？幾病房？」

「嘿嘿，是三病房，我聽謝錦章說你轉來了。」

「喔——」

「那是你的橘子嗎？我吃一個好吧。」

「唔，好。」

「我跟別人說我在部隊裡挨打，連長用繩子綁我的腳，沒有人相信吔。」

「你講過了，我相信。」

「我被打得眼睛腫好大，腳也青了。」

「他們實在很過份。」

「他們也很差勁呵。」

「……」

「我躺你的床上好嗎？」

「好啊。」

「他們打我，我們營長也不相信。」

「喂，嘿，你吃的橘子皮怎麼丟我床下。」

「沒有，沒有，我沒有啊。」

「趕快揀起來。」

丁偉用腳把橘子皮和種子掃到隔床去。

「喂！你不要給丁偉吃東西，他每次都跑去吃人家的東西。」

忽然，旁邊跑出一個人向K君說。

「沒有，我沒有啊，是他給我的！」

「他專門吃人家東西了。」

「K君我在樓下被人打過吔。這裡的病人會動手打人，我鼻子都被打出血了。」

「你為什麼不還手？」

「來不及啊，他打了我就跑了，我鼻子都被打出血……我再吃一個橘子好嗎？」

「沒有了，我自己都還沒有吃到。」

「這裡的人很壞，我挨打了好幾次。」

晚間，K君收拾好殘渣剩菜，擦完桌子，七點半吃完藥就睡覺了。因為實在無事可做，中午時間又有兩個半小時的午睡，吃飽睡，睡飽吃。患這種病的人，是什麼外界壓力都不可以有的，也無法負擔任何外界給予的責任。他們是被一種不得不的，撫恤的角度供養著，或者說是當做廢物一般圈養起來的。

K君並不在意這些觀點，這樣或許是一種幸福吧，被這樣善待與照顧著，不是很好嗎？他是放棄「正常」生活的人，那種生活方式也放棄了他。

這裡的教官和護理長對病人都相當嚴厲，不具有太多的耐心；在「丹楓療養院」任職，也非光彩的事。很少醫學院的學生願意選擇當精神科醫生，護理人員到這裡工作，往往也是出於無奈。病人的症狀有時候就是難以控制的，病人們無聊與發病時，就要鬧出事情來。就算是病殃殃，虛弱不堪的患者，也不時會有難以預測的行為。

鬧出事情來的人，情節嚴重的都要被關進保護室。惠康大樓共有四間這樣的房間，其中一間的鐵門都被踢打壞了，不能使用；另一間長期住了一個病人。實際上只有兩間可用。保護室裡面很陰暗潮濕，看起來有些骯髒、破舊，發著怪味。K君也被關過像這樣的房間，原因是他在「總合醫院」時候做的一件事。那件事的起因則是因為聽醫生說他沒什麼病，沒發生過什麼危險的行為，一段時間後就該回部隊了。K君其實只是適應不良，一些妄想症而已。

這樣的結論，讓他覺得必須做些事，來證明自己是有問題的，需要留在病院繼續治療。若被遣送回到部隊，他沒有把握，會不會做出什麼難以收拾的事情來。在那裡出事，是很不值得的。

那日，他在病院的圖書館內，和謝錦章及另一位年輕的病者，把一些報紙、雜誌放在一起，點了火，燒了起來；火勢不算大，沒有延燒，如果不能控制，火可以把圖書室或者整棟病房燒掉都有可能。因為是星期六下午，留守的人較少，剛開始沒有人發現，他們把灰燼拿來漆黑了臉，大聲笑鬧著，說是要欺敵致勝。三個人拿著掃把當作槍枝，嘴裡模擬子彈發射的聲音，向敵人進行猛烈的攻擊。還在地上匍伏前進，假想作戰時各種狀況，丟了幾顆手榴彈。謝錦章扮演中彈死亡的樣子，十分逼真。K君在這場鬧劇中開懷的笑了，他覺得自己在這場滑稽的排演中，得到入伍以來第一次快樂。

關在那窄小沉悶的房間是難受的，心靈是受到無比壓力的。那次鬧得太過份，引來值日的教官，被打了一針，昏沉得躺在地上。之後，恍惚間知道自己被抬進保護室，拉拉扯扯的穿上保護衣。不久後醒來，他拚命的掙扎一陣子後，發現完全無法脫離那衣服的束縛，用盡了全身的力量，也難以掙脫那精心設計「保護」病者的衣服。滿身大汗，精疲力盡之後，躺在地上喘著氣，內心忽然響起了一個聲音，要自己閉上眼睛，靜下心來，慢慢渡過這段時間。他在思想的錯亂裡逃避受傷的尊嚴，分散自己極欲爆發的喊叫和攻擊。他幻想著自己飄浮在一個無限曠遠的空間裡，聽不到聲音，嗅不到味道，只有些若有似無的，稀疏的、暗沉沉的星光。

這個虛無的空間安靜、柔緩，只是沉悶了些罷了。不過，比那些充滿了人的世界好多了。那些人的存在，只給自己帶來徬徨、憤怒、混亂罷了。

三、當我們同在一起

K君在病房中見到一位長相特殊的人，他的面頰鼓起，雙眼細小，下巴粗梗。他總是要欺侮一些老的，或反應遲鈍的同伴；用些奇怪的動作騷擾他們，例如打他們的後腦，強制親吻臉頰，故意拉拉扯扯或用力的擁抱，讓對方不知所措。有時候表現得非常熱情，說些花言巧語，騙出他們的錢；或強力的搜索對方口袋，掏出錢來，然後去買一些吃的、用的。

原來，弱者之中還是有更弱的會被發現，會被侵擾。

不知在那時，K君認識了一位病人。第一次注意到這人，是因為他的發病。這人中等身材，三十幾歲，和人說話很有條理，對人很尊重，不耍無賴。那次，K君忽然聽到病房裡響起哀號的聲音，一聲接著一聲，然後看到班長老灰仔和幾個人抓住發病者，防止踢打的動作。他的兩眼上翻，張開嘴巴，身子不住顫抖，口中如嬰兒般的慘叫。那是一種非常原始的，恐懼的叫聲，令人心神震撼不已。他被拉到醫護站去打針。K君跟著人們跑向前去，只見他躺在地上，手腳被人壓著，眼睛突出，翻動的眼白特別明顯，那眼中充滿惶恐。班長似很有經驗的拉著他的手說：

「不要怕，不要怕，徐天民我們來唱歌，我愛中華——我愛中華——文化悠久物博地大。來，徐天民，徐天民，大聲一點唱。」

那病人一面慘叫，一面跟著旋律哼啊，哈的。聲調原來很不清楚，哀號聲多過歌曲；唱了幾段後，歌詞和曲調比較聽得出來了。不久哀號和歌聲漸漸小了下去，發病者也平靜下來，圍觀的人也漸漸散去。發病一次大概要兩個鐘頭，才逐漸恢復過來。K君對他的病有興趣，人也可親，便找他談話。

「我這病好久了，七、八年了，我住這裡一直沒好過，好了又犯，好了又犯，我發病前常會聽到聲音——」

「什麼聲音，幻聽嗎？」

「是幻聽，我老是聽到有人在講我，有時是一個人，有時是一大堆人。這聲音叫我去打人，我不敢。有一次還叫我去拿刀子，把那個人幹掉。」

「歐，幻聽。」

「幻聽很痛苦的，前兩天有個聲音告訴我說，丁偉在豆腐裡下毒，你知道是說他在我們吃的菜裡面下毒，要害死我們。我說不可能，老灰仔才可能。」

「不會啦，他們不可能的。」

「是啊，沒有證據，凡事要有證據的。」

「你在這裡住了這麼久啊——你不想出去嗎？」

「病好了才能出去啊，我的病老是不好。」

「你在哪裡發病的！」

「在部隊裡，我是海軍士校畢業的。」

「那你服完役了嗎？」

「早服完了，驗退了，我現在就是因為有病住院，算是留醫，還有薪水可拿。」

「你想你發病的原因是什麼？」

「我也不曉得。」

「你家裡還有些什麼人？」

「我母親和繼父，我生父死了，也是精神病。我還有一個妹妹出嫁了，妹夫開了個工廠；還有個弟弟在坐牢。」

「你今年三十幾歲了吧？」

「三十幾了，二號房有個大牛你知道嗎？他也三十幾歲，他找不到工作，酗酒，住了好幾次院……我老是幻聽呢，每一次聽到有人在耳邊講話，我心裡就很害怕。」

「不要理他嘛——既然知道是幻聽。」

「可是我都分不清楚，那是真的還是假的。」

「你三十幾歲了，該趕快好起來，出去就業，娶個老婆才是。」

「是啊，嗯——是啊。」

「我覺得你會好起來，只要你用一些意志力。」

「唔——難講。」

「你不試試怎麼知道，我覺得你該出去過社會的生活才是。」

「不行，我出去就要發病的。」

後來，K君發現他和許多人都談自己的幻聽，換了一位新的醫生來這兒，一定要和那醫生談談，介紹自己。但是結果都是一樣，他還是發病、慘嚎。不過正常的時候，K君從他口中知道了不少病人的故事，譬如住在小房間的跛足胖子的故事。

長年住在五病房保護室矮胖跛足的病人，脖子上積滿油膩的汙垢，沒有穿病人的制服，身上是件又黑又髒的睡衣。終日睡在裡頭，打著鼾，除了吃藥、吃飯起床外，一直待在保護室裡。他大便不擦拭，不洗臉、不洗澡、不刷牙，吃藥不排隊，嘴裡老是說「腿不方便，腿不方便」。偶一出現，異常的髒臭讓人們自動讓開。他常自言自語的咒罵著什麼，也自顧自歇斯底里的長笑。一次他的左臉因為蛀牙而腫得如同一個拳頭大，也沒有向任何人抱怨，也不叫醫生給診治，好像沒有感覺一樣。

「那個胖子啊，趙冠軍啊，以前壯得很，……」

他因為在工地監工，被倒塌的鷹架壓毀了一條腿，變得很自卑。後來太太又車禍，被車撞死，家裡有老人和小孩要養，受不了，所以成了這樣。

K君對病院裡的人愈來愈有興趣，這些人到底是如何走到這步——幽暗陰森而又曲扭混亂的道路來？人是在怎樣的環境下，才會產生這麼怪異的變化。有些病人本來就有著腦部的疾病，他們的情緒和知覺生來就是波濤洶湧、混亂不清的吧？那些口角淌著口水，癡呆症、早老症、蒙古症的人們，腦中的世界究竟是些什麼呢？

他向護士要紙筆，希望能觀察和紀錄身邊的人。

護理長去請教了醫生，K君的行為妥不妥當，要紀錄這裡的事情和病人，適當嗎？

幾天後，護理長告訴他，寫東西對病情會有幫助，有治療的作用。不過寫出來的東西，隔一陣子要讓他們看，看看有沒有寫錯或誤解的地方。如果不懂怎麼寫，可以去問十六號，他是位大報有名的記者。

於是他便將每日隨意看到和想到的，用筆胡亂的紀錄下來。

三十號——矮小的身材有副強壯的胸膛，一張激動的面孔，兩隻倒豎的粗眉毛，臉孔有許多條橫斜的皺紋，好似醒獅團舞弄的獅頭。人們通常叫他「矮仔欽」，他對這個稱呼並不喜歡，人家叫「欽仔」，才願意回應。他的身邊常圍著一些愛好談論暴力的人，互相交換著全省各地角頭的名諱，比較哪個「卡大尾」。他們一起訴說自己出身背景的黑暗，做過那些惡事，傳說某一些人的「英雄」事蹟。他是癲癇症的患者，多疑、衝動，遇到狀況會毫不遲疑的出手打人，拳打腳踢的，氣勢很盛。他經常的歪著肩膀走路，斜著眼看人，身邊不時有兩三個人跟著。護士、醫生有意無意會運用他的「長處」，有不肯聽話，或躁動得、吵得太厲害的病患，管理者會給暗示，讓他們教訓一名病人，那情形像幾隻獵狗撕咬一隻狐狸一樣的使人害怕；而整個病房有時可以靠這個力量維持平靜。他凶狠的大名在病房內四處傳聞著，常有人來向他靠攏，說些好聽的話，套些交情。他像黑社會的角頭那般，讓人們畏懼，受一些人擁護，接受些巴結的禮物。不過有次突然發怒，毆打一位年紀大的人，只因為那老人說了幾句，要他別太囂張。老人被打倒在地上，臉上的血流到地上，動也不動，他還用腳去踹。醫生和其他人覺得這次是太過份了，紛紛出手制止；然而「矮仔欽」失去了理性，如條瘋狗般的狂吠亂咬，還拿起一張椅子朝醫生扔去。

攻擊醫生的結果，自然是送去電療，然後關進保護室去。醫生加重了藥量，因為長久吃控制腎上腺的藥物，結果不幸的很，他向旁邊的人說，近日來覺得難以勃起，幾乎沒有慾望了。手淫無法射精，整個人懶洋洋的，這使他感到惶恐不已；又不願拉下臉去向醫生詢問，也禁止旁邊的人向醫生、護士說。由於這個內在的陰影，使他在外在顯得謙卑了些，臉孔和善了些。他和圍繞在旁邊的病人兄弟相處也比較融洽而平靜，笑容裡面露出罕見的空洞和虛假。

十六號——是四十多歲的人，臉孔顏色青白，浮腫，眼眶發黑，說話喘氣聲很大，說是有心臟病。他講話非常銳利，用詞用語充滿了譏諷的味道，指桑罵槐，對眼前的人事物若有所指，令人感到害怕。他認為這世界上有很多需要改善的地方，滿街的招牌都是謊話，政治人物跟電視廣告一樣，誇大、骯髒得不得了。十六號每天把身體洗得乾淨清潔，不容許有一塊皮屑落地。病人服也是一絲不苟的整整齊齊，看不到一絲皺褶。不像其他病人隨地吐痰，亂丟垃圾，連大小便的次數都在嚴密的控制中。他無法容忍一切違逆他的想法和行動的人，因此可以聽到這人在喃喃自語，不時的在咒罵著人或事。舉凡政治、經濟、教育、社會的各種現象，都可說出一套來咒罵一番。自然他和一些病者三、四個月不曾洗澡、洗頭的人比起來，是容易被人接受些的。

未住院以前是位社會版的記者，身上沒有氣味，床邊沒有煙頭、垃圾，成天想著要改革一切，只是還沒法開始行動。他說這世上的一切都需要來改革一下才對的，人真像野獸，和狗、豬、貓沒什麼不同。在沒辦法改革之前，沒有人起來領導改革之前，只得繼續開罵。他也曾想過要利用三十號的暴力手段，控制別的病人的衛生習慣，讓病房乾淨些。可惜十六號的眼光太高，不願與這種人物打交道，不願從這方面著手，只得不時的咒罵了。

十六號睡的床靠近窗戶，那扇窗有六塊玻璃，窗戶外是幾棵枝葉繁密的樹木。他每天固定擦拭其中一塊，裡裡外外用抹布、報紙一遍又一遍的擦，直到非常潔淨、晶瑩，還不斷反覆的檢查。滿意了，便放下手中的工具，開始對著那塊玻璃比手畫腳，不停的說話。

十七號——老余的腦子有問題，佝僂著身子，低著頭，兩隻手臂顫抖得像拍著翅膀飛動的鴿子般，沒有一刻停止。住院好幾年了，現在能做的事就是每日抖動的進食，一盒飯撒出半盒。艱難的上廁所，進去就半小時。偶爾洗一次澡，和有耐心的護士下一盤棋，其他的事就做不了。他只有活著，活著是他唯一的感覺。

老余會唱一首歌：「當我們同在一起」，雖然聲音顫抖，時斷時續，還是可以慢慢的唱完。每當護士們拍著手，要他唱時，大家便會安靜下來，有點緊張有點焦躁地聽著：

當——我——們同在一起

在一起

在一起

其快樂——無比

其快樂——無比

……

當他唱完，大家便鬆了口氣，熱烈的拍手。

八號——是個判了竊盜罪的犯人，刑期還沒結束。為了好認，所以頭顱一直是剃光的。因為不斷的在監獄裡騷動，打架、吵鬧、吼叫、逃跑，刑判得一次比一次重。這次自願到病院裡來，希望找出忍不住暴亂的原因。醫生做了很多測試，沒有辦法確定病情。他的雙眼黯然，眼眶發黑，確乎是在那裡有著不對。這人的動作遲緩，走路、洗臉、吃飯都要比普通人慢，讓收拾桌面殘渣剩飯的K君常要等待。他常伸出細長的，骨節棱棱的雙手，貼在太陽穴，搖晃著自己的腦袋，似不勝病房裡的嘈雜；緊閉起雙眼，不願看人們的紛擾。他幾個禮拜不說話，默默抗議存在的一切。若不是旁人的訴說，看不出這安靜的人，曾經如此的騷動。

九號——同樣來自監獄，與八號的罪不同，是個殺人犯。這人面貌卻長得忠厚，如同一位殷實的商人。因為未婚妻家人嫌棄他做磚瓦生意失敗，單方面解除婚約，並且把原已訂婚的妻子改嫁給別人。他去到岳父母家，把他們殺成重傷，然後打電話給警察，待在原地，等警察來抓。他照著自己的想法做事，任何人沒辦法改變。在他的世界裡，只有好人和壞人，劃分得乾脆又簡單；對好人十分恭敬，對壞人毫不客氣。只要被他認定是壞人的，想起來就去打那人一頓。除了某些有被虐傾向的，很少人敢去偷、拐、騙他的東西。連三十號那位癲癇犯者，知道他殺過人，翻臉起來六親不認，也儘量避開。

六號——少年仔阿廣，來自第一特種兵，已經當了快兩年了，受過山訓、傘訓，師對抗演習兩次。平常總是笑嘻嘻，有對桃花眼，很討人喜歡。不過一兩個月就會發作一次，和女人每個月來一次的那個很像。發病時對誰都很不客氣，講話很衝，找這個人、那個人的麻煩；不然就不說話，不說話的時候最可怕。據說非常喜歡寫黑函，密告部隊的長官、同梯的人，經費、裝備、人事⋯通通都告。上面的人經常派人來查，讓長官很頭痛。更令人害怕的是曾經在部隊下過毒，把老鼠藥餅放進湯裡。還好剛放不久就被發現，喝湯的人把老鼠藥餅不小心撈起來，只溶了一點在湯裡。為了治療，院裡的政戰組織吸收他為「安全細胞」，專門負責第五病房病人思想問題，注意並人群中是否有反政府的言論和行為，要他定期、不定期的向長官彙報。據說有了「神聖任務」之後，就變得很正常了。

五號——他負責洗刷廁所。身材瘦長，年齡在四十歲左右，據說曾是中學教思想的三民主義老師。一頭凌亂上翹的頭髮，暗黃色的臉上架著一副深度眼鏡。每日早晚，固定在病房步行三十圈。由於最近胃出了狀況，發炎的疼痛使他直不起腰來，臉部不時抽著筋，這樣，便不能向眾人發表演說。除去妄想病的名稱外，他常常說出驚人的言論，可惜聽眾們都是癡憨的人，而醫生僅以體諒的心情去看待，並沒有好好品味他的話。

通常他在早晨，用拖把洗淨其他病人遺漏在便池的糞便時構思，這樣狀態下的思考可以非常專注，清洗的工作也相當順利。他對五號房的衛生貢獻很大，這病房的廁所和其他幾間比較起來，味道是最淡的了。但通常早晨過後，情形又壞了；他不以為忤，日日賣力的重新來過。五號反覆說的一個觀念，大概就是：人類最大的負擔就是感情，一切的感情如親情、愛情、友情、恩情……是人類沉重的枷鎖、鐵鍊，人們都不免要拖著這條鐵鍊，苦楚不堪的走動。所以他最反對「感情」這個東西；務必要想辦法去除，人才能真正獲得自由。

那些言論說得很壯大，至於實行上，五號也覺得很困難。當他的親人來探訪他的時候，看起來真的是滿心歡喜的。病患中有一位身材矮小肥胖，唐氏症的患者阿呆，是他唯一的信徒。每當五號拿把椅子，高高的站在各病床中間發表演講的時候，他總是站在這人的腳跟底下，興奮的鼓著掌，起鬨。阿呆認為五號的姿勢——握著拳頭、仰著脖子，慷慨激昂的陳說時，那種姿態是了不起的。這個傢伙顯然認為這種人，是偉大人物那一型的。

五號不顧人家來把他從椅子上推倒，大聲叫罵要他住嘴，仍是百折不撓，激昂奮發的，由阿呆把椅子擺好，再度站到上面去，繼續演說。有次由於某患者太過粗魯，打掉了他深度的眼鏡，鏡片破了一塊，這真是滿難受的事。他戴著那個只剩一片鏡片的眼鏡，坐在地上，眨呀眨的流下淚來。好在那位忠誠的擁護者阿呆，為這受創者找來了一大片白色膠布，補起了失去鏡片那邊的鏡框，暫時渡過難關。由於出去配眼鏡不方便，於是有段時間只能用一隻眼睛來看世界了。

四、等待著的人

睡在K君附近，有兩位由雲南撤退來台灣的軍人，其中之一就是早上帶操的任勇。

「他媽的×，像我們這種人還有什麼希望，不吃不喝怎麼辦，留著錢幹什麼？」

病房是禁止喝酒的，但他常弄得到酒，他每星期可以出去一次，這是住得久，沒有家庭的老病人特有的權力。他們得到默許，能夠去做正常的調劑和發洩。幾個年紀大的常結伴出去，回來大半是喝得大醉，然後吵鬧的說著粗話：

「今天去××了，花了三百塊，我帶老趙又去那個老地方了，老趙他媽的玩得好高興。」

那個矮黑的老趙，瞇著醉眼，笑呵呵的在一旁點頭。

「吃了多少酒啊？」

「兩個人喝了三瓶五加皮，吃了一個火鍋，坐計程車回來的，錢都花光了。」

每次他都有辦法瞞過門口守衛，弄瓶酒進來，或者替年輕的幾個人帶包檳榔。他也有廉價的塑膠打火機。這些東西病房都是禁止的，凡是抽菸的人必須到護理站借火柴或打火機。指甲刀、刮鬍刀、剪刀等等有危險性的物品，是禁止病人持有的，被發現時除了沒收，還會受到處罰。

「他媽的×，像我們這種人誰要嫁，人家都說是神經病，又沒錢又沒房子，等著死好了，他媽的×。」

「我不吃不喝，留著錢幹什麼！」

任勇似乎有滿肚子牢騷和委屈，蒼白的臉孔總帶種滄桑和頹唐的表情，因為大方的給人一些好處，所以喜歡他的人不在少數，每次人們有求於他，他便開口罵人：

「你這不要臉的東西，滾開，他媽的×，老子那來的煙，沒有，沒有。」

「不要這樣嘛——任勇，你兩三條煙放在櫃子哩，借我幾根嘛——。」

「哼！」

「怎麼樣嘛——任勇那麼小氣啊？」

「拿去拿去，你這不要臉的東西，這一包拿去，趕快滾。」

他老是咳嗽，喘氣——咳嗽，喘氣，他又便自怨自艾的說：

「死了好了，又他媽的不死。」

K君原來的部隊裡也有位老士官，肥肥壯壯的，對士兵很和氣。他用著濃重的廣東腔指導和K君一起進來的三個新兵，耐心的教軍營裡的這個、那個，十分熱心，是看過很多像這樣不知所措的菜鳥吧？老士官的婚姻很亂，太太跑了，兩個孩子很小，常常來部隊玩，因為很調皮，不時挨老士官的打罵。

K君了解老士官的善意，佩服他嫻熟的戰鬥技能，但覺得這些從大陸來台幾萬個兵仔，只是受命運撥弄的棋子，是一些掙不脫時代悲劇的可憐人。他們其實搞不清楚誰是好人誰是壞人，腦袋裝了些激情的標語和口號，被訓練成厲害的殺人機器。他們沒有辨別的能力，也沒有衝破牢籠的想法。

當老士官滔滔不絕的說著參加幾次戰役，殺了多少敵人的時候，部隊裡年輕的兵士都聽得津津有味，讚嘆不已。坐在那兒的他，帶著困惑的語氣問過：「那個被你打死、打傷的，你認識嗎？」老士官愣了愣，慢慢的歪著頭回答說：「你不殺他，他就殺你啊！呵呵。」

「這樣啊，他們也是聽長官的。」

「想那麼多沒有用，上戰場就是殺，你將來就知道，現在學的，將來保你的命。」

是啊，那麼簡單。戰場上拿著武器彼此互相攻擊的，想著要殺死對方的，其實絕大部分是無冤無仇的陌生人。

另外一個老鄉是位黑壯的苗人，滿臉又粗又硬的落腮鬍子。他不像任勇這麼悲觀消極，常常笑容可親的和護士們打橋牌、玩拱豬、撿紅點，不時玩一些花招逗那些女孩子笑。他告訴K君自己是登山特技隊的教官，長年住在山上，會攀岩、溯溪、滑雪，負責過許多次的山難救助。

「我快退伍了，我在鄉下買了一塊地，在一條馬路的旁邊，大概只有十坪，要在那邊蓋一個房子自己住。」

K君看過一本書，描寫滇緬山區游擊隊的生活，那些人是潰敗國軍的殘部，在那荒野偏僻的地方作戰，處境非常艱苦，政府不知道為何沒有照顧那批軍人。問他：

「那些寫是不是真的？」

「只有超過沒有不夠。」

「你殺過多少敵人？」

「數都數不清，怎麼數，打死沒有怎麼知道，一槍打過去人就倒下去了。」

「你怎麼會去當兵的。」

「我那時候在人家家裡當長工，後來聽說當兵有吃，有喝，又有錢拿，就來當兵了。當了兵才知道我是三民主義，要打共產主義。」

「那你是怎麼來住院的——」

「酒精中毒，攀繩梯的時候手會抖，開槍也瞄不準，還有——我們的隊長死掉了。早上我還看到他說要去住院開刀，安慰我沒問題，下午就死了，我的精神就分裂了，噢——整個都裂開了。」

苗人有一個乾女兒，從三歲起就是他養大的，有一次他寫了封信給她，要乾女兒來醫院看他，信寫好了，把信拿給K君看。「你看看有沒有不對，不認識字的人寫的。」內容還不錯，只是字歪歪扭扭的，把乾爸寫成了幹爸，許多字是用部首拼湊出來的，要猜才知道意思；以後的信都是K君代他寫的。

五、除魔者

睡在K君對面床鋪的十三號，是一位五十幾歲又瘦又小的男人，身高大概只有一百四十幾公分，有一雙敏感、神經質的眼睛，看人時總睜得很大。平常態度十分和善、有禮。他經常在夜裡睡不著，唉聲嘆氣的翻來覆去，一些輕微的吵聲就會醒過來。在鄰床又恰好是一位常有怪異動作的病者。那病者是個二十歲左右的年輕人，長的很清秀，身材瘦高。每天穿著的淡藍色毛衣，肩膀那兒有道裂縫，就用一條紅色塑膠繩綁著，防止散落，據說父母都在美國當廚子，只剩一人在台灣。年輕人常坐在床上看報紙，看到一半忽然的就把報紙藏到棉被裡，然後歇斯底里的狂笑，原本清秀的臉，咧開一口暴亂的牙齒和血紅的牙肉。剛進來的前一個月，K君不曾看到這人說一句話。晚上九點熄燈就寢前，就會拖著破拖鞋，固定在病房內來來去去走個幾十遍，拖鞋劈哩啪拉的響，這對鄰床的位先生是極大的干擾。

十三號掀開棉被走下床，想和這年輕人商量，這人卻老遠就閃開，像害怕被碰到一根毛髮似的，繞開了之後照常行走。十三號沒辦法，只自顧的向他喃喃的唸了一些話，唉聲嘆氣的回到床上。年輕人唯一發出聲音的時候，是那個面頰鼓起，雙眼細小，專門欺侮人的傢伙侵犯到他的時候。那人跟在他身後，摸屁股，拉手，想親吻他，年輕人揮著手抵抗著，口中不住的喊出：

「達達達！達達達達！達達達！」

那傢伙越弄他，他就叫得越大聲，像隻被追殺著的火雞。

十三號，一直和醫生說想出院，在這裡太難受了，沒有地方走動，成天只是吃飽睡睡飽吃。醫生看他沒什麼狀況，也答應了。很多人恭喜他病好了，可以離開了，十三號也欣喜的向大家回禮。就在報准出院的前一天，卻忽然發病了，他僵直的站在床前喃喃自語，一會兒突然的蹲下身子，然後用單膝緩緩站起，一手抓緊胸部，一隻手舉起放在耳邊，比出三個指頭，口中啊——啊——的吼叫，那模樣很像廟裡附了神的乩童。

醫生和班長來扶住他，希望放鬆繃緊的肌肉，讓情緒平息下來。眾人壓下伸直的手臂後，扶他躺在床上，解開胸前的衣服。這人的病情沒有來由，發得奇怪，從發病那天開始，整個人都變了，失去原來與人應對的和諧感和禮貌，不時用力的睜著眼，充滿驚懼的神情看著人，不再是個「正常」人。有一次竟跑到三十號「矮仔欽」的床前，先是口中大喊著古怪的咒語，然後伸手槌打。十三號個子小，身子又弱，被打的三十號，像點著汽油般的爆燃起來，回打過去，又踢又撞，一陣子暴打。十三號被踢倒在地，哀嚎著，一會人們過來拉開，三十號喘著氣，滿臉的憤怒。十三號緊閉著雙眼，被人抬回床邊，一不注意，他竟然咬起舌頭，血水由嘴角流淌出來。

K君發現了，急忙伸手，用了好大的力量，才捏開了嘴巴，有人適時拿了根湯匙過來，塞進嘴裡。

K君了解這人為什麼會想出手打「矮仔欽」，那人覺得無聊或無事可幹的時候，就夥同幾個狐群狗黨，以打人、侵擾別人做為發洩，有時還去其他病房毆打看起來不順眼的人。他的存在使衰弱的病人們心理，一直有種窒息的壓迫感。他們的拳頭擊打在肉體發出的聲音，甩出來飛撞的椅子，打鬥時激烈移動的聲音，時時刻刻的讓人精神緊張。十三號發病的時候大概是想到自己已然是鍾馗附身，要去掃除妖魔鬼怪了。

六、天井

K君夢到自己輕輕的跳起來，在原地彈起來，慢慢的升高，然後降下來，然後再彈起來，離開了地面。身體輕盈的浮動，緩緩的升到樹梢、屋頂，甚或可以在空中翻騰，自在的挪轉，像電影裡的慢動作鏡頭那樣。

汗濕了胸口和後背。

他恍惚看到一位少年繃緊身體，握住拳頭，拼命地往前衝。兩條腿不住的跨步，交叉，向前加速、加速、再加速，耳邊的風呼呼的吹，已經控制不住身體，快要飛翔起來，飛翔起來——。

那少年十一、二歲吧，奔跑的地方就在學校操場的草地上。那時候為了參加學校田徑隊的甄選。他在假日的時候，一個人在草地上不斷的奔跑，來回的練習，渴望成為一位短跑選手，和一堆人比賽，期望能進入田徑隊。槍響後，奮力的向前衝，在跑道上把別人遠遠的拋在腦後，那種快樂難以說得清楚，他太愛賽跑了。

K君醒過來，全身濕透了，好久不曾這樣的流汗了。

為什麼會有這樣的夢境，天氣突然轉好了嗎？氣壓變動？藥吃的分量不夠了，還是——

一日，K君坐在天井中的草地上，曬著冬日和暖的陽光，一群人在空曠處有一下，沒一下的打排球。病人在草地上躺著或趴著，有幾個繞著中間那棵慘白色巨大的枯樹打轉。

謝錦章又在那兒興高采烈的做著裁判，跑東跑西，但似乎沒有什麼人聽他的指示，他放大嗓門要求尊重裁判，要球員把出界、打歪的球交過來，由他來判定球屬哪一方。一會又要求球員站好位置再發球，免得每次只發一次球，沒人接得著；打不回來又得重來。K君聽徐天民說，謝錦章有一次在廁所裡用可樂罐子裝尿喝，說是能治他的病；這人太難預料了。

K君抽著任勇遞給他煙，一面低下頭，用乾枯的樹枝在泥地上胡亂的畫著，重重的將煙吸入、吐出。

為了團體，個人總是要犧牲的——或被犧牲的。

這裡有太多不適合過團體生活的人，有的原來就不適合，有的是在團體裡崩壞的。而人所生存的社會無處不是團體，人永遠是團體的一份子，就算他崩潰了，也會被歸屬到某一團體；已經變得現代化的社會，戶口名簿，身分證，管區派出所、學校、兵役單位、健保局、稅捐處、電話簿……各種證照，處處記錄了你的存在，人不能脫逃現代化的控制，是可被查知的，很多單位紀錄了你的資料。有些人並不適合團體，但離開不了。團體有時並不善意，可是人們還是得沉浸在其中。

一群人和幾位護士，圍住一位彈吉他的在那兒唱歌，這位吉他手也是五病房的，可能是四十二號吧。他曾是某樂團的吉他手，彈奏時姿勢真使人著迷；快速、繁複而且多變化，不錯一個音符。他的手還包著白色的紗布，受傷的原因是為了找「刺激」，用兩隻手去打破了好幾塊窗戶，以致手掌上割滿了一道道的血痕，縫了好幾十針，最近才好了些。傷剛好，人們就迫不及待的請他演奏，帶大家唱歌。

「喂！K君，醫生找你！」

有位同病房的人來找K君。

K君和醫生保持良好的關係，因為他認識不少有智識的醫生，那些醫生對文學藝術有些修養，不會只想到如何從患者身上撈錢，開不必吃的藥，動不動就要開刀。找他談話的醫生是新調過來的，前一位醫生強調他親屬關係的冷淡和精神過於緊繃，有著比較極端的人格傾向，和某些流氓、罪犯相似，是有危險性的。新來的醫生找他到診療室去談話。

「沒有什麼事，我們只是聊一聊。你在這邊還好吧？有按時吃藥？」

「謝謝你，我還好，按時吃藥，沒有吐藥。」

「會不會覺得沒有辦法和別人溝通呢？」

「恩，我儘量少講話。」

「沒辦法溝通也不必勉強，像你這種例子很少見，說一說你在大學時候的情形好嗎？」

「我比較孤僻一點，脾氣不太好。」

「你從小就孤僻嗎？還是家庭因素，你的病歷上寫你在家庭中與家人處的不太好。」

「我以前不會，上了大學以後性情才改變，原因很複雜，大概是因為所吸收的知識有關，讀了尼采、梵谷、存在主義，反越戰什麼的，和家庭處的不好是實情。」

「有沒有攻擊性的行為？」

「很少發生，很少。」

「很少，那還是有囉。」

「有沒有女朋友呢？」

「沒有。」

「你是不是生活得很嚴肅，拘謹了點。」

「我對自己的要求很嚴。」

「說一說你在部隊的生活好嗎？怎麼會這樣的呢？」

「我覺得很滑稽、很惱怒，有些人老在做些齷齪的事，說一些可笑的話，做一名軍人應該讓他感到光榮，可是我卻覺得窩囊。在我旁邊睡的一個兵他有淋病和梅毒，做了幾次夢，用刺刀插在他的背上。一些規定，那些執行的人我都覺得不耐煩，我們的營長口頭老是掛著無恥、無恥罵人的話，可是他卻有個開酒家的太太，一個姘頭，還帶來部隊走動，不知道誰無恥。連長吃空缺，坑兵士的配給……」

「唔——你有點大驚小怪了，好像到處都這樣。你知道為了整個國家、整個社會，特殊的個人是不能存在的，要是每個人都像你這麼想，這麼做怎麼辦呢？軍隊中無理的要求就是磨練，很多要求是要訓練服從的。」

「唔，是啊，我知道，無條件的服從，磨練，也有很多人當兵幹的很起勁，當完兵還想回去，使命感和熱情可以使人很興奮。」

「你既然很明白——」

「你不能要求完全一致吧？不可能每個人的想法都是統一的，如果這麼簡單，這世界就不會有這麼多問題，人類如果沒有選擇的餘地，這世界也不會進步，中國永遠就是帝王統治，就是孔子之外也還有老子、莊子，不同的思想家啊。」

「你這想法將來到社會恐怕也很危險……你可能只能生活在某個階層的社會裡。」

「我不知道，也許吧？我是病人！」

「你攻擊人的行為在這裡沒有發生過吧？」

「沒有，我不知道自己怎麼會這樣衝動。」

「希望最好不要發生，試著控制自己。」

「我從來就不喜歡團體，我一直就活得不快樂，幾次痛苦到想自殺，也沒有人來拉一下。團體是什麼，我不相信那些規矩，那些規矩是給普通人設的，對我沒有意義，如果照那種標準，我不知道死了幾次。」

「你認為自己不是普通人嗎？」

「當然不是，否則今天我怎麼會坐在這裡。醫生你餓過肚子嗎？你知道什麼是孤獨嗎？你不可能知道，你前途光明，賺了一大堆錢，打高爾球，不喝酒，不抽菸，哈哈，有礙健康。」

「你搞錯了，精神科醫師沒那麼好，外科、心臟科的才好，我覺得你還是想活下去的。」

「不太甘願——我活著是因為我願意，我救自己，我不願意活，自己會解決，不必任何人替我做主意，我也不喜歡受干擾。」

「你覺得家庭對不起你，社會對不起你嗎？」

「家裡是對我不好，互相傷害，我的家只有仇恨和不安全，我母親常威脅要殺害我，把菜刀弄得碰碰響，要趕我出去。在外面我比較不會，別人對你現實、冷酷是應該的，因為他們是外人。可是他們不能太不公平，我會報復，就算目前不能，將來也一定要報復，任何使我傷痛的人我都恨，沒辦法忍受譏笑，討厭對我擺臉色的人，每個人生下來都應該是平等的。」

「……」

「你不問我為什麼會和家裡的人衝突嗎？」

「這不需要，這種例子在這病院裡多的很，你慢慢會知道，你考慮過將來要幹什麼，找什麼工作？」

「——我想當老師。」

「老師？」

和醫生談完，K君重新回到天井來，在入口處附近碰到謝錦章，他的上嘴唇腫了起來，鼻孔滲出鮮紅色的血。

「K君！K君，我被打了，我被打了！」

「好像很嚴重的樣子，你去報告護理長吧。」

「沒有用，沒有用，他們不管，我真衰，K君，被人打真衰！」

「誰叫你要去搗蛋。」

「搗蛋！我是去幫他，我是去當裁判啊？」

「你不是說你在這吃很得開嗎？去找回來！」

「……」

七、在鏡子裡看到什麼

K君去找過十六號，想把寫的筆記給他看。

「不用看，不用看，隨便寫就好，我也是亂寫。」十六號大聲嚷了起來，一面不停喘著氣，臉色慘白。

「我不知道有些地方——」

「老弟啊，亂寫吧，誰不是亂寫，再亂寫也有人看，沒什麼了不起，抄來抄去，你抄我也抄，大學教授也是抄，愛看東西的大多是笨蛋。」

「這樣啊？」

「你不懂，騙，這世界就是你騙我我騙你，嘿嘿嘿。」

「這樣啊。」

「我跑過政治、教育、社會，幹了二十年記者，沒幾個像樣的人，過兩天我說給你聽。」

……

雖然講話那麼直接，K君卻感到有趣，應該有很多故事的。社會的複雜多樣，五花八門，是他這個還未踏入其中的青年充滿好奇的。

十六號因為心臟病，需要不時的轉診，在離開那段時間，K君走到他的床邊，看那塊天天費心擦拭的玻璃窗。

是非常乾淨、晶亮的一塊，其他五塊則灰塵密布。站在前面，發現因為外面是暗鬱的樹林，把這面玻璃反襯成了一面鏡子。

浴室裡也有一面很小的鏡子，牢牢的嵌在牆壁裡面，是怕人把它取下來做什麼事吧。鏡子很髒，上面有肥皂泡沫、牙膏沫、流水痕、灰塵⋯，幾乎沒有人照鏡子，鏡子裡映照出的面孔，是斑斑駁駁，模糊不清的。

護理站前面有個寬約一尺半長約三尺多的鏡子，擦拭得很乾淨，不少人在那兒整肅儀容，調整衣飾，會這樣做通常是護士和來訪視的外賓。因為是很公開的場合，人來人往，病房內沒有人會在鏡子前停留很久。

「不要一直看鏡子，看久會看到不好的東西。」在附近的老灰仔說。

「是歐，這樣啊——十六號整天在看什麼，說什麼？」

「只有他自己知道。」

「在這裡，每個人痟一種。」另一位病友說。

……

沒幾天，到了中午吃飯時間，十六號沒有起床，老灰仔去叫他，發現他的左手抓在心臟那邊，僵硬了，沒有氣，死掉了。

很少人要靠過去他的床，太會罵人了，死掉了會更可怕吧！K君在十六號被抬走幾天後，去到那片窗子前，拿了張舊報紙，開始繼續擦拭那面玻璃，擦乾淨後，鏡子很誠實的反映出他的臉孔。

八、適合的愛人

療養院有一項治療叫「職業治療」，簡稱OT，那場所是由病房鐵門出去，到會客室的樓上去，那兒有兩間各十幾坪大的房間。職業治療的工作可以學習的項目有：陶瓷製作、毛衣編織、鉤氈子、書法、繪畫等，室內還有一些書報雜誌可看。K君聽說有這種治療方式後，便主動請求能夠到那兒去學習。

K君對陶器的製作感到有些趣味，因此他常在早上清潔好桌面後，手上身上帶著股飯菜味，便和幾個有興趣的病友，由護士帶領過去，以打發在病房裡無聊的時光。職業治療室有位年輕的醫官，熱心的指導他從做石膏模開始，然後灌漿、陰乾、修飾，一直到磨光上釉，做這些瓶瓶罐罐是很需要耐心的。隨時要注意力道的拿捏，不能太輕不能太重，要小心別讓指甲印留在濕的陶土上。泥漿在模子裡的時間也要恰到好處，否則瓶子不是太薄就是太厚。這份工作使K君奔動而又虛妄的心靈，有了一點固定和專注的地方。

五個病房裡住的全是男病患之外，醫院另一處較老舊日本式的建築裡，住的是一群女病患，那病房稱做七號房。當每天早晨護士帶著K君和一群病人來到職業治療室的時候，七病房也由另一位護士帶來幾位女病患，她們做著鉤氈子、打毛衣、修補衣服的活動。當女病患成群來到的時候，K君一群人便會興奮的騷動起來。

「哈哈哈，哎喲，你看瘋女人，那個痟查某啊！」

「我不敢看，我不敢看。」

有人甚至會用粉筆、紙團丟她們，當然很快就被叱責、制止了。K君一直沒有機會和這些女病人接觸，她們在另一個房間內活動。女病患們的頭髮大部分凌亂，面孔呆滯，衣服邋塌，來這兒治療的都算病況較穩定的，能做一些簡單的工作，K君甚至沒有與她們攀談的機會，因為是被嚴密的保護住的。

K君想起在總治療院見過的三位女病患，那三人和他住同一間病房，一起接受治療，她們的病情和原因K君還知道一些，他嘗試用筆追記一些她們的故事：

A.伊是一名婉轉的歌者，她唱出一曲「庭院深深」會使你愁悵好久，一曲「飄零的落花」會使你蕩氣迴腸，熱淚盈眶。聲音是如此的嬌美，感情豐沛異常，從歌聲中和曼妙的動作裡，可以知道她的世界是如此的充滿情韻，而她似乎就是為了唱這些歌而存在的。她該是抒情派的歌后才對，電視、收音機流行的歌星們，還不如許多；她為什麼不是呢？當注意到她有時用力的甩著頭，劇烈的擺動身子，好像要掙開某些人的控制，眼神帶著怨怒，雙手在空中亂抓，口中說道：「你們怎麼可以，怎麼可以欺侮一個弱女子。」便可以猜到，她曾經在成為歌星的道路中，遇到怎樣的事情了。她身材高大，手臂細白柔美，常常披件外套，慢慢的在病房中走動，一面低低的哼著某首歌曲的旋律，一面用手勢和身體做出各種動作。姿態是媚人的，是可喜的。看到她你不禁會搖搖頭嘆息一會，人要乾淨自在而又盡如所願的活著，是多麼困難呵。她現在像隻關在鐵籠裡的鳥，不管外界的一切了，也不擔心吃喝的問題，只是專心的歌唱啊歌唱。這不是也很適合嗎？

B.她是個小女孩，也不小了。她說：「我是十八姑娘一朵花。」，「嗚嗚，他們不讓我說話，笑我說話。」，「媽媽我要在黑板寫字，我要掃地。」，「嗚嗚，我的腦子壞掉了，我不會算術，我不會算。」照料她很吃力，因為她老是在說話，老是要做這、要做那，可是都做不久，沒有耐心，她常哭啞嗓子，一邊哭一邊用沙啞的喉嚨說話：

「老師，我不會，這些我都不會啦——」

「把老師忘記！你很會，妳怎麼不會，這麼簡單的東西。」護士說。

「我不會，嗚嗚，我真的不會，我是十八姑娘一朵花。」

很明顯她是功課壓力太重，智力有些問題，跟不上班級程度。她老是哭，老是重複一些話。不會讀書，沒有前途，她該被淘汰嗎？

C.你見過女流氓嗎？這身形粗勇的女人就給你這樣的感覺，她搭霸王車到處流浪，不付一分錢，和人打架，就算臉部受傷也不在乎。有一次她坐計程車不付錢，還大罵了司機一頓，終於被送到派出所來。家人慌張的趕來，把錢付了，她在派出所滿不在乎的，還和警員打情罵俏⋯⋯。她老是從家裡逃跑出去，和一堆不三不四的人鬼混，出入賭場、酒家，不斷和人爭執，欠債不還。為了不再進出看守所和監獄，家人只好送到病院來了。她脾氣暴躁，一不順意便開口罵人，愛參加意見，人多的地方就能看到她。唱起歌來又快又急，飛躍靈動的腦子裡，充滿稀奇古怪的意見和看法。仔細聽她說的話，會發現這世界都是以她為中心而重組過的。譬如她說：「假如我收集從古到今害人的方法，那麼我就可以很簡單的害死一個人。」，「我在你們每個人的腦子都安裝了特別的天線，所以我只要打開電視機，就能在螢幕上看到你們的想法，要看那個人我就播那一台，你們是騙不了我的！」，「我要打電話給我的男朋友，沒時間和你們鬼混——喂，是你嗎？哈哈哈——要死了，你這個死鬼怎麼都沒來看我啊，你給我小心點。」

這些女人將會成為自己的妻子嗎？要結婚嗎？要返回社會做個「正常」的人嗎？住過這裡的人，出去後，有機會成為「正常」的人嗎？一般人怎麼看待「這樣」的人。將來只能娶這樣的女人當妻子嗎？

K君這幾年來遇到不少女子，有幾位表現了很主動的態度，甚至來到住處不肯離開，執意要在一起。他表現出的排斥和犀利的話語，讓女子和自己彼此受到傷害。

真的是有病了嗎？那種不自然的壓抑和偏執，會把自己帶向怎樣的道路？

和尚、神父不是都禁慾嗎？斷絕情慾是凡俗人做不到的，壓制慾望讓人的心思更加奇異和深刻，和神佛更加接近。不過神佛真的要人禁慾嗎？自己適合當和尚或者神父嗎？

九、親友們

護士站轉來父親的來信，是一個禮拜前寄的，信封被打開看過，又封了回去。信封上做了記號，標了日期和他的床號。漿糊黏的部分很隨便，檢查的人不怕收信人知道。

吾兒K展信平安：

想你在軍中服役，為國家奉獻犧牲，保國衛民，這是國民應盡的義務。雖然遇到挫折也該堅持下去。你希望我們不要去看你，我很忙，母親身體也不好，路途太遠，所以不克前往。母親雖然希望你趕快回家，她不了解軍中制度，不能說來就來，說走就走，相信軍方會妥善照顧你的。

希望趕快好起來，早點出院。凡事不要鑽牛角尖，請你善自珍重，勇敢負起保國衛民的責任。

天氣寒冷
注意健康

父 保裕 親筆

看完了，把它摺一摺，塞進背包裡，本來是想揉掉，丟到垃圾桶的，遲疑了一會，還是收起來了。

由於很少與人交談和反應一些事情，日子一天天的過去，他變得逐漸有些木訥和反應遲鈍了，先前他不曾注意到這種情況。那天，朋友來探訪的時候，他發覺說話是件困難的事，許多想法在腦中出現卻無法順利表達。說了不到五分鐘的話，他便覺得喉嚨堵塞，舌頭無法適意的轉動。雖然查覺到這種狀況，似乎也不以為意，反而覺得說話是一種負擔、討厭的事。他看到舊時友人竟會產生不安的反應，眼睛無謂的四處轉動，大腿不住的上下顫抖。

那天在會客室看到顏根旺和駱石欽，內心十分高興。畢竟是多年好友，一起度過青澀時期的同學。他們沒考上大學，服完兵役都入社會工作了。

K君頭髮雜亂，穿著淡綠色病人服，身體臃腫，行動遲緩的模樣，大概讓他們很驚訝。

「你是想逃兵對不對，痟欸！每次都搞那麼大。」顏根旺不改嘻皮笑臉的態度說。

「不當兵，人家會笑你。」駱石欽倒是很嚴肅的說。

「大官的小孩——都不用當兵，大官——像蔣孝文、陳履安、沈君山——。」
「人家是大官的孩子，跟他比什麼？」
「恩——很多醫生也不當兵。」
「有聽說歐，自己會弄病，體檢不過就不用當兵。」
「你管人家。」
「我不想為那些大官死掉，那些人叫我們去殺人，為什麼？我們就要去殺人？」
「K君，人家說你有『幻想症』，真的沒有錯。」
「神經病，將來會很慘。」
「我們下車說要來丹楓療養院，人家就用怪怪的眼睛看我們。」
「再說吧——。」
「這個人很敢，自己不想活，帶一堆人跟他去死。」
「要不是我，你們也可去爬雪山、奇萊山嗎？」
「我們跟你去才知道，K領隊自己也沒有去過。」
「真的很危險。」
「嘿嘿嘿——。」
「幹，差點死掉。」
「K君這個人就是敢，沒什麼了不起，就是敢做別人不敢做的事。」
「後來南湖大山什麼的，我就自己去啊。」

「媽的，住在這裡腦袋會不會搞壞啊？」顏根旺用食指戳了戳自己的腦袋。

「不會——不會，有注意。」

「給你吃那些藥，很危險，還打針……聽人說很毒。」

「你老爸很緊張，聽說去拜託很多人。」

「他也會緊張喔！幾年沒跟K君講話了。」

「那是他媽媽。」

「別說他們。」

「喂，別玩那麼大，差不多就好。」

「恩——」

「不能喝酒喔，沒粉味，幹，怎麼受得了。」顏根旺擠眉弄眼的說。

「這個嘛——」

他幾乎是安於什麼事都不做，什麼事都不關心的心理狀態，只不過在病房住了一個多月，他的思想逐漸的沉降到原始的狀態，除了掃地、整理殘渣剩菜，記錄病院的事情、吃飯、做陶瓷時稍微注意一下，整日都是懶散的。身體肥胖起來，不願意做費力的事，偶爾也賴床，早晨的體操時間總是偷工減料，伏地挺身只做不到五個，隨便混一下便放棄了，自我控制的意志逐漸消失，慢慢的與病房裡的病人一樣。

十、那裡都有反對者

K君從來沒有想過自己會被電療的事情，從住院以來不曾和任何人起過衝突，沒有人給他受不了的壓力，和其他人說話，用詞用語都很謹慎。有一次機會親眼見到電療的情形，一位病人叫薛永福，他的症狀很特殊，不肯吃飯，不會說話，大小便解到褲子上；人們知道的就是他要抽煙。每當他走到前面看著你，眉毛動一下，眼睛眨一下，嘴皮動一下，就知道他是要煙了。

據說他原來是個小胖子，現在卻瘦得只剩下四十公斤。K君喜歡這種安靜無害的人，有時會領他到廁所，幫忙掏出下體催他小便，或用香煙來逼他吃飯，向他講一些振作起來的話。一日，不知怎麼搞的，他竟和一個高大強壯的叫羅成財的傢伙衝突起來，他屢次被這人推倒或打倒，但是屢次爬起來重新衝向前。羅成財和K君是同部隊的，有著標準陸戰隊身材，高瘦而結實，可惜腦子有問題。有一次部隊移動到海邊進行一個禮拜的演習，演習結束卻發現少了一個人，原來這傢伙全副武裝、背著背包、扛著槍，沿著大海沙灘，走回部隊原來駐在的基地，據說走了兩天才到。K君上去費了九牛二虎之力把他們拉開，醫生認為他的狀況不好，需要電療，於是K君和一位護士兩個病人，在醫療室內壓著薛永福，給他打了一針。醫生在盒子中，拿出一副像耳機的電療器，裝在他的太陽穴，接上電源。嘴巴插了一隻壓舌板，以防止咬傷。大約只電了零點幾秒，他的眼珠便往上翻，臉孔猛的潮紅，身體的肌肉痙攣。過了許久，他才逐漸放鬆身體，潮紅退去，身體軟癱，起身的時候，眼睛惶然的四處張望，嘴巴微張，看那表情，應該是不知道剛才發生了什麼事。

羅成財是個多話的人，常在人群中大聲的喧鬧，做些滑稽的動作引人發笑。有次K君看到他在職業治療室，拿著一本封面是穿泳裝模特兒的雜誌，背著護士做些猥褻的動作，室內的病人興奮得發出詭異的笑聲。他常用一些手段騙病友的水果、衛生紙、零食。他的口才和心理戰術非常高明，要是能在正常的社會裡生活，會是個好的政治人才。

「你那蘋果不拿出來給我吃一個嗎？我們這麼好的朋友。好，你不拿出來下次你看看，我對你還不好嗎？有好康的我找你去，有東西就讓你吃。」

「你——從來就沒有過東西。」

「當然啊，我要是有我就不會跟你要了，不是嗎？要是我有怎麼會不給你吃。」

「什麼？」

「你看，我告訴你，趁現在沒有人，你給我一個，要是等一下阿呆他們來了，一人跟你要一個你就快沒有了。他們有四個人喔，你有幾個蘋果？」

「五個。」

「是嘛——我說，你要是不給我待會他們來了，我就告訴他們說你今天會客，有很多蘋果。」

「我不給他們。」

「不給？他們不會用偷的啊？你一分一秒都坐在這裡嗎？他們有四個人吔。」

「那——」

「要是你不放心，就拿三個放在我那好了，他們絕對不敢翻我的東西，你想吃蘋果的時候再告訴我，我們一起吃。」

「恩——好吧！你可不能告訴他們喔。」

為什麼會把羅成財和政治人物聯想在一起，K君想了想，原來這人經常到各病房溜躂，不停地訴說病院的不是，例如抱怨伙食不好，說院方把他們當豬狗一樣餵。菜都不新鮮，蛋是那種快壞掉的，豬肉是老母豬的，雞也是病死雞。他一看就知道，因為家裡是開自助餐店的。山上有田地、菜園也養豬，養雞、鴨。他認為醫院的醫護人員太少，歧視病人，該給的照顧不夠，給病人亂打針，吃太多沒有用的藥，很多病人都會偷吐藥，因為藥不對。他希望寫信給國防部、監察院，揭發醫院的不法，希望大家一起來連署。還有一點是醫院剝削病人的勞力，院方不應該要病人打掃環境，清潔廁所，收拾餐具和桌椅，應該雇用清潔工，服務這些有病的人……這樣做是為了大家好，可惜反應不佳。他還用撕掉的日曆紙、廣告紙製作過傳單，要大家了解醫院的弊端，他的言論還真的影響了一些人。

有一次他遇到一位來會診的醫生，羅成財把手臂伸出來要他看，在右手動脈上有一個明顯的洞，看上去好像是被什麼東西刺開的。奇怪的是，動脈上沒有流出血來。

「醫生你相信鬼嗎？」

「怎麼，你遇到鬼啦。」

「我這病就是因為鬼纏身的關係，你知道我晚上睡覺自動會翻身，那是鬼來推我的。」

「這樣子啊，那我去替你找個驅鬼的好了。」

「你不相信，你看我這裡就不會流血，鬼替我捏著血管了，我現在和鬼做了好朋友，鬼還請我喝酒。」

「來，我帶你去檢查、檢查。」

「不要，不要，醫生你不相信有鬼，你要小心鬼會附身的，你要小心，鬼是最神祕的東西，你不信就問問他們，他們都有看到。」

和他在一起的病人都朝醫生點點頭。

「我們都看到，真的——鬼請他喝酒，病房沒有酒，可是他喝醉了，身體有酒味。」

「真的哦——他睡到一半會自己爬起來走路，和牆壁說話。」

……

不少人對羅成財特殊的行為深信不疑，這人確實有神祕之處，會搞一些讓人攪不清的把戲。他有時會說一些反政府的言論，甚至發一些黨外雜誌的文宣品，因為被桃花眼阿廣打過小報告，受到政戰單位的警告。雖然不斷活動，很有煽動力。但沒什麼用，最後據說要讓他出院回部隊，不知道為什麼，他便不敢那麼活躍了。

十一、天殺星下凡

聖誕節快到了，飯廳的入口處架起了一座塑膠製的松樹，樹頂裝飾著一顆金色的大星星，星星底下擺著寫有Merry Christmas的紅色蝴蝶結。護士們在上面撒著白色棉花屑，用銀色的紙剪了大大小小的星星，紮在樹上，樹身還掛有一些鈴鐺和彩球。樹底下擺有紅色、藍色的禮物盒以及陶塑的聖母瑪麗亞和躺在馬槽的嬰兒。飯廳中央吊了一隻彩球，從彩球輻射狀的拉出各種顏色的紙帶，懸掛在四周的梁柱上，彩球底下掛了一隻鮮黃色的紙鳶，看起來繽紛熱鬧。飯廳內的燈都被蒙上青色、紅色、黃色的玻璃紙，在晚間透射出各種顏色的燈光。

聖誕夜各病房將會舉辦各自的晚會，病人們、護理人員將會上場表演。這幾天各病房也分別用心的布置，到處都瀰漫著溫馨熱鬧的氣氛。

聖誕節的前夕，幾位虔誠傳福音的人來到病房，手上舉著幾隻大大小小的看板，白色的看板上面寫著：

「我來了是使人有生命，並且使生命更豐富。」

他們站在看板前面，一人一句向病者們宣揚上帝的旨意。

「耶穌在十字架上為大家的罪犧牲了，獻出了寶血，懺悔吧，有罪的人。」

「好消息啊——耶穌誕生了，上帝最疼愛的孩子就在今天誕生了。」

「信祂的得永生，趕快信奉上帝吧。」

聖誕節的早晨，做完早操，護理長忽然宣布要做安全檢查，病人們全部留在飯廳。安全檢查的理由是有太多人擁有火柴和打火機，會有這些違禁品的原因，是他們從護理站偷出來的；趁護士不注意的時候，伸手拉開抽屜取走的。病人們排列站好，由護理長搜查身體，護士們則到各人的床上去檢查。搜查枕頭套、衣櫃、床墊底下、窗戶縫隙。站在K君身後的九號綽號「犯人」的傢伙，口袋裡有一隻塑膠打火機被搜出來，其他人那裡還找出了火柴、小刀、黃色書刊、酒等等。

「這是怎麼回事，真是莫名其妙，你們這些人，幹什麼？想燒屋子嗎？」

護理長臉色難看的罵著他，九號表情木然的沒有講話，K君感覺有點不太對勁，護理長離開了，他的嘴角開始在喃喃的唸什麼。——飯廳旁有一個鐵欄杆門，門外面是一片草地，草坡再過去是圍牆，圍牆外是民家。鐵欄杆門那兒，每到吃飯的時候，就會有一些肥大漂亮的貓走來，向病人們要一點魚肉、剩菜，「犯人」剛好是最勤於餵貓的人。他常獨自一個人拿著飯盒，蹲在那裡和貓兒一齊用餐，那些貓對他是信任的。

這天午睡過後，護理站傳出一陣尖叫聲和騷動聲，大家圍過去想知道發生什麼事。一位護士在打開冰箱後，在裡面發現一隻折斷脖子的花貓。這是很難做到的一件事，護理站幾乎隨時都有人看著，誰能夠跑進去還放了一隻死貓在冰箱呢？發現那隻貓的護士小姐，頭埋在同伴的懷裡哭泣著。K君看到那隻死貓便想到九號，是他吧？K君離開人群，走到他的床位。九號安靜的坐在椅子上，看著K君，臉孔還是那般忠厚老實的樣子。

「我會去自首的，貓應該替我做點事的，我對牠們很好，你看牠們吃得那麼肥。我本來就不喜歡護理長，更不喜歡她罵我，人做錯事要受到法律的制裁。我們精神病的要關小房間，我願意去關。打火機我不是偷來的，是朋友帶給我的，我沒有想要燒房子，她說錯了話也該受到制裁，我很公道吧？」

出去自首時，護理長和護士們吃驚的問他為什麼要這麼做。「犯人」默默的什麼話也不說。她們只得把他關進保護室，在病房紀錄上記下他的行為，然後議論紛紛的猜測，害怕他會做出什麼更可怕的事來。K君不知道人類第一顆想到制定法律的因子，是不是由這種類的人產生出來的。他做什麼事都依照一定的程序，自己便是法律的執行人。邏輯上似乎沒有錯，他殺了人也是依照這種邏輯。他維持著自己的制度，冷靜的執行了自己的想法，對任何人都一樣，醫生們肯定的說這人是人格異常。K君很高興九號能把想法坦承的說出來，他們是彼此信任的，K君敬重這人的勇氣，他幾乎如同春秋戰國時代的勇士、刺客？或者如同梁山伯的好漢—古代的草莽英雄。

十二、慶祝聖者誕生的節日

晚飯吃畢，任勇和班長老灰仔就指揮大家排桌椅，分發由福利社買來的糖果、餅乾、花生米、汽水，護理站的音響也搬出來擺在飯廳前頭。病人們都走出床位，面帶微笑地找了個位子坐下。這些吃的東西是之前由任勇向每個參加的人收三十塊，再由他和班長統一運用，每個人都分到一份。準備得差不多了，老溫、徐天民、丁偉、老趙、矮仔欽、犯人等等人，來到位子上坐下來，吃著桌上得零食，互相說著話，玩鬧著。

「喂！喂！東西還不要吃嘛——我們現在歡迎護理長、醫生來參加我們的晚會⋯⋯」

「劈啦啪啦——」眾人鼓掌。

「我們請蕭醫生來跟我們說些話。」

「呃——大家好，今天是聖誕夜，希望大家好好玩，把心情放輕鬆，儘量唱啊跳啊⋯⋯這個機會很難得，大家能在這裡度過聖誕節也算緣分了。如果中途有什麼不舒服的地方，馬上來告訴我，我馬上給你看。」

「我們謝謝醫生，現在節目開始——首先是阿廣的獨唱『榕樹下』！」

「喔——噢——」眾人拍著手起鬨。

阿廣摸著頭，靦腆的走到飯廳中央，雙手放在肚子前面，又突然想到什麼似的回頭向護理長、醫生舉手敬了一個禮，然後再面向大眾。眨了眨那討人喜歡的桃花眼，把麥克風舉到嘴邊，唱了起來：

路邊一棵榕樹下，
是我懷念的地方，
……
還有那淡淡的綠草香……

他唱著，唱著就放開胸懷了，做出許多手勢，臉上的表情也變化著，有時候是希望，有時候是惆悵，有時候是激昂。吉他手在一旁輕輕的伴奏。他的嗓子很嘹亮，感情也很豐富。唱完了，大家給了熱烈的掌聲。

「接下來是我——任勇口琴的獨奏，嘿嘿嘿——」身子消瘦的任勇走到眾人的前面，撩一撩頭上的亂髮，舉起兩手把口琴塞進嘴裡。

太陽下山明早依舊爬上來，
花兒謝了明年還是一樣的開……
……

大家拍著手，跟著優美清脆的口琴聲唱和，任勇的口琴是吹得很美的，他很少吹像這樣有歡喜感覺的曲子。他通常在心情不好，或下著雨陰暗的日子裡，坐在床上吹「王昭君」、「相思河畔」那種幽怨的歌曲，吹到傷心處，便放下口琴，獨自抹眼淚。

「我的青春小鳥一去不回來！」

……

「好，我接下來要為大家演奏的是…」

「我要唱，我要唱！」

見著網，目眶紅

破到這大孔！

這時候打斷任勇的話，從人群中衝出來的是蘇元泰，他站到人群前面，一說完話就握緊拳頭，扯著嗓子唱了起來。

「啊——呸！去去去！」

「拉他走！媽的。」

蘇元泰一闖出來就引起騷動，大家都聽厭了他這條歌，紛紛用糖果、甜豆丟他。

想要補，無半項

嗚嗚——誰人知阮苦痛——嗚嗚——

他唱著，唱著眼中就流出大量的眼淚來。

蘇元泰是有名的光裸的跳舞人，不時在病房把衣服脫光，雙手緊貼在大腿上，抬高下顎，眼睛正視前方，標準的立正姿勢，站好後便開始上下的跳動。

剛鬧一會兒，就被人拉下去，朝臉打了一巴掌，叫他坐好。

「下一個節目是羅成財的魔術表演，羅成財呢？」

「跑去躲起來了，說他太緊張。」

「每次也這樣！」

「這個人，不給他表演說我們看不起他，要去報告院長。給他排上來表演，每次都落跑！」

「不要管他啦，沒路用的腳色，只會說話大聲。」

「好啦，好啦，不理他了。現在請我們的吉他手，來為大家演奏一曲好了⋯⋯」

吉他手帶著笑容，提起吉他走進來。

「嗚哇，好啊，好啊——」

吉他手向大家揮揮手，班長搬了一張椅子讓他坐到中間。

昏糊的五顏六色的燈光照射下，他低下頭沉默半刻，大家都安靜下來——忽然猛的一刷琴弦，跟著就是一連串緊促的弦聲，他的左手指不住的在琴弦上飛快地按下撥動，琴弦發出像是暴雨打在鐵皮屋子上面一樣的聲響，然而卻可以聽出它自在的韻味。一會兒他不那麼繁複了，只是一根琴弦在昂然，錚然的發響，如同被追逐的十萬火急似的逃犯，拼命的往前奔跑。猛的，他又用手掌撫住整個琴面，一切聲響便忽的消失了。人們跟著他步行到一個寂靜無聲的宇宙，然後是一陣清風吹來，人們發覺是站在一座懸崖上，底下是無際的森林、林海。山風吹來，便聽到松林互相搖頭輕碰的聲音。接著感覺來到一片池塘，舒暢愉快的心靈，隨同蜻蜓在碧綠的水面輕快的點動。忽兒又隨著水流慢慢的流去，靈巧的舞蹈，緩緩流向潺潺吟唱的小溪，這溪面不時有涼風吹過，有樹葉飄落。小溪逐漸放大、開闊，河床裡的石塊多了起來，溪水撞向它激起了幻化潑動、晶亮的水珠。有時忽地沉下，有時猛的湧起。慢慢的小溪變成一條大河，它平穩安詳的流動，流動，飄浮，飄浮，忽然河水又急了起來，暗潮捲動，大股大股的河水往前衝。噢！是斷崖，在這裡河床忽然斷陷了，是瀑布，轟嚨、轟嚨，奔瀉而下，澎湃磅礴，聲勢浩大劇烈的發響……

好一會兒，人們才從吉他手幻影般的手指間醒過來。有人鼓掌，然後叫好聲、拍掌聲熱烈的響起來。好久，好久，才停息下來。

接下來是護士小姐們的合唱，醫生也唱了首「梅花」，一位病者表演倒立、翻跟斗、單手伏地挺身……。

「哎，哎，大家注意，現在有件事要宣布，有個教會的朋友們現在要來報佳音，送我們每人一件禮物，皮包一個，等下散會去護理站拿，現在歡迎他們來，大家鼓掌——」

一群口中唱著聖歌的人們來到飯廳，大約有三十位男女。他們一面拍手，一面帶著微笑的和大家打招呼，此時飯廳擠滿了人，充滿了熱鬧的氣氛。

「現在我們為大家祈求上帝的賜福，獻上一首詩歌，等會大家對信奉上帝有什麼問題，歡迎向我們弟兄姊妹們詢問。」

一位穿著筆挺西裝，高大和氣的中年男人向大家說。隨後轉過身，舉起雙手，指揮報佳音的眾人歌唱。

「耶穌是主……」

他們穿著漂亮鮮美的衣服，身上飄出香味，表情虔誠，態度誠懇的張開嘴，用力的唱著。聲音雖然不太合諧，也聽不太懂歌詞的內容，不過那種認真的模樣，讓人不知道要說什麼。一會兒唱完了，就圍在飯廳中間互相靠著，站成一個圈圈和病人交談。

「你好，你知道我是個有幻聽的人，我常聽到一個人或很多人講話，你們會不會這樣啊？」

徐天民問一位男信徒。

「咦——是啊，我也聽過天使和上帝的聲音呢。」

「真的啊——你聽到以後會不會很難受，胸口很脹，很想打人？」

「不會啊，怎麼會，聽到天主的聲音，我的心中充滿了幸福和安詳、快樂，怎麼會痛苦呢？你應該信主，把那些惡魔的聲音驅除，找到光明。」

「噢，噢，你也幻聽啊……」

「……」

「我也是個有信仰的人，我的信仰很堅強，你對自己的信仰有信心嗎？」戴著副深度眼鏡的五號，問著一位家庭主婦模樣的信徒，他左眼那面貼著膠布的眼鏡看起來比較適應了，不過有時看東西不免還會閉起來、瞇住。

「我當然是堅信不移的，世界上沒有任何一個人、一件事能代替祂在我心中的地位。」

「包括父母親、先生、孩子在內？」

「是啊——祂永遠是第一位，是我要奉獻的。」

「那你的想法和我很接近，人必須解除感情的枷鎖，人是最孤獨的，必須為理想做絕對的犧牲。」

「先生那您是信奉什麼教呢？」

「沒有，沒有，我的思想超越宗教，太太，人們為什麼承認而且同意你的信仰，而我卻要被關在裡面呢？」

「這個——」

「小姐，哎小姐，我真的很想信教吔，這樣好了你留個地址給我吧，我出院了就去找你。有電話嗎？抄個電話比較方便。」

這是羅成財在說話，一位戴著暗紅色膠框眼鏡，清清秀秀的小姐被他弄得不知如何是好。

「真的，你不相信我，從今天以後，我每餐吃飯前都禱告，嗯——要和上帝說什麼？」

……

教徒們離開後，陸續又上演幾個節目，幾個病人合唱，一位病人說了個笑話。任勇看東西也吃得差不多了，笑鬧的興致也盡了，於是他宣布最後一個節目：「踩氣球」遊戲開始。病人們、護士、醫生紛紛到桌上，拿起大大小小的氣球，鼓起力氣把它吹大，然後用橡皮筋套在腳踝上。害怕一下就被踩破，要被淘汰出局的人，會把汽球綁高些，拉到小腿肚那兒，因此招來一些抗議。

音響播出「蜜蜂合唱團」熱鬧的迪斯可音樂「你應該跳舞」！（You Should be Dancing），飯廳又掀起一波高潮，迪斯可激盪的節奏讓人亢奮起來，不少人配合節奏，跟著扭動身體。主持人還沒喊開始，大家便互相踩踏起來。尖叫聲、氣球的爆破聲、吆喝聲、惋惜聲此起彼落。

幾位老先生疲倦了，起身離開飯廳。患顫抖症的老余，也抖著雙膀從人群中走出來。不知道他病症的人們，會以為這老人也在隨著音樂的鼓點，舞著。

十三、癡情慾

「阿廣，你二十歲了，有沒有跟女人睡過覺？」徐天民說。

「有啊，哈哈，當然有。」

「不要臉，那麼小就玩，不怕爛掉。」任勇大聲插了話。

「任勇你少廢話，你每個禮拜出去，是去哪裡啊？」

「那邊的女人，你們幾個一定都很熟咯。」一位二病房來聊天叫白猴的病人說。

「熟，怎麼不熟，連有幾根毛都知道了。」

「呵呵，任勇真粗啊，你們就不會去別家嗎？老是去那家幹嘛呀？」

「不是，那是我們老鄉認識的，去那裡便宜，招待也好，什麼事有熟人最好。」

「徐天民，你三十幾歲了，怎麼樣，說說你的故事來聽聽吧。」阿廣睜著那雙含著笑意的桃花眼說。

「對啊，對啊，說來聽聽嘛——」

「我這人哪有什麼故事，丟臉的很。好吧，我說。我說完換你們說。」

「誰要聽這個，滾你的蛋，他媽的×。」

「任勇你少正經了，一個禮拜去一次，還要打手槍。」

「哈哈哈，任勇年紀這麼大了，還玩這個啊？」

「他媽的×！」

「我啊——還沒真的玩過哩，有一次我在嘉義的一家旅社叫了一個來，那女的瘦巴巴的，年紀好小，大概只有十五、六歲，叫來了，結果她鬧脾氣，不肯和我好，我只好請老闆娘來讓她走了。」徐天民說。

「就讓她走了啊？」

「我的比較精彩，有一次我們公司去旅行，坐遊覽車去高雄，住在一間旅館裡面。我的同事吃飽晚飯就一群走了，我沒有跟上，他們是去旗津看小電影，媽的，真火。好佳在我也沒有跟到，否則就沒有這樣的事了。我一個人沒事幹，在門口看到我們公司的一位女職員，在樓梯那邊靠著，很無聊的樣子，我就跟她說要不要出去逛逛，她本來還要理不理的。我就上樓穿好衣服，下樓時她還在那裡。我跟她說，要不要去隨你便，我要走了，她著急了，就叫我等一下她去拿皮包，後來我們就出去逛，逛到晚上十二點多，我問她要不要回去，要回去就用走的。她說那麼晚了回去幹嘛，那我們就繼續逛，逛到晚上兩點多才找一間旅社。第二天早上起來坐計程車趕回去，差點遲到。遊覽車停在那裡等我們，每個人都在看我們兩個，想我們兩個昨晚不知道幹什麼去了，哈哈哈——一玩起來什麼都忘了，還說要早點起床，旅社的錢還是那女的付。」阿廣說。

「後來怎麼樣，沒繼續啊？」

「哪有怎麼樣，我也不喜歡她，她也不見得喜歡我，只是玩玩而已。我出院後一定要娶個老婆，我想通了，女人對男人很重要。」

「我的身體很差，到現在還沒有恢復，就是以前那段日子玩壞的——」白猴說。

「說說看嘛，白猴——」

「我以前在台北工作跟一個女的同居哩，就是那一段時間弄壞了，她是給人家燙頭髮的。」

「怎麼認識的說清楚點啊？」

「哎呀，沒什麼啦！就是剛好碰到的，我們住在同一棟公寓，她還在一間三溫暖工作，我叫她介紹我去，她不肯，怕我在那裡學壞。」

「噢——我知道是老牛吃嫩草吧！哈哈哈。」

「白猴被人家養小白臉，看不出來咧。」

「他媽的×，這些事只有你們這些小鬼喜歡講，看你們關在這裡，還會不會有人要，將來只有去買，去買人家還不要哩，神經病！」任勇說。

「不要這樣嘛——任勇，說說看，說一說你的故事嘛——」

「老實告訴你們好了，我在大陸的兒子都有你們這麼大了。」

「狗屁！任勇吹牛。」

「我吹什麼牛啊？我十六歲就結婚了，生了三個孩子，我走的時候是偷跑出來的，老婆孩子都不知道，今天變成這樣才叫活該！我在台灣幾年前也有個女的要嫁我，聘金、大餅什麼都不要，年紀輕輕的，長的也不錯。」

「那你怎麼不要呢？」

「要給人家吃什麼，穿什麼，賺那麼一點錢，又喜歡喝酒，沒有房子沒有地，現在好了，又神經病了。」

「所以說女人還是很重要，幫你煮飯、洗衣服，像老灰仔的太太每個禮拜都來，弄好吃的來。他的五、六個孩子都不管他了。」

「沒有女人是不行的——」

「我們這種人最好玩玩就好，別生小孩。」徐天民說。

「……」

「你管別人怎樣。」

「不玩很難過，男的女的都愛搞，那種趴呆的更愛搞，不搞受不了。」

「對對對，那種更愛搞，他不像我們還會想一想，他們是想到就要搞。」

「那個唐氏症的阿呆有沒有——，整天跟著五號的。」

「每次發騷，都被那幾個抬去磨牆角，鳥都弄壞了。」

「還好家裡接走了，沒有，我看會被弄死。」

「你們這些爛鬼，整天想鑽無底洞，生一堆笨蛋，誰要養你們！」任勇說。

「嘿嘿嘿，老大罵人了。」

「喂，K君，你也說說看，大學女生怎樣才能搞到？」
「聽說很多同居的。」
「大學生耶，你不要亂問。」
「大學生不想搞喔！騙痟，很多墮胎的，我鄰居有講。」
「他臉紅了，不要問了。」
「在室的，沒路用！」

「那邊在幹什麼還不睡！我要查鋪了。」遠處忽然有個聲音響起。
「查鋪了，查鋪了。」
護理長提著手電筒，朝他們揮揮，黃澄澄的光線胡亂的掃射過來。
「嘻嘻，女人來了，睡覺吧！睡覺吧。」

十四、總是在表演

每次K君和五號講一些「有的沒有的」時候，就會引來一些人的注視。那些眼光裡有著很不友善的味道。

這天K君拿報紙上評論電影《越戰獵鹿人》的文章，想要和他談一談。這部電影看了好幾遍，裡面的反戰思想很有意思。

沒說幾句，三十號抱著雙臂，披著件咖啡色塑膠皮衣，搖搖擺擺的走過他們說話的地方，下巴上揚，眼光裡帶著挑釁的氣味。兩人閉上了嘴，安靜地站在床邊。三十號來回走了幾遍後，悻悻的離開。

五號說：「你喜歡的什麼文學、電影那些鬼東西，都是故意要引出人的七情六慾的，害人被感情的鐵鍊套牢，通通要消滅、消滅！」

「是這樣嗎？」

「人就是要殺來殺去，不可能改變，也沒什麼值得悲傷的，沒有用。」

「不可能改變嗎？老師。」

雖然聲音壓得很低，又有人盯著他們看了。

「好了，走開，走開。」

五號轉過身去不理他了。K君只好離開，之後看到他整日裡不時拿出那張報紙，坐在床邊，費心的一字一字的唸著。

K君在公告欄看到一部電影《義膽忠魂》的廣告，這張海報畫得十分精采。海報上穿著中山裝的男主角，英俊挺拔，表情堅毅；梳著兩條辮子學生模樣的女主角，清秀可人，勇敢慧黠。這是一部頌揚游擊隊在日軍占領區，破壞敵軍軍火庫、倉庫，造成重大傷亡的故事。其中還穿插將漢奸和匪諜被識破、逮捕、正法的情節，是標準的愛國電影。配角有蔣光超、崔福生、張冰玉、魏平澳、黃宗迅等等，導演是享譽港台、東南亞一代的知名人物。

K君自幼喜歡看戰爭片，什麼《硫磺島浴血戰》、《最長的一日》、《坦克大決戰》、《桂河大橋》、《六壯士》等等，連續一百多集的電視影集《勇士們》，更是每集必看，每當我軍大敗敵軍，殺死「壞人」時，便感到熱血沸騰，振奮不已。和鄰居、同學經常玩作戰的遊戲，模擬兩軍對抗的狀況。他們會用樹枝、竹竿、手指當作假槍，嘴裡發著「皮咻、皮咻」的聲音，不斷向對方發射武器。有時用鞭炮、泥土甚至石塊，互相攻擊，想盡辦法要打死敵人，讓對方投降。

學校、軍方、政府單位若有「反映時代」話劇演出的時候，有一種標準模式是這樣的：清秀健美的演員演我方，歪頭斜臉的、面貌兇惡的代表彼方。首先是漂亮的演員因為種種不小心和意外，被醜陋的演員打敗了，俘虜了，受盡了折磨。僥倖得逞的敵人，臉上盡是猙獰、得意的笑容，最後終於漂亮的演員因為種種努力、奮鬥不懈，最後反敗為勝，醜陋的演員死在正義的槍下。那舞台曾是藍與黑的世界，最後被好人終結了，光明的燈光重新照射在舞台上，耀眼而漂亮的演員在台上載歌載舞，歡慶勝利的來到，這舞台上再也沒有醜惡人的蹤跡。就是這樣，不斷重複。

新年來到的時候，「丹楓療養院附設民眾診療所」在大禮堂裡隆重舉辦「慶祝民國七十年元旦大會」。K君和一些健康點的病人，自願當作觀眾，去觀賞醫院裡的醫生、護士、行政人員及眷屬的表演。

這日本時代修建的木造禮堂，如同鄉鎮的戲院一般：木頭的樑柱，灰髒低矮甘蔗板的天花板，一排排的木椅子，水泥地面。光線不怎麼好，空氣中帶有霉味。石灰塗的四壁有些泛黃、潮濕，靜止的淡綠色的電扇，像不動的蜻蜓一般。戲台右手邊有一組四人的樂隊在伴奏，一隻電吉他、一組鼓、電子琴和薩克斯風。節目單上介紹今晚有詩歌朗誦，獨唱、合唱、軍歌演唱，民族舞蹈，魔術及最後一場的話劇。晚間的表演會有幾位長官評判，得分最高的節目會得到獎賞。

觀眾一半是病人，另一半是工作人員和家眷，這是一個全院同歡的晚會。節目進行過程裡，不時有長官把香菸朝坐在椅子上的人們丟來，引起陣陣喧鬧，五顏六色的糖果、餅乾也從人群中傳來。

晚間最引人注目的是節目主持人，她唱了首「黃色的玫瑰花」，博得最多的掌聲和尖叫。主持人字正腔圓，嗓音甜嫩，身材漂亮，她唱這首歌的時候，大家都很興奮。那些伴奏的樂師們，也因為台下有這般的反應，而演奏得特別起勁。節目陸續表演完了，終於要頒最佳表演獎，是口中叼著煙的那位院長親自主持的。得獎的節目需有時代意義、主題健康、有激發人們愛國心者。所以大家都猜得到，一定是給那充滿愛國精神的話劇《抗日軍魂》，果然得獎的就是他們。這個話劇雖然故事陳腔濫調，布景、服裝和化妝都很克難，不過這十幾位演員，很相信自己扮演的是公平正義的腳色，十分投入的演出。

在前排的長官席裡面，K君看到一位身材高大的長官，是職業治療室的主任。四十來歲，身體強健臉色紅潤，是位很好的醫者。K君常看他在病院中牽連病人都嫌惡的病患，親切的說話，鼓勵他們。在OT室十分有耐心一步步指導病人做工作，他不像一般醫者、護士，只把醫護工作當作是份工作，如電子工廠的工人在裝配一架收音機而已。他有時和K君閒談：

「我剛到這裡的時候，這裡什麼都沒有，我到處去拜託工廠老闆，企業經理請他們捐贈點東西，你看他們送給我們一架的書、雜誌，還有你做的陶瓷，女病人鉤的毛線、衣服，都是我去想辦法弄來的。原來這兒什麼都沒有，亂七八糟的，病人沒事可做，也沒人管。當然這是發牢騷了，可是每個人，我相信，都應該在他的崗位上把自己的工作做好，這個組織才健全，國家才有希望。」

主任見到K君是很熱忱的，會先打招呼，一點長官的架子也沒有，使人感到親切自在，很想接近。他也看到另外一位坐在附近的事務主任，K君遇到這人總是要先避開，否則感覺自己遲早會與他發生衝突。事務主任除了遇到長官，和部屬或其他人談話也是一樣態度不好。他向部屬做一些要求總是沉著臉，聲音冷漠：

「這是怎麼搞的，這是怎麼回事，跟你講過沒有？」

被他詢問的人總是低著頭，一臉尷尬，結結巴巴的解釋。

「報告主任，報告，我們已經盡了最大、最大的努力去做了，事情是這樣的——不是您想像的那樣，我們都盡力去做了。」

「噢——是這樣嗎？胡說八道，我不相信。再做一次！」

「這個——」

「嗯？」

事務主任和院長或者官階高的長官在一起的時候，總是露出欣喜歡樂的笑容，令人很難相信那人就是平常的他。至於病人，他更是顯得不耐煩，總要大聲小聲地斥責。

在這人身上，他感覺到了一個事實；階級是個誘人的東西，常是個人能力保證或者證明，是人們認定你這人價值的標準。階級就是權力，能支配和左右人的命運和行為。

K君也不了解自己為何如此不舒服，不停用手掌撫著額頭的汗水。事務主任光亮的額頭不停轉來轉去，向這個打招呼，向那個揮手。K君嘴巴不自主喃喃的唸著：「人人平等，人人平等。」要是手上有槍，會想當名刺客，向他射擊，不一定要殺死，但一定要讓那張可惡的臉消失一陣子。

可能有種「反抗歇斯底里症」吧？發作起來完全無法控制，這個症狀是自己發明的名稱。

「哎、喔——喔——哎！」

忽然，坐在旁邊的一位老者，怪模怪樣的扭動身體，從喉嚨中發出沙啞的叫聲，臉孔脹紅，一手抓住了K君的肩膀，一手朝他胡亂揮動。

「怎麼了？」

「腳——腳——」老者說。

K君猛的把他膝蓋提了起來，老人腳趾上鮮血直流。K君感覺到有什麼毛絨絨的東西從腳板竄過，焦躁的用力踩了幾下。坐在前一兩排的病人都聳動了，一面吼叫一面朝椅子下踩腳，底下傳來吱吱的叫聲。是老鼠把老人的腳趾咬傷了。K君想不透，老鼠怎麼會咬這位老人，真是可惡。也許是反應遲鈍，腳上又有怪味才吸引牠們來的吧。老人流著暗紅色的血液，抱著腳掌唔唔的啜泣著，K君只得扶起他，艱難的走出擁擠的座椅區，然後揹起來，向病房走去。

台上正在進行頒獎的人們，因為不知道這一角吵鬧的原因，把這陣吵鬧當成熱烈的歡呼了。

十五、郊遊

五病房要去郊遊，目的地是兒童樂園和動物園，去那裡是做完體操後大家開會「決定」的。原先有人提議去陽明山，任勇認為去那裡要爬山，現在是冬天，花也還沒開，天氣冷、風大，沒意思。很多人不以為然，就是想去運動運動，像他的老鄉苗人就是這麼想；許多人沒有去過，也想去看看。

「哎呀，去那山上有什麼好，走路走半天，我又走不動，要去那裡我就不去了。要去兒童樂園的舉手──」

「四、五、六個。」

「要去陽明山的？」

「六、七個──。」

「這樣子麻煩了，都差不多啦！這樣子好了，一人交一百塊錢去兒童樂園、動物園，那麼近，又不必走很多路，好了、好了，就這樣決定好了，不想去的人就不要去，就這樣決定好了。」

任勇向大家這麼一嚷嚷，等於是決定了。面對這一群安靜、沒主見的眾人，只要出來嚷嚷，便可以把黑的說成白的，把地球說成扁的，多數人不會作聲。苗人雖不住喃喃的自語，賭氣的說不去那種小孩子玩的地方，但是出發的時候，他還是來參加了。關在病房中太久了，好不容易有個機會出來，管他去那兒呢？

於是這天被允許出去郊遊的十幾位病人，一早就編好了隊，兩人一組，三人有一位護士跟著照顧。醫生和護理長也去，護理長還帶了她的小兒子一塊來參加。關在病院兩、三個月了，能夠出去一趟真好。離開正常人的社會已很久了，重新以一種遊客的身分去加入人群，會不會產生什麼不協調的想法和行為，K君有些緊張的想著。

動物園還是老樣子，許多動物斑馬、牛羚、山羊，獅子、老虎……懶懶散散，無精打采的或躺或坐，有的望著遊客，希望扔些東西進來吃。有的則睜著茫然的眼睛，過著迷茫的、無聊的生活。有不少動物是被關在籠子裡的，這點和他們這行人還頗相同。一隻黃眼的黑豹，在狹窄的鐵籠裡不住來回的走動，毫不在意外面有那麼多雙眼睛在注視，只是很專心的一遍又一遍的走動。工人在清洗河馬的水池，兩隻肥胖的河馬被趕到岸上，靜靜的站著，河馬因為體重的關係必須泡在水裡，否則是無法用自己的腳，長時間撐著龐大的身體的。

「你知道牠們像誰嗎？」一位護士和另一位護士說。

「××對不對？嘻嘻。」

那是件尷尬的事，除了是動物外，很多方面的反應和行為都和「他」相似，她們說的是長年睡在小房間內，那位跛足的胖子。

一行人來到猿猴園區，有個工人提著兩竹簍的番薯、香蕉、番茄，走來餵猴子群，工人剛把竹簍放在黃泥地上，猴子們便爭先恐後從四面八方圍過來，互相又擠又打，吱吱叫著，跳上跳下，搶著簍子裡的東西。

「多像你們啊——多像你們開飯的時候。」

一個病人指著猴子，又指指他們一群。

「真像你們。」

K君聽說古早的時候，精神病的患者確曾被人關在籠子裡，然後讓人買票參觀。人們對這類特異的族群，有著高度觀賞的意願。

猿猴園區有一座很高的鐵絲籠，裡面關著幾隻黑猿。有隻面貌醜陋、體型最大的，爬到籠子的最高處，在那裡拚命的吼叫。牠的下巴有個鼓鼓的氣囊，約略有拳頭那麼大；牠一叫一停，氣囊就一縮一脹，那聲音淒厲而宏亮，傳得很遠，聽得令人心情煩躁。據說在林木繁密的森林裡，就靠這個呼喚同伴，傳遞訊息。若有同類存在，便會遙相呼應。

「聽說牠的聲音，在森林裡可以傳到三公里呢！」

但是在這裡，牠的聲音甚至傳不過馬路的另一邊，有太多的汽車來往，嗶嗶噗噗的引擎聲，人群的喧鬧聲，那單調的吼叫是很容易被淹沒的。

來往的遊客中，看不出有人對他們這群人，投來異樣的眼光。

繞到動物園盡頭的區塊，那兒有一處新闢的飼養場，場內布置了不少假山和岩石，種了不少的樹木，大葉植物，看起來很隱密。有幾隻動物躲在假山和濃密的植物裡，不容易發現。

「你知道那個動物嗎？」K君問一位護士。

「是什麼的鹿啊？」

「不是，這些是羌，被獵殺得最兇了，肉很好吃。」

「殺得兇，沒有絕種啊？」

「牠們有辦法，繁殖力強，會生，這也是保存種族的方法之一啊，牠們在森林裡一點抵抗力也沒有，只會逃。」

「會逃，會生——」

「所以沒有被滅種。」

他們步行到隔壁的兒童樂園去，那兒因為不是假期，顯得很冷清。各式各樣的遊樂器材沒有什麼人使用，咖啡杯是空的，旋轉木馬上只坐了兩三個孩童。K君和同伴想去坐「摩天輪」，那機器是一隻大輪子吊著許多座位，開始旋轉後就會使原來在上面的人沉降下去，下面的人升上來。這個遊樂器升到高處，便可以看到附近四週景物。K君坐進位子，把自己鎖好，機器慢慢的上升，他也就一步步慢慢的搖晃著上去。一會，當他升到最高點的時候，機器便開始快速的下降了，那旋轉輪的速度慢慢變快；握緊了把手，隨著下沉的速度和身體的感覺，K君恍恍惚惚之間產生了一個想法，這想法逐漸蔓延開來。

他原來是名服義務役的軍人，但是沒有做好軍人應該做的。他似乎是病了，在團體中適應不良，對異常的，叛逆的思想和行為特別有興趣，老是愛對抗組織，仇視權貴，自認為站在正義、公平的一方。K君覺得在病院這段期間，有些想法逐的不一樣了，心理上似乎平緩了些，此時他竟然想到了這點：事實上他從未對所厭棄的團體有任何貢獻，只有敵意和批判；除了自己，不曾有益於其他人。而現在的團體究竟是如何累積的，構成的，他並不清楚。

輪子下到最低點，然後再往上升，再降下來。K君覺得這一刻對自己來說似乎意義重大。輪子停下來，K君帶著不同的心思走出遊樂器。他想是不是該申請出院重回部隊，回去向曾得罪的長官道歉，同意一些弟兄的敗德行為，接受任務，努力做一名正常的軍士呢？該去問一問自己的情況是否合適出院——也許吃那些藥丸對性情有幫助吧？住院這麼些時候，不曾和人衝突，也沒有特別厭惡，想攻擊的人。他走到醫生和幾位病人站著的地方，考慮怎麼說這些話，怎麼表達比較好些。

醫生和病人在聊著天，醫生的年紀不大，但是頭髮已經有些禿了。K君摸著下巴，一隻手插在口袋，等機會開口，不知怎的也一直沒有開口。病人和護士們陸續玩回來，到他們這邊集合，K君偶而和同伴說兩句話，一直閉著嘴，心神不定的胡思亂想著。

之後，他們一群離開了兒童樂園，到士林那一帶吃午餐，午餐後護理長徵求大家的意見。

「我們下午的時間去看電影好嗎？」

「看什麼呢？到哪去看？」

「就在這一帶看好了，這樣好了，我看就去看『雞蛋石頭碰』好了，好不好？去樂一樂，笑一笑。大家有沒有意見？……好了，那就看這部片子好了，醫生好不好？」

醫生看了看護理長的小孩說：

「好啊好啊，我沒意見，不知道他們的意思怎樣。」

「……」

「我看就這樣決定好了，是吧？大家走吧。」

他們來到一間巷子裡的戲院，戲院門口是冷清的，沒有什麼人買票看戲。K君皺起眉頭，看著戲院門口櫥窗的海報，大學時代他參加過電影社的活動，看過許多日本、歐美大師如：卓別林、黑澤明、伍迪·艾倫、何索、費里尼……的作品，台灣好點導演的作品，偶爾才看一兩部。看完之後又很是後悔，感覺浪費了時間和金錢。任勇替他們全體去買票。這位喜劇明星據說是很有一套的，曾在風塵裡打滾許久，在馬戲團裡演過小丑，變過魔術。因為上電視紅透了半邊天，於是他動腦筋拍起電影來。連拍了十幾部，邊拍邊製造新聞，電影的內容多半是低級趣味和雜湊外國電影情節來的。

一位手腕挽著桶茶葉蛋，一手拿著口香糖，瞎了一隻眼的老婦朝他們兜售過來，沒有人要買，她苦苦的向他們說著好話。

「買一包吧，買一包吧，疼疼我這老太婆。」

忽然不知哪裡冒出一位留著雜亂長頭髮，身材矮壯的年輕人，走到了老婦人的身邊。他穿著件繃緊的窄褲管，露出大半片胸部的襯衫，面貌兇惡。他伸手抓住老婦人的胳臂，在那裡面拿了兩包口香糖，剝開包裝紙，把口香糖塞在口裡，然後面向老婦人說：

「有錢嗎？拿一點出來！」

醫生和病人們被這幕嚇住了，退到一旁看著這個情景。

「錢喔——這裡五十塊，今天沒有什麼生意啦！」

「五十塊？」

年輕人搶走了她手上的錢。

「五十塊就想打發我走，再拿兩百塊出來。」

「沒有，沒有，真的沒有這麼多啊——」

「我一個禮拜沒有來找你，跟你拿兩百塊而已，你沒有，我這一巴掌把你打下去你就有了。」

年輕人用力的拉住老婦人，一隻手抬起來作勢要打。老婦人苦著臉，閉起另一隻眼。

不知怎的，K君猛的衝向前，一拳打向那年輕人的太陽穴，這人遭到突然攻擊，身體一歪，跌坐到地上，老婦人手上的口香糖撒得滿地都是。年輕人好一會，才跌跌撞撞的站起身子，回身衝來。K君和他扭打在一起，一會年輕人又被K君打中鼻樑，摔倒在地上。年輕人發狠的從地上爬起來，手中撿拾了一塊磚頭，當要衝過來的時候，老婦人抱住了他的腰身。

「緊走啊，緊走啊，剮人嘍！」

老婦人和那年輕人糾纏在一起，戲院旁也跑出幾個人，向前圍住這個傢伙。

「警察來了！」有人喊。

K君還愣在那裡，喘著氣。醫生拉住他的臂膀，向護理長喊：

「我帶他回去！你們看電影，我帶他走！」

醫生拉著他，用跑的出了巷道，招了一部計程車，快速坐進去後，向療養院的道路而去。K君坐在車廂裡喘著氣，汗水淋漓，車子經過了幾個街道，好一會，血氣不再洶湧，情緒慢慢平緩下來。

醫生臉色有點嚴肅，沒有說話。K君想，這是和他談話的好機會。

「醫生，我有件事想和你談一談。」

「嗯——」

「我想——」

「不要緊張，不要動，坐好！」

K君回到療養院，接受了第一次的電療，他躺在潮濕的保護室裡，裡面很黑暗，他頭痛著，胸口悶熱。被許多陌生的帶著笑意的面孔包圍住，許多雙手伸過來用力按捺住他的身體。無效的掙扎了一會，終於無望的安靜下來，他不太明白要被電的原因，覺得應該是沒做錯什麼，醫生也沒解釋，只是叫他到電療室去。他想說什麼，可是有一群人圍過來，使他閉住了嘴。

電擊的瞬間，巨大的灼熱感衝擊而來，陣陣劇烈的疼痛，……忽然有種快感產生，驟然間，整個身心靈獲得很大的釋放，好像脫去了身上的所有拘束，陽光普照，生機蓬勃，讓他變得自由自在，身體輕盈異常，湧現了一股欣喜、幸福感。

從小房間出來，他倒在床上迷糊昏沉的繼續睡著，全身酸痛，有許多事記不清了，腦子裡是模糊、空白和疲憊。兩三天渾渾噩噩的起身、坐下、躺下，渾渾噩噩的走動，看不清周圍的事情。

十六、死和笑

老溫死了，就是K君進病院第一天，幫忙整理床位的白髮老人。這位慈祥的老人，心地十分善良，或者就是因為沒讀過書，不認識字，不了解很多部隊該做的事，因此被認為頭腦有問題。退伍了就在部隊附近搭棚子住，打零工維生，年老了做不動，就被送到這裡來。據說他是吃著泡麵時嗆住了喉嚨，無法呼吸，一會兒臉發紅，發紫便死了。當時很多人看到，只是不知道怎麼回事，不知道該怎麼做。他倒趴在床下，好一會，才有人去查看。K君忽然想起老人的腳趾甲，好像從來沒有剪過，它長出來如同蜷曲的樹根一樣萎縮、堅硬。

就這樣死了，沒有親人；親人「淪陷」在大陸，朋友，就旁邊的這幾位。病院來人抬走了他，據說很快就會火化了。

老先生的善良是因為沒有讀過書？還是智能有些問題？還是天性如此？K君很想了解。

有個眼眶肉色粉紅，臉孔死白的病人，把一本尼采的《查拉圖斯特拉如是說》還給K君，說是從他的櫃子裡偷走的，K君一時間也記不清，自己是不是有過這本書。

「這是什麼書啊？都沒有圖畫，這麼多字，沒有用。」

五號過來他的床前，厚厚鏡片裡的眼睛直直的瞪著，看起來像是要安慰K君前幾天被電療似的。

「年輕人——慢慢來。」

「對了，我一直想問你。」

他的到來，讓K君情緒有點激動。

「怎麼？」

「住在這裡的人都是病人嗎？外面的人就是健康的嗎？」

「恩——不一定。」

「是嘛，誰沒有病？誰是健康的，肺病、心臟病、腎臟病、高血壓、糖尿病、癌症、香港腳、白內障、瞎眼、手斷、腳斷，太多人有病了。」

K君沒想到自己可以說出一連串的病名。

「跟我們不太一樣，我們這裡的除了腦袋有問題，很多人有心臟病，白內障，糖尿病。」

「都是病。」

「對、對，都是病。」

「那些貪官汙吏，強盜、小偷、娼妓、奸商、流氓、記者，是健康的人嗎？」

「哦——。」

「軍人是訓練來殺人的，這個訓練對嗎？」

「保家衛家，軍人是保家衛國。」

「那是好聽的話，還是要殺人吧，你看那些武器，步槍、機關槍、大砲、坦克車，都是用來殺人的。」

五號的臉變得很嚴肅，緊繃起來的下巴，讓嘴巴的形狀像座小山丘。

「這樣吧，是這樣吧！」

「你不殺別人別人就殺你！我知道了，你太鑽牛角尖了。」

他忽的偏過頭去，頭也不回的轉身走了。

K君下樓去理髮，經過三病房走道時有人喚他，原來是謝錦章，他被關在保護室裡，從厚厚的木門洞裡伸出一隻手臂來招呼，K君笑得很開心的問他：

「你怎麼被關起來了？你有沒有被電療？」

「你靠近來點。」

「怎麼？」

把臉靠近他的嘴巴。

「我抱了一個護士，噓——不要跟別人講，很沒面子。」

「哈哈哈——」

K君笑了，他不太清楚自己為什麼這麼笑，以前會板起面孔罵一頓的。理髮室在樓下，裡面擺了兩張破爛的理髮椅，兩面嵌在牆壁裡的鏡子看來也很陳舊，褐色木框坑坑洞洞的。每星期四會有一位看起來飽受風霜的，滿臉皺紋的先生，來替病人理髮。K君走進去的時候已有不少人等在那兒。理髮先生正在把一位發著抖，不時呻吟的老先生的白髮用推子推光，老先生身旁有個人幫忙扶著。逐漸推去的頭髮中，露出又黃又髒光裸的腦袋，上面覆滿了油厚灰白的頭皮。

「沒洗過頭？」理髮師問。

「從來沒洗過，嘿嘿。」旁邊那人代他回答。

「好幾年了。」

K君又想笑了。

十七、有人走有人來

「K君，你讀過大學不錯嘛——」

「……」

徐天民揮著因為抽菸燻得焦黃的手指，來到K君床前和他談話。

「樓下一病房有一個×大的碩士，還到美國留過學，結果有病了，住到這裡，十幾年了。」

「噢，這樣啊。」

「聽說上次你們去郊遊，你和人打架了是不是？他們把你電療了是吧？」

「唔，我不知道為什麼會這樣。」

「你要小心喔，你要再和人打架，他們就會一直電你，我被電過幾十次了，我最知道。」

「我好像有些事都想不起來了。」

「會的，電過會這樣的，這樣不是很好嗎？記那麼多事幹嘛啊？」

「你們怎麼能一住就住那麼久啊？不想出去嗎？」

「……」

「你唸大學的時候有沒有交過女朋友啊？」

「有啊，很多，我們班上就有很多女同學。」

「你有沒有和她們睡過覺？哈哈哈——」

「……」

「你這傢伙他媽的假正經，人家都說你和那個五號的老師一樣，是個假正經。說真的你是什麼病，怎麼會住院的？」

「是啊，假正經。我脾氣壞，打了長官。」

「哦——這麼大的膽子啊？三病房也有一個少校和你一樣，打了他的長官一巴掌就被送了進來，第三次入院。你看起來不像嘛——」

「嗯——看起來不準。」

K君不知道怎麼說，他一直是照著自己的想像去生活的。

母親曾說過他很像一位舅舅，那與家庭失去聯絡的男子，常常單獨去到深山大林中，不知尋找什麼，就是愛冒險。有人說他欠了債又殺了人，隱姓埋名，所以不和任何人聯絡。

「以前住在這病房，有個病人脾氣很壞，在家裡跟家人處不好，打他的爸媽，出去工作又和人家打架。那傢伙長的很壯，喜歡打抱不平，病房裡一有事他就出來了，誰不對就打誰。聽說老婆是個妓女，有時候來醫院看他，長得不錯，還有個孩子。後來這傢伙在小房間裡，用衣服撕下來做了根繩子，吊在鐵窗上把自己勒死了。」

「……」

「他會自殺，大家覺得莫名其妙。」

「你會恨你的爸媽嗎？有時候這種病是遺傳的。」K君看著徐天民，很認真的說。

「不知道，有人會。」

「你不會噢？」

「我小時候住在眷村，眷村裡亂七八糟的事很多，爸媽養不好孩子，孩子在外頭做壞事，混太保、賭博、殺人。」

「生了孩子不會養孩子，你養父對你好嗎？」

「我不知道，不錯吧！我有這個病。」

「嗯——」

「K君，我老實告訴你，我爸爸是怎麼死的，他是被我弟弟把頭按在洗澡盆裡淹死的——我弟弟現在還在坐牢。」

「為什麼？！」

「他們兩個彼此合不來，都恨對方。我弟弟混太保，不做事，回家亂打、亂鬧的。我爸爸又是神經病，老是揍他、罵他，拿鋤頭砍他，結果——」

有些病人在逐漸的恢復過來，那位長的很清秀，有口暴牙，穿淡藍色毛衣的年輕病人，忽然開口說話了。

「我還有三十天退伍，民國七十年二月二十日，我還有三十天退伍，哈哈哈。」

他開始主動的問許多病人，你什麼時候退伍？你什麼時候出院？

「我還有三十天退伍，民國七十年二月二十日。」

他變得勤勞起來，主動的打掃廁所，用舊衣服抹擦餐廳，不再「達達達」的狂叫。他也向人解釋自己的病因。

「我第一次是在部隊和士官長衝突，所以失去信心，做事失去信心。我第二次住院是裝的，住院太久，回部隊沒有辦法適應，只好繼續裝病住院。」

「他媽的，自己說是裝病，誰知道？看那樣子，三十天醫生讓他出院才怪。」

K君偶爾瞥見病房的紀錄上面寫著：

「××眼光遲鈍，胡言亂語，吐藥⋯⋯。」

來到十六號床邊，這裡沒有人搬進來，床墊還是空的。據說他還被驗出某種傳染病，所有的東西都被拿去燒掉了。K君拿抹布擦擦那塊已有些灰髒的玻璃，畢竟缺乏耐心，或者不習慣吧，十六號死了以後，他來擦了幾天，不久就放棄了。

這兩天天氣忽然變得暖和了，太陽出來，風仍是冷颼颼的，氣壓一會高一會低，很多心臟、血管有問題的人，身體會很不舒服。病房內變得潮濕而溫暖，蚊子多了起來。

光影晃動，深綠色的玻璃裡，出現了一位十一、二歲的少年。

K君把雙手插進褲袋裡，驚瞿的注視著那片玻璃。

那少年在一片草坡上奔跑，汗流浹背，兩頰潮紅，頭髮濕漉漉的，沿著一條黃色的小徑，奮力的向前跑，一直跑，一直跑……充滿力量的，不停止的奔跑，好像就要飛起來那般。

K君張開嘴，驚訝的看著那個眼睛發亮的，粗魯的，莽撞的，毫不畏懼什麼的少年。那天在夢境中彷彿看到他了，已經多少年了，沒有回頭看看那時候的自己，昂揚的、天真的、充滿力量向前衝的自己。

一位常靠在牆角摩擦身體的五十幾歲的病人，離開了牆壁，開始坐在餐廳裡看電視，還會向人談論卡通影片裡面的劇情和想法。連蘇元泰都肯安靜的穿上衣服，不再跳動。也有幾個人出院了。九號那位犯人，醫生們會診討論的結果，找不出有什麼症狀，又讓他回去坐牢了。他提著包袱，睜著茫然的眼睛，慢慢走出病房。臨走前，九號抬起頭，下巴高挺，眼睛巡視了病房一周，向看他的人點點頭，那強硬堅決的模樣令人害怕。他會不會再逃獄呢？或者會做出什麼大事。

不時的也有新的病人進來，加入他們的病房。死去的那位患者的床位，新搬來了一位年輕人。這人皮膚黑褐，粗手大腳，叫做阿財，是捕魚的海腳。阿財進來便向眾人訴說自己的遭遇：他是家裡的長子；沒有什麼神經病，爸爸患淋巴癌，有五個弟妹，媽媽在馬路掃地，爸爸病得快死了，他要出海去賺錢養家。剛住進來便去糾纏醫生、護理長：

「我沒有病，為什麼把我關在裡面，我要出去東山再起，關在這裡，我的弟妹會餓死，你們不相信我有報紙，你們看！你們！」

那是一張剪報，上面有一張阿財接受女記者訪問的照片，說的大概都是實情。他有胃病開過刀，肚子上留著一條像肉製的拉鍊般的痕跡。他不時喝一種紅色的藥水，這藥叫做「美國仙丹」，能治百病，最是有效。他也常在人群裡發表自己的看法：

「龍就是人。」，「程咬金本來是帝王命，因為誤殺了一條蛇，被天帝改了皇帝位，只能做王爺，這是他厝邊的方半仙說的沒有錯，不會錯。」，「我爸爸的癌最初是被蚊子叮了一口，然後長了像痱子的一顆，然後因為吃太多魚腫大化膿，貼了阿善師的膏藥無效，終於變成癌症。」，「醫生說我的手淫過多，一天一次，有時兩次，所以我的腦漿有問題。」

犯人的床位搬來了一位油頭粉面的小個子，那模樣像個在歌廳唱歌或唱那卡西的歌手。他要人叫他「丁萌」，不准說本名「陳田福」，否則就翻白眼不理會，不高興時還用三字經罵人。他說之前用過「姚乾」、「洋明」、「應天龍」等等藝名，闖蕩了歌壇幾年沒有成功，「丁萌」是算命排的最新的名字，應該會大紅的。

他的病人服很合身又整齊，是他挑了又挑才選定的，每天都要親自熨燙的。這人帶了全副整理頭髮的器具，高級洗髮精、吹風機，名牌的髮油。走路和說話帶有舞台藝人的調調。他不時的歌唱，哼哼唧唧，自稱歌和詞大部分是自己作的。那些歌名叫「滿山楓葉遍地情」、「夕陽孤獨明月劍」等等，前幾年出過錄音帶和伴唱帶。平常時間他到那裡都會哼著曲子，眼珠飄啊飄的，走走台步，用手在膝蓋上打拍子，陶醉在其中。丁萌很討厭像阿財這樣粗鄙的人，經常用言語刺激他。進來病房後小個子分配到是吃力的拖地板，而阿財是輕鬆的洗藥杯，他便向這位粗手大腳的海腳說：

「你這種人最好是來拖地，我去洗藥杯。」

「嘿！什麼這種人，你是那種人？」

「你自己還不知道嗎？海腳仔。」

「海腳仔怎樣？我去過日本、澳洲、菲律賓，你去過嗎？」

「去過怎樣？賺幾塊錢，船又不是你的，要不要我借錢給你，要借錢可以，利息免了，先替我把地拖一拖。」

「我死都不會跟你借，有錢就最大是不是？」

「當然最大啦——你有嗎？有拿出來——」

「總有一天我要，我要——」

「你要怎樣？認命一點好啦。」

十八、群鬼之歌

這日，吉他手作了一首歌，斜躺在床上唱著：

有一間屋子裡

住了一群鬼
他們的頭腦秀逗
心內鬱卒
是一群地獄的鬼
沒有愛人
只有一張要吃的嘴
是一群地獄的鬼
沒有人愛
只有暗暗的垂淚

他用沙啞怪異的腔調，唱了一遍又一遍。

連續幾日都陰雨著，寒冷的風不時在病房四處打旋。畏冷的病人們都縮在棉被裡，沒有下床，無聊的發著呆。吉他手撥著吉他，有一句沒一句，有一聲沒一聲唱他自己作的病房之歌。

有一間屋子裡
住了一群地獄的鬼
……

這條歌已經相當流行了，不時可以聽到病人們口中隨口唱兩句。

是一群地獄的鬼
頭腦秀逗
心內鬱卒
……

西裝頭小個子走到吉他手的床前，那兒有一位眼睛很大，皮膚蠟黃的山地人，正在看吉他手彈奏，這人也是新進來的。

他長得和苗人很像，說話腔調也類似，有人拉他兩人見面，以為可以說得通，結果雞同鴨講，完全沒有交集。苗人為此生了很大的氣，認為有人瞧不起他。

「來試試我的歌好嗎？彈彈看『滿山楓葉遍地情』，我打算用這條歌參加歌唱比賽。電視公司主辦的。」

吉他手要「丁萌」哼一遍那首歌，他跟著聲音撥動琴弦，抓抓那個曲調，再哼一遍，到第三遍哼完，吉他手說：

「好吧，可以來試試看。」

於是西裝頭高興的抹抹頭髮，靠在床前。

「一、二、三來——我走向那秋天的山地……」

他努力地唱著，那歌聲聽起來很熟悉，走的是「一寸歌王」倪賓的路線。他極力的在每一個字上面表現感情，有些字就是故意要帶些兒音，想要唱得字正腔圓的那種味道。每句結束的地方都要拖長尾音，又有著日本演歌的情調。病房裡很安靜，大家都聽著。

我撿起了一片楓葉
無限的嘆息

他的雙手在臉前做出盼望、惋惜的樣子，然後又把它放在胸前，閉起眼輕輕的搖搖頭。

初戀的愛人啊
這就是我對你的思念——

他的歌聲還真不錯，聽得出是經常練習的。在變調轉音的地方，換氣的地方都拿捏得不錯，很有江湖走唱的氣味。唱完了，他陶醉在自己的表演裡，好一會才睜開眼睛。

「來，讓我來試試吧。」

山地人向吉他手借過吉他，撥了撥琴弦，吞了吞口水開始唱道：

在一座美麗的山谷
群山懷抱之間
……

他的聲音首先是有些羞怯的，帶些溫柔的沙沙聲。慢慢的唱了開來，嗓音高了起來。山野裡的和風輕輕吹襲，是個繁星掛滿天空的夜晚，黑沉沉起伏不盡的山巒裡，有座平緩的山谷，山谷裡的草地上，有一堆燃燒著的營火。營火旁圍著些安靜祥和的人們。人們在輕輕的歌唱，慢慢的飲酒。歌聲緩緩的說著人們心裡的愉快和憂傷。那是一片溫暖而美麗的土地，流浪在外的游子，每每思及它便要感動的哭泣。人群中有位強壯英俊的青年，拔出腰間的佩刀，雄邁的踏著步子，唱出嘹亮悠長的調子，歌聲是激動高昂的，那沉睡在黑夜的山脈和叢林也為之驚動不已。歌聲愈來愈往上揚，情感愈來愈緊，柴火彷彿也在兇猛熱烈的往上燃燒。烈焰奔騰，終於它旋上了高峰，在最頂端處躍動不已。有一刻那聲音竟消失了，人們屏住呼吸，似已無法追隨到它的顫動，不敢喘息。好一會才慢慢的聽到了些聲響。那從遙遠處回返而來的聲音，裝滿了豐潤的感情，如大雨滂沱而下⋯他的歌聲，令人的心情隨之而生起悠遠、美好的遐想。

病房剎時間變得不同了，病的、汙穢的、憂懼的感覺竟然都不存在了。山地人的歌聲像在天空展翅飛翔的大鳥一般，讓人隨著那聲音心馳神盪的飄動，他表露的感情，無懈可擊，圓潤婉轉的嗓音，使得許多人的面頰發紅，呼吸急促。好一會，好一會他的嗓音沉緩下來，歌聲在寂靜與無奈的氣氛中，淡淡的結束了。一時間，人們彷彿還似看到山谷中的營火，在遠方暗處靜靜的燃燒。山地人沒住幾天就走了。他走了誰也沒有注意到，就像來的時候一樣。

十九、瑕疵品

要去職療室的途中走過護理站，護理長叫住他，從抽屜裡把筆記簿拿出來還給他：

「護理長您看完了。」

「你寫的很多都不對，給你用紅筆畫起來了，回去自己看看。」

「這樣啊，有些事，我真的不太懂。」

K君接過簿子，低下頭翻了翻，前面幾頁有畫了幾筆，後面就沒有了。

「自己看看就好。」

「是啊，寫來給自己看的。」

「本來我還想，寫得有趣，還可以幫你發表，登到雜誌上，或者青年戰士報上，嗐——」

「不行，不行。」

「寫光明一點的吧，寫點快樂和光明的。」

「是，是。」

……

K君在OT室斷斷續續做了十幾隻瓶子，有花瓶、酒罐和茶杯。那些瓶子完成了初胚，乾了以後用砂紙細細磨光，準備好要上釉。那些白灰色林立的瓶子，如果不是很細心檢視，就看不出多少是帶些瑕疵的。如果不去把它提起來，放在掌上掂掂，就不知道有的厚有的薄，是很不均勻的。

二十、二郎神

K君把睡髒的枕頭翻了面過來，睡在上面，枕頭套裡似乎有東西塞在裡面，後腦感覺有個突起的部分。於是他把手伸進去摸索，摸出來的是兩封紅包紙。打開第一包，裡面是張金紙，紙質很粗糙，稍微一碰就有黃色粉屑掉落。另外有張符咒，符咒上畫著些潦草詭異的圖案，粗野的筆法似乎具有很強的力量。第二包裡面是個小紅布包，布包上用毛筆寫著「二郎神敕令」。是從前用這個枕頭的病人塞在裡面的吧？這人是個年輕人，後來病死了，他們說。

一日，K君做完了清掃的工作，拿著廚餘桶跟著班長，走到樓下的會客室，見到阿財和他的母親站在那兒。他的母親頭戴斗笠，面孔黝黑，腳上穿著灰髒的破布鞋，正在說：

「你得自己注意，否則便死無葬身之地，我們是窮人，你老頭子仰在那裡，我一個人賺錢沒辦法。要不是社會上有那麼多善心的人幫助我們，我們只好通通去跳海。」

「我知道，我不要住院，我老頭子快死了。」

因為對話聲很大，會客室裡許多人看向這對母子。

「你不要多說話，有病就要把它醫好，醫生怎麼說就怎麼做，只要我們心存好心，上天就會保佑我們。煙也不要抽，賭也要戒了，你再出問題，我是顧不了你的。」

那面貌清秀的，有一口暴牙，穿淡藍色毛衣的年輕人說：

「K君，你還有多久出院？」

「不知道，還久咧。」

「我還有七天出院，民國七十年二月二十日。」

「恭喜你。」

老灰仔的面色紅潤，年紀六十上下還很健壯，常和少年比氣力，比伏地挺身，壓手腕，總是勝多輸少。他的內務像棉被、床單總是有稜有角從來不亂，沒有一絲皺紋。每天早上大約是五點便起身，刷牙、洗臉完畢，便點起一根清香。走到病房的側門，側門外的一座山坡上，有間不知道供奉什麼神的黑瓦廟宇，隔著鐵欄杆，他就站在那裡恭謹的膜拜，嘴中念念有詞，祈求的是什麼沒有人知道。每日下午四、五點的時候，又照樣的來一次，幾乎沒有間斷。

大牛是和K君一起做陶瓷的的病友，他的臉孔黝紅，身高約有一九零，體重一百多公斤，又胖又壯，比丁偉又更肥壯得多。大牛呼吸聲非常沉重，走幾步路就喘得很兇。他的病人服太小，扣子只勉強扣了兩顆，肚子挺了出來，褲子勉強套上，卻還露出半截的內褲。他不能走快，動作遲緩。徐天民先前向K君說過他的。大牛最近才對做陶瓷有些興致的，每早也由護士小姐帶來，兩人一起工作，只是行動不便，還不能真正做什麼。K君問他住院的原因。

「酗酒，我一天要喝六、七瓶米酒。」

「為什麼？」

行。」

「沒有工作，做過的工作都不好，心裡煩，我哥哥、嫂子把我送來這，我太胖了，做什麼都不行。」

「我有位朋友，什麼工作都幹過，覺得都不滿意，學了好多技術沒一樣成的，孤家寡人的一個錢也沒有。結果他去開計程車，三、四年下來車也買了，老婆也娶了。他跟我說，明年還打算貸款買房子。」

K君編了一個故事想勸他，這故事自己也覺得很圓滿。

「真的啊——開計程車不錯，嗯——我也想試試。」

「等你修養好了就出院去吧！在這裡呆不是辦法。」

「嗯——開計程車，那你將來打算做什麼呢？」

「我——還不知道，看著辦吧。」K君沒敢把想當老師的念頭說出來，有點不是時候、地點吧。

這天大牛帶了一位瘦高的年輕人，來到K君的床前笑著說：

「他也是你們學校畢業的，你們認識嗎？」

K君和這人互相看了看，搖搖頭。那人問：

「你是什麼時候畢業的？」

「去年。」

「那我比你早兩年，你唸什麼的？」

「文科的。」

「啊——那和我一樣。喔——我現在聽到唸文科的就難過，替你們難過，也替我難過，你將來的路子難走了。我沒有病，只是來這裡休養一段時間的。唸文的出去根本找不到好的工作，人家看不起，我告訴你，我在台北混了一年多，我看多了。」

「你們談談我走了。」大牛笑著離開。

「你都做些什麼工作？」

「我原來在一間書店當助理編輯，五、六千塊，租房子、吃飯都不夠。後來我去一家大飯店應徵，當waiter，收入不錯。混蛋，一天到晚都是跟外國人混。美國人、歐洲人、黑人、日本人。混蛋，我還拉一些皮條，不幹那個也不行。做了快一年我就存了十萬塊錢，後來就不做了。賺那種錢良心受責備，太缺德了，不是我們這種人幹的，讀聖賢書的靠這個吃飯！」

「幹一年就存了十萬，那不錯嘛——現在的人只問有錢賺就行了，不是嗎？」

「笑貧不笑娼，資本主義，吃人的世界，我認識我們學校好些女生暗地裡做這個，看到她們真是！」

「那你現在的工作是什麼？」

「幹伊娘的沒有啊——三、四個月沒有工作，才媽的跑到這裡來，精神分裂了。」

「你的家鄉在哪裡？」

「南部鄉下種田的。」

「有沒有想回去啊？」

「回去幹什麼？唸了那麼多書，認識一大堆古人。回去種田嗎？要種田要做工，當初就不要唸這麼多書，這是什麼教育制度！」

「吃得苦中苦，方為人上人嘛——你覺得教書怎麼樣？」

「呵呵呵，大部分的人都沒有那麼幸運，我有好幾個同學現在還在那邊混，混、混不出個名堂來，我還算好，有自知之明，你沒聽見有幾個媽的偏激得都想丟炸彈。有一個我勸他和我一起來這裡休養一段，他死都不肯，那人很危險——教書？你說當老師嗎？告訴你要人事，要背景，要考試，還要大把鈔票，你有嗎？」

「這麼嚴重啊——需要這樣嗎？」

「老弟我勸你覺悟一點，我不會騙你，出去你就知道。一天到晚詩詞歌賦，子曰的，什麼人格，什麼道德，沒有錢就沒有人格，有錢幹什麼事都道德。對不起啊——哈，對不起，見面就和你說這些，我太激動了，實在是。老弟——」

「我明白，我明白。」

「希望你真的明白就好了，我走了，有空再聊。又一個可憐的人，哈哈哈——」

K君起床，把雙手負在背後，嘴邊銜著煙，在病房的走道上踱著。前幾天醫生問他是否要出院回部隊了，或者改成丙等體位，每年複檢一次。另一種是特別通融的，不必回艱苦的陸戰隊了，可以改成衛生兵，在相關醫療單位服役，一直到退伍。可能是因為父親透過親友關係，想出的解套方法。

要答應嗎？哪個方式較好？真的要出去了嗎？出去以後呢？

徐天民又發病了，在小房間裡哀嚎，新來的病人都圍過去看。五號邊走邊喃喃的唸著。一個病人在垃圾堆裡翻找煙頭。那位穿著淡藍色毛線衣，清秀的年輕人，不再向人說他幾時退伍了。退伍的日子已經到了，但是沒有任何人來替他辦出院，醫生也不理會。整日躺在床上，什麼事都不肯做，不肯說話了。吉他手仍在唱他的病房之歌：

他們的頭腦秀逗
心內鬱卒

農曆過年快到了，有些病人出院，有些新病人入院，每一個新來的病人都有一段自己的故事。K君回想在總治療院的時候，有位戴金框眼鏡相貌平凡的護士小姐自殺了。原因傳說紛紜，有人說是感情上的失敗，被男友拋棄，有人說她無法忍受精神病患的世界，這職業使她痛苦，感到人生暗淡。還有人認為她腦袋本來就有病……誰知道事情的真相？醫生由於自殺者親友們的關心，便很篤定的宣布她的死亡，就是死亡而已，確定她的心臟停了，脈搏不跳、渾身冰冷，不久就身體開始腐爛，成為永遠無可救藥的死者。她的徵候有那些呢？何以有勇氣自殺，上吊。那是個謎，那謎來自人的許多尚不可解。

病者是因為心中的鬼怪佔據了整個的人，許多正常的人胸膛裡、腦裡也住著奇形怪狀各式各樣的鬼怪，只是他們在外表上壓制了它，仍維持人的樣子，也許鬼怪在不知不覺中，或某些狀況驅使下氾濫出來，使所謂正常人的社會也表現出鬼怪才有的行為。大部分的人及時恢復了人的樣子，或掩飾得很好沒被發現。醫者是驅魔者，運用藥物，揮舞巫術的棒子，讓人們正常過來。不過失敗的例子比較多，無可救藥的患者到處都有，更多有病的人不知道或不承認自己有病。

K君不知道從這裡出去後會是個什麼樣子，那人和他講的話刺激很大。他心中充滿了怪異的夢魘，如同走進了一座黑暗的叢林，那叢林裡面充滿著枯藤敗葉，還有一潭潭混濁的水池，水面怪異的波動著，水池底下藏著什麼似的。密密的叢林看不出方向，到處似乎都隱藏著陷人的危機，噬人的蟲獸。忽然，他覺得自己的全身發硬、發黑，身體的皮膚變成了甲殼，手臂發直，只能僵硬的擺動，身形矮了下來，只能匍匐著前進。又忽的，牠掉進了一隻光滑高大的玻璃瓶中，牠揮舞著爪臂，扭動四肢，總是無法脫離此一困境。牠划著、爬著，不住的落下來。瓶外有一些圍觀的人，那些人睜大眼珠，凝視著牠的動作。牠焦急、無奈、慌亂，但總是在裡面徒勞、無謂的爬動著。

他的額頭被蚊子還是小蟲咬了，因為癢便用手指摳，因而感染了細菌，皮膚起了水泡，紅腫破皮，變成一個暗紅色的瘡疤，像是二郎神君額頭上「直立的眼睛」。

他漫然地走到十六號的床邊，看著玻璃窗反映出來自己的模樣。

臉孔青白浮腫，背是駝的，頭髮像雜草一樣的凌亂，K君對這樣的自己感到心情晦暗。

你要這樣的自己嗎？

一直無法從眾多疑慮和擔心中站出來，他不知道該如何是好，「真的不能教書嗎？小學可不可以？」嘴裡喃喃的唸著。

有一所屋子裡
住了一群鬼
他們的頭腦秀逗

心內鬱卒
是一群地獄的鬼
……

二十一、奔跑的少年

老灰仔在清早時手持著一根香，朝向鐵欄杆門外的禿頂山膜拜，口中唸唸有詞，他專心一志的朝山叩頭，不理會人們的注視。那香的氣味被風吹散過來，讓人感受到一種寧靜與安詳，彷彿神佛確實知道這裡人們的存在。

今天是除夕，病者們紛紛到洗澡間去洗個熱水澡，去去穢氣，並祈求明天的開始就是順順利利的。若不能更好，也希望能除去病殃，平安的出院去。

睡完午覺便起身，檢點換洗的衣物走進浴室內。浴室裡面已有老灰仔和另一名顫抖症的患者老余在裡面了。他脫下外衣掛在牆上，打開熱水龍頭，取下眼鏡，準備脫下內衣褲。這時兩個光著身體的老者，正進行他們無言的行動。老灰仔首先幫他洗頭，然後用肥皂塗滿身體，替他搓揉，顫抖不已的老余，唯一自己動手洗的就是他的下體。熱水沖在身上，使他愉快的、無聲的抽動臉頰笑著。

匆匆洗完的K君站在浴室門口，手裡拿著衣物，停了一下，彷彿聽到兩位老人唱著：

當——我——們同在一起

在一起
在一起
其快樂——無比
其快樂——無比

忽然間他看到一個影子，快速的由十六號床那邊衝出來，還來不及反應，那個影子像個精力充沛的少年，在護理站、飯廳、各病床之間快速地奔跑，跑得滿身大汗，跑得力量十足。

那少年跑上了牆壁，跑上了天花板，幾圈之後，再次通過護理站，迅速的往樓下去了。

K君感到渾身熱了起來，一股力量在心底湧動著。

他看著少年消失的地方，微笑的點了點頭。

一九八一年四月初稿
二〇一六年十二月修訂稿

第三章　都市文學的誕生

一、解凍的河流

一九八〇年十一月十二日

忽然認為自己可以寫日記了，從昏亂的日子中出來。

接到筑波大學張良澤寄來一份他「個人文學研究」的東西，說是要翻譯成日文，將台灣文學介紹出去。我選了（一）〈教堂故事〉（二）〈南山村傳奇〉（三）〈風波〉（四）〈天魁草莽錄〉。

瘋狂的心靈，須要逐日的清醒，慢慢的整理出來。

一九八一年三月一日

一日裡，早晨讀著書，心情異樣的波動、不安。我算是出社會了吧！退役還鄉。

一九八一年三月十三日

肥胖起來，連自己都覺得顢頇，還未能恢復以往的力量與思考能力。空洞是目前最可怕的精神狀況，昏亂而無信心。身體浮腫虛胖著，思想空乏，單調。不知道僅五個多月的軍旅和病院的生活，能使人如此的變異。整個人不知如何自處，惶惶若失，精神渙散。

對生活不能適應，不能接受強些的刺激，不能做事，只願單純的生活，懶散，腦子簡單的飄動。

一九八一年三月十四日

想起登山的旅程，按計畫忍受身心的煎熬，往登頂的路上走去。半途在棧道上休息著，看著那空曠遼遠的山脈，森森的巨木，喘著氣，聽到那一股在心胸裡蘊藏的澎湃，感覺到不可抑止的感動……

一九八一年三月十七日

因為懷著感謝的心情，以致對什麼事都不帶想像，只想從過去的苦澀裡恢復過來。沒有感動、想像的能力，於是簡直不能創作了，我是有心要來寫的。

姚一葦編的《現代文學》登了兩篇小說：〈司機大夢〉和〈過活小調〉，倒是沒有想到會用這兩篇的。整日看這兩篇登出來的東西，覺得是件過癮的事。

那一日在一間叫「祈」的咖啡店（相當日本化的沙龍），見到蔣勳，卓明，他說《現代文學》最近沒有好的稿子，經費也有問題，一直拖期。就去投稿，也許是吧！竟用了我的兩篇，蔣勳不錯。

一九八一年三月二十四日

寫完〈清明〉，十九頁。

心情還是游移、幌蕩，想得太多了。

一九八一年三月三十日

寫完〈狐〉大約七千字，我在創作中得到一種喜悅和肯定，幾乎已經喪失了許多知覺和信心，在創作中找回了一些。我去四處走走，到後院的田地去，那兒長滿了野草，青綠的，幾年前那兒全是一片田野，現在蓋滿了房子，顯得擁擠和侷促，使人感到一種壓迫感。不遠處，張家的三合院的旁邊是填高的高速公路，水泥橋上許多大型的車在上面飛奔著。高速公路讓這附近的景觀變調了，田園與鄉村的味道消失了，一個新的世代要來臨了。很粗糙，但感覺有力量。

據說我看起來蒼老，必是用腦過多的緣故，或者我真的已經不年輕了。

二、知識的心臟

一九八一年五月二十五日

因作家陳賢明的介紹，四月初到台北市「夏典出版社」門市部擔任經理，已經一個半月。工作時間由中午到晚間九時。書不少，下上樓大約四、五萬冊。剛來的日子，心情因為住院的關係，很混淆著，不安、情緒不穩、健忘。老是忘了這，忘了那，我克服，努力的克服，不時，也會想起回療養院的念頭，無法忍受的寂寞疏離和空洞，我努力克服，有三位小姐和我一起工作，新華、敏芝、秀鳳。

有一次離去，因為多費了些腦筋和宋濟群談話，因此，忘了關自動鐵門，整個書店不設防。忘了關招牌燈的情況，發生比較多次。

陳萬源、唐復光常來這兒，吃飯、飲酒。另外有位鄭憲哲，韓國人，台大中文博士班的，晚間偶邇來，一次和宋濟群，三人在雨夜的小攤飲酒，第二日食物中毒吧？極不舒服。吳錦發失業後犯焦慮症，經常耳鳴，不時來我這，他擔任李行的副導，拍過〈原鄉人〉。高天生這兩天也來過，說了些陳映真、尉天驄、吳耀忠、曾心儀、季季、心岱的故事。

四月初在夏典上班的第一件差事，是去「空橋」出版社購買傅斯年藏的線裝本《金瓶梅》。這本附有非常多精美木刻情色插圖的「禁書」，夏典照原樣複製、印行，只在海外賣，一套五千元。「空橋」盜印，便宜賣。公司派我去的原因是推測「空橋」的人，不認識我這新人。去了之後果然「空橋」的人沒懷疑，拿出來給我看，印得真是功夫，函裝本，每頁都很清楚。仔細看了看，然後回報。確實是傅斯年的本子，因為上面有他的藏書章。夏典不在台灣賣是害怕損了傅斯年的世俗之譽嗎？還是其中有何協商，「空橋」敢盜印，是吃定夏典不敢告嗎？出版界的偽君子與真小人吧。

一九八一年五月二十六日

寫一系列關於都市的故事：寫成了七萬字。總題為：「都市生活」，開始向各大報章期刊投稿。忘了記上，四月份完成〈病者〉初稿，四萬多字，是住在丹楓療養院的小說。

一九七七年施叔要我們去閱讀《夏潮雜誌》、《中華雜誌》有關鄉土文學運動的論戰，這些年「鄉土文學」的作品形成了風潮。我沒辦法寫前輩王禎和、黃春明那樣的作品，同輩洪醒夫〈散戲〉、〈黑面慶仔〉，宋澤萊〈打牛湳村〉，是我模仿不來的，我不懂鄉村。我寫都市，一個小鎮知識者來到都市的經驗，這個別人沒有，整個台灣經濟和社會也回不去農業時代了，都市經驗是未來的主流。

五月初曾和夏典出版社的同仁，坐計程車去仁澤溫泉。那兒曾是我深深感動的蘭陽溪大河床的一處，那兒有一片沖積的三角洲，下到河灘去：啊，大河。台北人在荒野感到無聊，他們聚在一起，打麻將，講閒話，打發時間。

一九八一年五月二十七日

到夏典其實最想去編輯部，在門市部做生意的興趣不高。然而編輯部不缺人，短期內不缺人。

一九八一年五月二十八日

二十七日秀鳳打電話給我，早上六點半，書店被偷了。匆匆趕去，小偷由隔鄰「前景出版社」過來，用鐵鉗剪斷鋁門窗進來。

我們的損失是一萬八千元。前景是兩千多塊和三大套金庸的武俠小說。

被偷過後，心情惡劣，一日數驚。

啊——年歲——年歲——匆匆的、匆匆的。

一九八一年五月二十九日

胸中有一盞火，不停燃燒著的火花。

厭倦與人交接，總是言不及義。

奉李玉璽總經理的要求，昨晚睡在夏典，防小偷再來。一夜的蚊子、車聲。

飲酒有意思嗎？一直傾向崩潰的情緒裡。

老是和陌生、不相關的人匆匆的交談。

我注視著：

鋁架背包——紅色的，登山用的。我登過十幾座三千公尺的山，看過絕美之景。大部的人只呼吸過平地汙濁的空氣。

白色的道服——纏著黑帶，身邊的人並不知道，我的武術高強，瞬間可以擊倒眼前討厭的人。在文明社會裡，武術是沒有用的。遇到再奸險邪惡的人，也只能和他講道理。

掏出一根煙來抽。

晚餐是一碗鳳城的臘味飯，一碟泡菜。飯上面兩片滷蛋、肝臟，甜的泡菜。

生命是根源力量消失後，精神便衰弱了是嗎？

在睡夢中捏死一隻叮在皮膚上，來不及拉出吸嘴的肥大蚊子。

寂寞是一種淡酒，你多知覺了些，多想了些，還是會醉的，相當不舒服的酒醉。你若是多摻了嫉妒、自卑、惱恨、懊悔，那就像喝進了各樣不同的烈酒，等你醉了，發作起來，便是痛苦異常。

說謊是能力的表現？這是對某些能言善道，很會推卸責任，事業成功者的質疑。

一九八一年五月三十日

做一種修持的鍛鍊：反省啊——

沉默。

在羅斯福路三段欣欣大樓十二樓，看到三位法師，星雲、煮雲、顯明。星雲面孔方正，戴一幅眼鏡，煮雲年紀很大了，瘦高的模樣像江浙人。顯明很年輕，大概三十歲左右，也戴一幅眼鏡，度數很深似的。他更高更瘦，腳板很大，除了光頭和袈裟外，他看起來只像個有點神經質，好辯論的青年。

一群尼姑，穿著黑色的袈裟，站立兩旁。

一位清秀、潔淨的年輕和尚帶引佛號，引大家唸《金剛經》。

許多信徒，見到三位法師，都跪下來，頂禮膜拜。

為什麼需要跪下來，向所謂大和尚頂禮膜拜？為什麼？

一九八一年六月一日

耀珠搬來，同住在興隆路一段。我發現他的心思都投注在女兒如玉的身上，那是一種奇異、微妙的心裡，儒家所說的倫理親情吧，它適用於平凡的大眾。他曾有非常悲慘的童年，被母親（我的母親）拋棄，被養父母虐待，缺乏親情的照顧，讓他成長得很辛酸，對女兒的無限好，是補償心理吧。

我常會想出一些難題來困擾這一歲多的女孩，讓她陷入兩難中。不太了解自己為何會如此。這種投射，我的反省是，是不是也常有不自知的為自己設計困境的心態。

一九八一年六月五日

昨夜九時正要關門的時候，隔壁前景出版社的老闆范承恩來。他個子小，穿著像上階層的人。像個做國際生意的商人嗎？他一進來便說：「你是空空嗎？你晚上不可以住這裡。現在的小偷不同的！」，他皺著眉頭說：「怎麼會有老闆要員工住在店裡！」總算有人向我說公道的話了。

他開車載我和鄭憲哲到「明星」咖啡店去。他明白的說：明年要我有出三本書的份量，再來出書。

星期日來了兩個精神病患，一位纏著新華，是位老先生，穿藍短褲，白長襪，戴金邊眼鏡。他說：「這個婦女的思想有問題，我們要守望相助，小心匪諜。」另一位罵了我，他突然由書架後出來，指著我說：「下流！」

忽然領悟什麼，原來如此——我的成長和學習，那般敏銳、緊張，和愛的追尋有相當大的關係。

一九八一年六月六日

可怕的孤寂感，雙頰陷落。

早上上班到十一點半。中午去父親同學王毓岑那兒吃午宴，無甚有趣的一餐，寒暄式的熱鬧，勸菜、飲酒，混身發汗，吃得鼓脹不舒服，滿口的禮貌話。長輩禮待關懷晚輩吧。

下午去施叔那兒，見到阿忞，我和她們說說話，喝茶，於是又離開了。一次寡味的言談。

等車，淋雨，眼鏡外是模糊的世界。回來，炒了兩個蛋，夾麵包吃了，喝一瓶香吉士。

我害怕給人家帶來負擔。

在炒菜的當時，我發覺，用煤氣窒息而死是一種好的死法。只要關上廚房門，是很合適的。

以前我難過的時候，喝酒可以解決，現在無法了，飲酒後我的身體、臉孔很痛苦。

一九八一年六月七日

消沉與沮喪是相當蝕人心神的，中午，躺靠在辦公室白色塑膠皮的椅子上，漠然而深沉的憂鬱，不時的來鞭打，我發覺我又在喘氣了。一種很古怪的喘氣法，有時必須張開口，吐氣，肚腹起伏著，我記憶深刻的一次是在台北車站附近要搭「若瑟客運」回頭份的時候，兩三年前吧，因為官官的緣故；知道是自律神經失調。

我夢到自己一個人駕駛一輛車子，可是不懂排檔，煞車，加油，以至於橫衝直撞。

晚上和陳萬源、唐復光、鄭憲哲去「伙伴谷」喝咖啡。看到兩姐妹，風格截然不同，兩位都很漂亮。妹妹黑，明亮大方。是她先吸引我進去的。今天我看到她的姐姐，似乎很憂鬱似的，而且有些病態，皺著眉，想著什麼似的，我看到她吃一包藥粉，不像妹妹那般會穿衣服、能打扮，顯得太樸素了。

因為知道被注視的緣故，她活潑了起來，去換了條短褲，並在頭髮上加了一條髮環，看起來很愉快。真的如此，走著走著甚至跳動了起來，與剛才的憂鬱很不相同。十一點鐘，我們出來，並分手了。

一九八一年六月十九日

覺得有一個鬼，與我一起存在已有很久了，他老是在陷害，揶揄我，對我嘲弄不已，他長的和我一模一樣。

「陳賢明」來找我說話，談他的作品，直到深夜。他的天真，自戀，有時的過分多疑都很有趣，可是有時便令人難受。

一九八一年六月二十二日

人與人之間有種可怕的東西叫做「距離」。

流汗，一直流汗，頭髮濕了，手指摸在肌肉上，感覺到一顆顆圓的水珠。

昨日我寫自傳性的小說，興奮得無法入睡，覺得那是最精彩而將成功的東西。

今天我到前景的光復南路店去，范承恩把稿子遞過來，很不經意的揮揮手要我拿回去。「先小人後君子，要出版以後再說。」」。

熱，天氣熱，三點半回到夏典，頭開始痛了，難受極的痛，無法入睡。

母親傳來羅田發死了的消息，肝癌，曾經給我許多鼓勵和資助的長輩，漠然的流了淚。沒有流淚的習慣，五、六年前我是動不動就眼淚盈眶的。躺在黑暗的床上，頭部痛著。

無意生活苦生活，無明時日苦無明。

一九八一年七月八日

我身體的容器裡，有某一處易激動的感情。在夏天的門市部，見到的人甚多，成惕軒、陳奇祿、張秀亞……然多無相干。一日陳○益、林明德來，我見陳如有親人之感，然相對並無如此，不禁冷然。昨日又見一位胡○川，言語之際，殊感庸鄙。向我擠眉弄眼，問我是不是施叔的學生，起初甚至以為是位精神病患者，知道他的身分，自然恭敬有加。後來向我借辦公室和幾位老師會面，他們見面後竟完全不理會我的存在，自顧的在那兒說話。

讀商務一本《二十五史探奇》，有些東西令我玩味再三。昨夜竟又起來行走了，把提包提到客廳而不自覺，耀珠發現的，告訴我，太勞心了是嗎？不禁慘然，夢遊與癲癇症大約有密切的關係吧？喔——

一九八一年七月十日

目前虛無是我的宗教，我一直信奉自己的宗教。人在未成年時最大的興味在破壞，成年的興味在保有與創建。拿目前的人類來看，創建多於破壞，所以整體來說人類是進步的。同樣的比重可以來評斷各民族的成績，有些民族或國家破壞大於建設，所以落後，有不少破壞是成年人造成的，他們煽惑年輕人，鼓勵心智不成熟的攻擊力。告訴他們誰是敵人，要他們上戰場。

由原始人用泥髒的手，在岩壁上留下五指的痕跡開始，「我」、「我」存在的念頭就一直發衍開來。我在這裡！我有話要說！帝王墳墓的豪奢，耗費大量物資、人力建造的巨大建築物，都朝向凸顯「我」的存在，希望「我」和「我擁有的」永久存在。

一九八一年七月二十三日

一個颱風叫「莫瑞」的，在頭份的夜裡聽到它颳起，暴雨、暴雨下個不停。回台北時高速公路沿路暴雨亦是不止，不住的白光閃在空中。不少車禍發生，撞成一團的車子，前裂後縐，停在那裡。到台北竟等不到公車，公車停開了一部分，事態似乎頗嚴重的。肚子有些不對勁，吃多了檬果，家中庭院的檬果長得滿院都是，成熟的豐收啊——隨手可及。我站在水裡，街道變成流水的道路，總算攔到一部計程車。一百二十元到興隆路。

寫好〈永遠流行包青天〉，一萬多字。

王津平來店裡說：「我是惹人討厭的人。」、「施老師說你和宋澤萊一樣，天生的作家，不寫都不行。」

有時候我很阻塞，說不出話來。（活得那麼厭倦，不寫，活著幹嘛——）給《益世雜誌》G小姐的〈麵先生〉，羅青寫了封信來說「好」，他用毛筆字寫的，漂亮的書法。

我的文字可能有些氣韻的障礙，雜錯，原因是想用言語來表達文字，沒想到我本來說話就不很暢順（由暢順到隱忍而不暢順），而且有三、四、五種語言習慣和片語夾在裡面，以致很混亂，有時讀起來自己也覺得很錯愕。

藝術力，這東西需要培養，讓它更深夠寬廣。

一位老者唱山歌仔：他唱「昨日吃多鴨肉，唱歌有鴨聲。」陳達的四季春：「咱和老婆穿一條褲，咱在恆春混不好，想要來去東部啊——」有位青年人，站在淡水河附近的田裡，聚精會神的吹著嗩吶。旁邊一隻白鷺鷥在飛。

以上三個人是電視節目「美不勝收」的片斷，雷驤等人製作，很喜歡。

在報紙二版上看到一則新聞，王姓的民歌手涉嫌逃避兵役，警方去抓的時候他逃了，因為必須去服役，判了六個月的刑，他的事業正在起步，不想去服兵役。很多人的想法跟他一樣。

一九八一年七月二十五日

我在眾神佛之間尋找一個位子；拼命的這樣的思索他們，仿效他們，就覺得會與他們並肩搭背而站而坐。

夜晚獨自看了場電影《秋月茶室》，原先我看過這本書的，今日世界翻譯出版？老片，有值得深思的東西。比如說：「八世紀以來我們沖繩已習慣了被人佔領，看多了征服者。」（小島的命運）、「日本鐵甲蟲在吃中國碗豆的菜葉，吃得一塌糊塗。」（日本侵華）

也許是宿醉，臉孔疼痛了一日，精神瘋狂幾乎不能自已。

沖繩的人們在接近黃昏的時刻，會聚集在松林裡，坐著飲茶，看落日。啊——我又想及了心胸中的一塊美地。我去山上造一間草屋吧！在山上，奇萊的山脊上，迎接暴雨，強烈的風，陡峭的山，樹林，草坡。丟棄知識，丟棄人世的複雜。

真抱歉，我對人世毫無用處，無法和人相處，於是打造了自己的宗教，雕塑這樣的一個神祇若我。民族的壓迫感？弱國的悲劇？豈能不激情。

「我只是希望我的作品像首歌，一首曲子般的。」

如果體弱的話，慾望就會減低許多，減少許多衝動。

自了漢，是有很深的層次和意義。

一九八一年七月二十六日

昨日午時，《益世雜誌》的G小姐請客吃飯，在「尚上咖啡」的三樓。十二時三十分。準時的人有李赫、G小姐和藍博洲。後來陸續來了，鍾延豪、吳念真、小野、童若雯、陳映真、陳萬源。第一次見到G小姐，如我料想的人物差不多，陳映真坐在我的對面。談到下午快五時方才散了。小野說去年看到我那篇〈過活小調〉（聯合報小說獎比賽），覺得很好，沒想到未得獎，他認為我的字和草率的裝訂都有問題，這最可能是我失敗的原因。我的毛筆字很難看。一笑。

「尚上」出來，他們到我書店來。後來又步到鳳城去飲酒了。飲酒和談話，一直到十點多鐘吧！十六瓶啤酒，一瓶紹興。楊仔、陳萬源和鍾延豪坐在書店門口仍未談完。

一九八一年七月三十日

《台灣文藝》革新二十期登〈山雞國春秋〉。

這期有相當多的東西，在隱隱然之間我預測陳〇〇引述詹宏志所言的「三百年後的台灣文學，會不會僅是邊疆文學」必會掀起一陣討論，果然，是好現象。

門市部裡再見到W小姐，她稍事化妝，穿著全身淡綠色的洋裝，連提包亦是綠的。她不再想當修女了；在與自己的掙扎中回頭了。

一九八一年七月三十一日

在遠處有一陣呼號聲，沉悶的、痛苦的。

昨夜吳錦發提議去北投洗溫泉，鍾延豪和他的太太小五開車過來。楊仔有些煩惱，他和妻子正吵鬧著，為著經常的晚歸，和不時有女人在他身邊圍繞。陳〇〇六時許來過，八時多走了。他看到這期《台灣文藝》刊載的內容，有些焦急和懊悶，我指出宋澤萊的〈文學十日談〉所言及的一段話指的是他，他不願意承認，後來又來了。於是六個人出發去北投了。

六人在北投胡闖了一陣，最後到達山間的「珊園」。此處有陣陣的硫磺味，位在山腹。晚風吹習很是舒適。晚間十時三十分。

吃活魚火鍋，喝十二瓶啤酒。

後來每人的言語都不及義了起來。吳錦發：「王幼華的文字有潔癖。」

《中外文學》八月號登〈兄弟倆〉。

我的記憶往回到一九八〇年十月二日在高雄八零二軍醫院的日子，那時一個人坐在陌生的醫院病床上，想著退稿，想著即將開刀，想著死亡，想著軍中的不適應。

在那間外科病房裡，有位開刀開壞的瘦高青年，他的刀由脖子到小腹，人幾乎像被剖開的。縫的地方很粗糙，許多地方又發炎了，紅腫，化膿，像一排暗紅色的排扣。喝水、吃飯時會滲出來。他不停咒罵，照顧他的母親很辛苦。

另一位上校因為胃出血被送來，緊急開刀後保住一命。他躺在那兒兩三天除了護士無人照顧，沒有人出現。他排出的便血腥又臭，我還未開刀，便去協助處理了幾次。四天後他太太出現了，是個肥胖無甚知識的婦人，坐在床邊椅子上，搧著扇子，不住唸著：不要連累她，不要連累她。我忍不住罵了幾句，她似乎警醒過來，說：我要做什麼，要怎麼做？這位看起來很幹練的湖南籍的上校，娶了這樣的妻子，應該是很無奈的。

一九八一年八月五日

去忠孝東路《聯合報》開會，在正門口有一輛大而豪華的車駛來，下來的是王〇〇。她穿著鮮紅旗袍，臉上的眉毛畫得很僵直，塗藍色眼影。陳〇〇、我、彭小姐、蘇先生同她搭一輛電梯，要去新建的大樓內開會。在狹小的電梯內無法迴避，我感到微微的頭疼。所謂上流社會的人，一定需要這樣的裝扮嗎？我想到宋能爾牧師，陳香梅女士，那麼誇大的塗妝。

簡報六、七月份營業額，都較去年增加百分之二十強，去年是二十五、二十三萬，今年是三十四，三十二萬。

G小姐去鹽份地帶文藝營，和陳映真一起去，與黃春明同車回來，這兩人給她心靈一份很充滿的禮物，自然是甚有所得了。

一九八一年八月七日

葉石濤一進門市部大門，劈頭就說：「很可惜你的〈教堂故事〉進入決選，但是沒有得獎，對手太強了，陳若曦、李永平等等。王詩琅得獎了，你雖敗猶榮啦！」

然後再去北投，去的人有吳錦發、楊仔、鍾延豪、曾〇〇、鄭清文，很擠，裕隆兩千的車幾乎滿了。

在北投「珊園」，後來來的是陳恆嘉（《書評書目》的主編）和一位長髮的女人。

陳某喝醉了，唱鬧不休，開始高聲的唱起：〈請你聽我講〉，〈走馬燈〉，〈男子漢〉這幾首台語流行歌，他喊到：「這就是台灣人的品質啦！」原先有些疲倦的鄭清文、葉老，聽到這些歌，精神振作起來。不過最後他們都同意這些歌大多是日本歌或東洋調。

吳錦發唱了幾首客家山歌，唱得很棒，很是純粹傳統的音調和歌詞。

今年又無得獎，相當、相當的失望。

葉老認為〈教堂故事〉的推薦，可能是因為在夏典公司，瘂弦做的關係吧！我很不以為然的否認。直到目前為止，我未曾憑靠什麼關係這樣做吧？這點是可以大聲說的。

曾先生此人，面貌忠厚，他年底要回鄉競選議員，楊仔以為此人複雜，認為他是國民黨臥底的，回來我看看名片，才知道他是添華出版社的主持人。他是臥底的？不了解。

葉老以為〈山雞國春秋〉欠缺了點什麼，他向我說匈牙利的一位作家，和卡夫卡的城堡，我皆未曾讀過，純粹是自己的發想。

一九八一年八月八日

我豈有所求於人，依靠於人。只是……，有沒有人願意聽一下有關「幾乎」得小說獎的事。似乎又預料得到，那希望如水泡般的一顆顆破滅，於是我的言語更加堵塞，胸臆更加緊縮。

「我的棉被晒在頂樓，拿回來了沒有？」男大聲。

「沒有！」女大聲。

「我拿……殺了你。」男小聲。

「你敢，你要殺我，我才不怕哩。」女笑聲。

「拿菜刀一刀就殺掉了。」男大聲。

「殺了我，兩條命哩。」女笑聲。

夜晚聽到他們夫妻這樣對話，我伏蜷的身體內裡突然發出聲音，像是一隻音叉的音波撞擊到另一支音叉，我哀然的出聲。

一九八一年八月十日

高淑斌送了張「國賓」的戲票給我。

今早就出發去了，在門口喝一紙盒的冰牛奶。電影院充滿歡樂的人群，我提著個褪色的黑色塑膠提袋，想著，幻想著自己能在群眾發現「小咪」、陳碧霞她們（這些一九七四年東海岸健行隊認識的朋友），我做著奇異的夢，幻想著六、七年前的我和她們在一起，多麼的快樂呀，快樂呀，青春的熱情，繽紛如夢的情境。

昨日剛去蘇胖子那兒吃碗麵出來，書店的辦公室內坐了一個人，是宋澤萊。我們談佛，談話間他有時眼珠發直，很執迷於某種狀態的現象。他說來這準備參加一個「禪七」，在北投。

《黛絲姑娘》（Tess）那塔沙金斯基（Nastassja Kinski）主演，羅曼．波蘭斯基（Roman Polanski）導演。哈代（Thomas Hardy）小說改編的。我不太能忍受故事中的悲傷，屈辱，醜惡……

突然我明白了，我要獨自去爬山，去到那闃無人煙的高潔、寧靜之處。在碧湖嗎？我喜愛那湖水的深綠，和它的蓊鬱連綿的樹，但是……那兒近年有太多人了，她的寧靜與美受到侵襲了。我要在那兒高聲咆嘯，瘋狂的怒吼：叫、叫、叫、吼、吼、吼、吼，然後跳下那寧靜與美好之中去。

亞力克在森林中強暴了黛絲以後，她住在他家，一日他們在池上划船，那是個深碧的池子，有許多荷葉飄在湖上，有兩隻白色的天鵝，充滿恨意的黛絲！

她的愛人離開她，她不願意活了，只是沒有勇氣自殺罷了，沒有勇氣自殺了。詭譎而陰沉的畫面。

蕭麗紅帶她的女兒來夏典門市部，女兒一歲多，她與我談命運，她說：你不得不相信，一定要相信，「譬如說胡蘭成，七十六歲死……結果……如此。」她的《千江有水千江月》賣得極好，有電影公司要買版權拍電影，五十還是六十萬，她覺得條件不夠好，她有之前《桂花巷》的經驗。「一定要夠好的條件我才肯，他們賺太多了。」我笑笑，她有資格談這些的，我雖然沒本事，作品還不成熟，但怎麼都感覺和她的想法很不同路。

一九八一年八月十五日

中元節如何過的？啤酒數瓶，兩盤炸排骨，豬心，酸筍。去秀鳳的家。和敏芝一起去的。一個標準的台灣家庭。

寫完〈巴黎的兩張面孔〉、〈無敵高先生〉。

自我救贖的方式：「愛的追尋」、「生命寄附於文學」、「死亡的幻想」。

一九八一年八月十九日

駱石欽帶個女孩來「夏典」，姓阮，個子小小的，笑起來有些像官官。

十八日早上，我們三個人去鼻頭角，暴熱的天氣。山巒和髒的海，在山巒間看到一些山羊，牠們呆在一處陰暗的巖穴裡，或坐或臥，如同嚴肅的聖者，牠們在那兒仰望大海，無盡的大海。

廢屋數間，一座燈塔，我的腳發軟，皮膚發紅，心情不甚佳。

駱石欽和她握著手，駱總算是愛了，他的對手我不太能理解，未知禍福。

晚上駱、我、齊，三人坐在客廳飲酒，鋪著報紙的地面，鴨掌、炒魷魚、花枝丸、啤酒。

陰鬱得太過深痛了，刻劃的痕跡太過深，以致我無法站直身體；很難由裡面爬出來。

宋澤萊坐關七天，第三天就無法忍受逃了出來。

昨日傍晚，一位女人來尋我，她是《大地生活雜誌》的編輯，淡江法文，早我一屆。王津平的學生。她希望與我合作寫新聞小說，每期一篇。是施叔要她來見我的。名叫「柳碧珍」。

一九八一年八月二十七日

寫完〈野孤〉、〈草山書生〉，嘗試寫人、鬼、獸之間的故事。共九千字左右。與《聊齋》、《太平廣記》幾則有關。

某日，去杭州南路一段，一間貿易公司談一筆生意，扛了「張大千名蹟」、「故宮名畫三百種」等。一位高大黑壯的日本商人要的，用來送他的父親。

疲倦——渴望安靜和休息吧。不得——

暴熱，汗水不斷溢出。

《益世》刊出將登載我的小說廣告，古逢桂見著，打電話來尋我。七、八年未見，他在輔大唸夜中文。他說曾經在《中外文學》見過我的文章，曾打聽過我的地址。給他影印的一份〈野孤〉。

情感感覺有些不協調，患得患失。

扣除勞保、所得稅，一月所得是八七七三元。

患了哪種病嗎？在家中想著書店，在書店想著離開，職業上的焦慮症吧。

一九八一年八月二十九日

確實是寒冷的，寒冷得人不住打顫，打自心底的寒，左邊亦寒，右邊亦是，冷得我雙頰陷落，頭腦發緊，……騎在腳踏上，漠然的看著年輕的交通警察攔下摩托車，在公館的圓環，這種天氣，放過人們吧。

寒冷躲在我的胸口，胸口如同一包將碎欲碎的血漿，我尋找一盞火，一盞溫熱的火，我尋它，四處的尋啊——尋、終究我還是把那心靈之衷，還復來到這頁紙上。

一九八一年九月四日

驅車晚去北投，鹽酥蝦、冷竹筍、炒青菜，冷蜆，燒酒雞：二十二瓶啤酒，五個人，直至夜晚二時三十分。回到台北市，鍾延豪把車駛到大橋下，這裡是華西街，我們走了進去。那狹窄的街道，竟站滿了兩相互望的男女，多半是男人和年輕的妓女，矮屋下人影幢幢。

矮屋下的角落有個女人，風塵味甚重，有張浮腫的，好似白水久泡過的臉，在賣著中藥。她向圍在身邊的男人說：要補，一定要補，她的藥大約是蛇、蜥蜴等等製成的。

走到巷中去，一些女人又站了出來，一個女人伸手扭了我的肩膀。我沒有回頭。

四、五個年輕人站在巷道，其中一個說：「怎麼樣，你們去，我一定就去！」表情很認真。

在去的途中，楊仔模仿「林洋港」說話的口氣，很像。

酒醉中，仍沒有忘記我是外省人，藉著酒意表示他潛在的想法，或者是敵意吧。懷疑我是臥底的？

第二天，起床忽然嘔吐起來，不住的吐，瀉肚子，喝水、吃點什麼也吐，吐到最後盡是黃色的苦汁，不住的嘔，幾乎不能走動，癱軟的雙手不住的打顫，冷汗直流。我的兩眼充滿血絲，那暗褐的血，幾乎要從眼眶中迸出來。整個臉孔怪異的，虛弱的扭曲。

《自立晚報》從九月一日開始連載〈勝負〉。

G小姐寄了一筆稿費給我，共是五千一百二十元，連同〈兄弟倆〉的三千兩百元都給了王愛華，她月中去「沙烏地」支援醫護工作。

一九八一年九月七日

有時候確實沒有多餘的力量去寫日記，視它也漠然，縱使心胸燃著欲說的火花亦是如此。此時翻讀日記，便覺得貧乏得令人心痛。

那日酒後的嘔吐、虛弱，獨自的倒在床上的苦楚，感到人生的生硬，無助，便覺得心中慌然。

鄭憲哲帶他的妻子來，他在暑假中結婚了，感到莫名的無奈，我下定決心送他一個五百元的紅包。他不再能在雨夜中來尋我飲酒，一吐胸中之苦了。他需要錢用。

病中的無助感，使我有慌恐的現象，以致於人和語言都變得散亂，不知所以起來。

前幾日去新竹飲酒，我也見到「韻子」相似的眼神，令人痛心的挫敗在她的身形之間。離婚傷人。

昨日休假，我躺在床上，直至中午，但是發覺無處可去，一大堆苦楚之感湧來，使身體劇烈的痛苦，死亡的陰影不時的襲來，逼得無處可躲，額角疼痛，胸口鬱悶，冷汗直流，找不到塗抹止痛的藥水；沒有這樣的藥水。只得起身，站起身來，穿好衣褲，提著皮包，去上班，去書店裡。這樣，我又逃過了這一段的苦慟。

一九八一年九月十三日

數日內看完田原的《古道斜陽》、《青紗帳起》、司馬中原的《荒原》。寫中原的土匪、俠客、平民；寫賭場、槍戰、血腥、窰子。

台灣的長篇小說一直沒有巨大的、深沉的作品，這是楊仔說的。這二十年來有了，可惜他們的長篇是訴說著中原的血淚，寫得是那些人們的遭遇。這不免有些遺憾嗎？時空有點錯亂，如果他們能在中國出版呢？

司馬的文字和意象，看得出來是刻苦的經營過，十分精采，然而有點媚。田原很平坦，自然，同樣的大氣魄，而略有不同，我又想起姜貴。

如今的政治又轉彎了，將來他們的作品，最大的致命傷將在「這樣的把敵人當作死敵」吧！

我到台大舟山路的研究生宿舍去，那裡有兩棟樓房，陳舊的很，庭院長滿雜草，找到最後一棟樓的最後一間房子。我把一張紅包夾在鄭憲哲桌上的《中韓字典》裡。

去年中秋，在潮州部隊過的。送了幾包煙，幾顆柚子和極多好肉、好菜，算是不錯，晚會也熱鬧。夜晚，獨自吃了兩只柚子，睡了個不太安穩的午覺，醒來，看電視。買了一碟炒螺肉、花枝丸，鴨掌回來，煮了點麵條，喝兩杯黃酒，看鄧麗君的勞軍節目。

一九八一年九月十五日

據說，桃竹苗地方版，某日登出了一大新聞：「陸謙仁（親戚）」等在RCA公司，竊盜、並銷贓，已由警方逮捕。

夜涼如水，如水之涼的日子——秋。

一九八一年九月十九日

因為在「情」的歷程中受到傷害或是什麼？於是便不再由此去思慮許多事情，認為那是種敗壞，或是表現墮落、妥協的意味。往往就由單純的慾望，肉體去思索真實的情況。由此渴望減低心底情意緒的亂流，而端正、自在的在控制下活著。

近來無讀書多矣。

一九八一年九月二十一日

雨夜，呵，風雨撲打著的馬路，很是寂靜，在走廊底下望著。

疲倦竟會使人全身發熱嗎？臉頰發紅。

《聯合報》三十週年，送了一支錶，一條領帶。

與小咪通了一個電話，她生了個女孩，說是胖了。拿出一本舊時的相本，看到林靜女，又眩然了，她和我是兩個多不同的生命啊。

夢到我在療養院中，和病人們練拳。董玉梅她畢業了吧！做此夢的原因是看了一本《天才的心理分析》，這書由牧童出版社，宮城音彌著，李永熾譯。

書上有句話：「因為犧牲安全感，捨棄與他人認同，天才才會出現。」頁一三八。

一九八一年九月二十四日

報社社慶，書店七折——生意奇好，忙得頭昏腦脹，頭部疼痛起來。最高賣到五萬五千塊。

《益世》登〈麵先生的公寓生活〉。

夜晚到「紫滕蘆」去喝普洱茶，苦而無味的茶，言語之間對張豪（前景的總編輯）略感失望，也許是他的生活和接觸的人有關吧！缺乏精銳的思考力，和深刻的精神境界。

人最多的時候有張豪、高天生、林文義、陳賢明、吳福成、楊仔、林明德、王震武、G小姐、薛楨麗、曾心儀。

七百七十元的茶資。

一九八一年九月二十五日

九點起床，迷糊中去打電話，敏芝到發行部去配書，九點十分騎車出門，走到地下樓打開「夏典」的鐵門，九點三十分開始營業。

人潮洶湧，買書的人如同不用錢那般的，拼命的買，在櫃檯的我們算錢、找錢、上架、排書、找書。人變得極興奮、混亂、汗水滴下來，眼睛一直是潮濕的，如同淚水般的；蜂擁而來了各種不同樣的人。兩架冷氣機吐出的空氣混濁。今夜結帳，十萬零一千多元。

「喝一杯竹葉青——啊。」

因為興奮、錯亂、紛忙，雖是疲倦了，卻無法入睡，睡得極不安穩。

一九八一年十月一日

王培火寫信來，十一日將有喜事，和汪麗雪。

十月份《中外文學》登〈諸神復活〉散文。

宋濟群和王秀瑜都認為第二段好。

一九八一年十月四日

昨天稱做本人的二十五歲生日，啊喲，二十五歲。

醒來，九點多，寫了點稿。接近中午，嫂子看看我，她要煮飯了，我趕緊便出門了。

來書店，吃兩個包子、燒賣。把小說寫完啦！隱隱覺得這是篇「巨作」，算是給自己的禮物吧！

下午無事，去看了場電影，西門町金獅戲院，人真多，電動玩具生意好，許多神頭鬼臉的人，我坐在靠窗的位置稍稍休息。碰見新華夫妻。

七點半才回到書店，G小姐來過，今天楊仔也來，說昨日鍾肇政、楊逵來訪。兩位老長說十月二十五日有一個座談會，關於小說的，希望我能參加。

昨晚騎車去訪問鄭憲哲夫婦，在新店調查局附近，生活清苦，一盤泡菜，茭白筍炒肉，炸豆腐，酒卻是好的，一直到深夜微醉回家。

三、都市裡的漫遊者

一九八一年十月十二日

今天簽字離開夏典公司門市部，工作了六個多月。

十月十日回頭份，疲倦的，叔叔王宗宇結婚，在竹南君毅中學旁邊的家。門口搭起棚子，中午十五桌，晚間兩桌。

唉！回家，隔鄰地主黃家半月形的池塘，本來有一池的綠荷，竟然都萎倒了，乾癟枯槁。田裡的稻穗結滿飽實的穀子。結滿了，風來，發出沙沙的聲音，一隻番鴨在水溝裡走動，探著嘴吃什麼，我打了聲哈啾，驚走了牠。

王宗宇是五叔公長子的婚禮，來了許多流亡於此的老鄉，滿耳的山東鄉音，噢，這樣的聲音，親人們。

無法飲酒，渴睡極了。

我寫完了的那篇稱作〈狂徒〉。

打算休息一段時日，要快樂的來寫作。

一九八一年十月十四日

雨絲，濃暗的雲，和宋濟群騎車過福和大橋，到他那兒看到些東西。畢竟他的智慧和人世經驗的配合度還不夠，所以一直是個不協調的人。

他的幾本「禁書」記載了執政者對政治犯的刑罰，如此可怕！如此可怕！他對這類「黑幕」，似乎特別有興趣，也愛向人說。

看到諾貝爾文學集中川端康成的一頁書法。

「神界易入，魔界難入。」

這在我的創作經驗中，有相合、相識的地方。

騎著腳踏車在都市漫遊，劉的公寓一扇窗子，正是兩棟公寓的背後，那兒丟滿了果皮、紙屑、衣服、襪子、鋁罐……一片髒亂。

有一萬塊錢——可以活多久。大約兩個月左右吧！

一九八一年十月十八日

寫完〈歡樂人生路〉，對這篇東西既煩惱又牽掛，寫得頭腦昏疼，喉嚨苦澀，發不出聲音。秋夜寒冷！

寂寞之中想到「潘」，沒有足夠的理由說服自己去打電話。

我希望回到那孤獨的，自我完全顯現的日子。在深夜獨自出入，在夜晚要一碟白煮花枝，沾芥茉吃。人生有幾段路可以這樣走呢？

為避免人事間的齟齬，對我造成不能承受的損傷，因此努力保持沉默。在台北，我沒有能力和任何人爭鬥，只有挨打的份。

一九八一年十月二十一日

「國際電影節」來了，開始到處看電影。

前日去青年公園看《魔界轉生》，深作造二導的，改編自山田風太郎的小說。興奮的很，女主角千葉真一打開她的胸衣，露出美麗的乳房，我感到一陣自在。沒有被剪掉，她真實身體的一部分，比較完整的女人。

再往青年公園，看《她的夢魘》。一部澳洲電影，算是不錯的。

騎車，腳踏車，滾過馬路。

東映的片頭，洶湧的海濤撞上岩石，這個鏡頭久違了啊！我從八、九歲開始在竹南、頭份的電影院看電影，看過幾十部東映的電影。主要是「強霸拉」武打片。

寫完一篇小說〈歡樂人生路！〉路！路！

寫完稿，在雨夜中去找王德生，路上滑了幾跤，我面孔的慘白令他驚訝。

一九八一年十月二十二日

人間乃地獄，是窒梏、壓迫我之煉獄，因為，人間世之任何事我皆有一探究竟，皆想觀察、深思的心理。因此我髒穢，狂亂，有如一垃圾場。

有時又會以道德來判斷人事，或以此「自律」，心靈便會變得拘囿、窄小。

到「新聲」電影院看一部之前沒有想要看的電影：《健康》。這部片是福斯公司出品，故事大概是在諷刺美國政治的某一現象。整部電影以推銷健康食品的大會為主軸，一個茫然、陌生、緊張的白宮代表來到這個全國知名的大會，鬧出了很多荒誕的情況。大會現場充滿各種綠顏色，水果、蔬菜、草地，深淺不一的綠，表面上一再強調綠可以使人健康，然而整部電影都在嘲諷人們不健康的思想和行為。諷刺美國兩黨政客的虛偽，以及小丑化的無黨人士。導演有意製造一些乏味、沉悶、無聊的場面，對政治沒興趣的人可能看不下去。

兩黨一正一反，另一無黨派者，服裝、言語、行動都很怪誕，為的是引人注意。

在「健康」的前提下，這個全國大會的人們，進行很不健康的「家人的管理」選舉活動。

令人印象很深的政治諷刺荒謬劇。

《魔界轉生》，日本東映出品。有佛教因果、輪迴觀，也有佛洛伊德的理論，很精彩。裡面的腳色如下：

天草四郎：由魔界借得力量，誘死者轉世，轉世者通常在人世有未了之情孽和執著。

細川夫人：對丈夫之仇怨情結，轉生為厲鬼，以美色敗壞德川家。

胤舜：著迷於美色，無法參悟。

宮本武藏：懷疑自己是否為天下第一劍客，以終生未與柳兵衛決戰為憾。希望轉世後，可以和他決鬥。

柳兵衛：想與自己兒子決鬥，認為他可能超出自己的成就。

十兵衛：劇中唯一清醒的、正義的力量。

諸魔為十兵衛所滅，天草四郎亦為其斬首，然其鬼魂不滅，手捧自己的首級，口稱將再回到人世勸誘不甘死亡者，再轉世為鬼。

《她的夢魘》——來自澳州的電影。

一個女性知識份子與闖入者之間的心理衝突。闖入者水電匠在室內說：我們最好學習如何相處。女人最後以栽贓的方式趕走了他。不知這樣的情節，是否有階級對抗的暗示。

晚場電影，《再見豬肉派》（Good bye Pork Pie），紐西蘭的電影。其中一個女人不勝開罰單的煩惱，乾脆脫下褲子和巡邏中的警察交易。肉體是人最後的港口。

年底要選舉了，街道上已豎滿胡言亂語的，五顏六色的招牌。

一九八一年十月二十三日

夜來有雨，極是冷，身體可能有哪裡不協調，臉孔削瘦，頭腦昏沉，痰甚多。

孟浩然《留別王維》：「當路誰相假，知音世所稀，只應守寂寞，還掩故園扉。」是現在心情的寫照。

一九八一年十月二十七日

前日約好G小姐去青年公園看楚浮（François Truffaut）《四百擊》（Les quatre Cents Coups），時間超過了仍不見她。十點，我把票賣掉，自己看了，彷彿知覺到上了她的當。然後走到30路站牌，她出現了，遲到。到鳳城去吃餐飯。談得不太投機，便分手了。

昨夜去看《唐・喬凡尼》（Don giovanni），感覺很不喜歡，一半便出門了。

中午時分去施叔那兒，她拿了半瓶酒出來，說是「拿破崙」，她認為〈狂徒〉與〈歡樂人生路〉很好，氣魄夠大等等。我說了一大堆話，覺得自己愈加飽滿，豐實、深刻，除了知識的不足，對她的知識與分析能力已然可以知覺了。

今日中午去看卡洛斯・迪耶蓋斯《再見・巴西》（Bye Bye Brazil）。並不認為很偉大，但是有些東西的真實令我慄然，情節很吸引人。導演以這個題材切入，很有趣。

晚上去看《告訴她我愛她》，不算太好，只是氣氛之醞釀與音樂甚好。

剔去了多餘的頭髮，下一個決心，要寫兩篇東西。

一九八一年十月二十九日

在蚊香、殺蟲劑的味道之間，小孩吵鬧聲、玩具聲，婦人的喝斥聲中，我寫作……

張豪晚上打電話來，他看了〈狂徒〉和〈歡樂人生路〉，他要請我吃飯。另外他說，調查局的一位朋友要和我見面，我的那篇〈麵先生〉觸怒了他們。

你能了解這種狀況嗎？「文字檢查」，愚昧仍在這社會存在，令人哭笑不得。

張並沒有對我這兩篇作品提意見，關心的是情治單位要調查我的精采故事。

其實調查局的某人之前已去到夏典總公司，對我進行調查，讓李玉璽等人對我產生戒心。其實是另一種騷擾和警告，希望我離開。身為門市部經理，常常接待一些「黨外人物」，讓高層不高興。兩次遭竊，應該不單純。我主動提離職，他們很高興。接我位置的是總經理的親戚。

一九八一年十一月一日

寫〈健康公寓〉大約三萬多字，也許超過，還未完。

看一場《再見巴西》，其中有幾段算得上精彩，龐大，但也未必好得令我震撼。如果我能在中國大陸，如果能置身政治制度之外，必有把握寫出更好的東西。

眼力衰弱，寫得過久，是不停看書、電影、電視的關係。

一九八一年十一月七日

動心起念處用功夫，對他人的心思亦是「余忖度之。」

一九八一年十一月十三日

選舉熱烈的進行，縣市長、市議員的選舉，每日中午過後即有車來拜票，特大號的喇叭發出尖銳的聲音，擾人午夢。

寫完〈健康公寓〉三萬多字。

十一日下午四時到淡江，龔鵬程用他「詞曲選」的課舉行座談會，談我的創作。另有他淡江同班的《民生報》的記者林明裕。為學生提供一條出路吧。

早上未吃飯，中午煮了一大碗麵，入肚，感到胃的發脹，肚子微微的麻癢。

一九八一年十一月十七日

這幾天的夜晚與高淑斌一起翻譯有關安那拉爾・法朗士（Anatole FranCe）的介紹性的東西。是楊仔請託翻譯的，他們準備出版諾貝爾文學獎系列的作品。

據說我的外貌：顏容慘白，雙頰下陷，如鬼域之人。

一九八一年十一月二十三日

十八日早晨從中崙站出發，車到二林——再轉大城鄉。中部的鄉野宴會，共四十張桌。來的都是附近的鄉人。菜餚不太有味道，四處蒼蠅飛舞。大城鄉位在濁水溪邊，蒼蠅和種西瓜、養雞有關。他們家入口處放了一個招牌，「喜事」，上面寫著：王培火——汪麗雪，很有戲劇感，飲酒吧。

夜晚由一位先生載我到二林車站，這是個簡單、骯髒的車站。買了一粒青色的蘋果吃，物價比台北便宜了兩三成。到台中車站後走到敬華飯店，當夜睡在一間一千一百元的套房裡。夜晚醒來好幾次，醒來便調整身子、腦子，繼續睡去。十九日到台南永康鄉台南家專，見了學著聲樂的王秀瑜，總是希望她，能好好的做出點東西來。晚上到嘉義，去林的工地那兒睡了一夜。晚上去嘉義市吃海鮮火鍋，飲酒，然後去一間茶館，喝壺茶，與他談我寫的東西，談「卡拉馬佐夫兄弟」。二十日到北港，去媽祖廟……一入正門看到的匾額是蔣經國題贈的。

中午到鹿港，啊——鹿港，許多棺材店，眾多的廟。民俗文物館的一些東西、字畫，很中國的。我的鞋走破啦，晚上住在這小鎮的旅店。在夜裡為打一通電話給駱，深夜還在鎮裡走動，穿過窄巷，看到糞車，很多腐爛的木門。

白天獨自搭著公共汽車在田野中奔走，一位退休的先生抽著煙，和旁邊的友人說著某人死也、某人病矣。廣大的田野，搖幌的車廂，明亮的陽光。和陌生又熟悉的人們同車。

二十一日到台中，很疲倦。與駱和阮到台中體育館，她是幼稚園老師，甚多小朋友，各顏各色的衣服、旗幟，在玩體能遊戲，十分吵鬧的。晚上打了一場保齡球。二十二日去東海看了場港片〈夜來香〉，中午到正陽春鴨子樓，飲酒……作樂。

一九八一年十一月二十四日

高淑斌的法朗士（Anatole France）《天神飢渴了》譯稿前序，張豪認可，請我們吃了餐飯，在大陸大廈的西屋餐廳。

晚上看紐約來的芭蕾舞團表演。

女舞者G.KirKland——只上台兩分鐘，叫價甚高。她表演顫動的垂死天鵝。一些舞蹈之後，她上台，低垂著頭，伸直修長的雙臂，模擬天鵝的雙翅，一波波柔緩的波動，之後像連綿不絕的波浪，表現柔若無骨，繽紛撩亂的翅膀幻影，有著不可思議的美感，令人震驚。據說舞台下她是個放蕩混亂的女人。穿牛仔褲，滿頭亂髮，吸食大麻。是啊，不是如此催逼自己，如何能達到這樣的層次。

男舞者C.Aponte較佳，年紀好似大了些，然仍壯美，在舞台上摔倒一次。說是身體太多處創傷。芭蕾舞的致命傷在不夠全體的美，如沒有翻騰，全身的轉動。就如西洋的拳擊一樣，只有往前攻擊的招式而已。

一九八一年十二月一日

我希望日記能記得出心裡真實感受的十分之一。

〈震旦號列車〉寫到一半，感到疲倦、煩惡……

看一部電影《旗鼓相當》（The Competition），心靈更感阻塞。飲半瓶紹興，三樣菜，一點也沒醉的感覺，酒太冷，內在的壓力使我頭痛。

喝斥小孩的尖喊，小孩的吵鬧。

一九八一年十二月六日

《中外文學》登〈永遠流行包青天〉，從投到看出不過一個月的時間，在頭份家裡接到的。母親看到第一段，大喊起來，咒罵我，父親讀了也極不悅，彷彿大禍臨門了。他們知道我因為文字招禍，得罪了調查局的人。他們的經驗中那是很可怕的。

焦躁、不安的感覺使我極度難受起來。不再寫了，我使他們痛苦，我原先絕無料到。家的感覺、舒適感消失了，到處顯得敵對、壓力，擔心有人（情治人員）會走進來抓人。可怕的感覺。也許我會喪失了我的道德勇氣，放棄我的文學觀。

父親坐在黑暗中，相信他流淚了。

要為文學付出多少代價？孤獨、挫折、安全，乃或生命？精神崩潰？家庭破碎？

一九八一年十二月八日

獨自到西門町真善美戲院看狄西嘉（Vittorio De SiCa）的《費尼滋花園》（The Garden of the Finzi-Continis）。

中午出門，先到百貨公司去走了一趟，這個月已經六、七趟了。獨自看些東西，折扣打得很兇，這是競爭的結果。前兩天買了一隻檯燈，一隻咖啡壺，共三七八＋二九四元。

在中華路一間委託行櫥櫃看到一把茶壺，回家後興奮得很，幾度想去買它。定價二千九百元，輾轉反側，不能安心。

時間太早，逛了一趟，一位南部口音的皮條客跟著我，在耳邊說著〈歡樂人生路〉裡那位皮條客類同的話：「小姐，要小姐嗎？」，這些話令我會心的微笑。那天我會停下來，問問他和她們在這都市的種種，目前還不行。

這部佳片，唉……如那天看「旗鼓相當」般，令我傷痛不已。「花園」的觸動使我頭疼了一天，幾乎瘋狂。奉命拘捕的人，推門進來，沒有太多言語，抓了就走，受害者沉默的接受將被殺害的命運。

革命者被執政者殺害，執政者有錯嗎？革命者奪得政權後，不也會殺掉想革他命的人嗎？誰是受害者？愛搞政治的豈有受害者？

西門町有一間天后宮媽祖廟，令人想問參拜的人是帶著什麼心情來的，這裡的媽祖真的有靈嗎？讀書，寫作，觀察，聽音樂，苦思，遊魂般的走動。

寫完〈震旦號列車〉初稿，三萬多字。

文字乃是我在無法生存下去，找不著生命方向、意義時，一項全身投入的工作；它存在我存在，它喪失、我喪失。

我像一個嬰孩，爬到桌子上找到一支刀片，那是薄而鋒利的刀片。我不知輕重的玩弄它，手上割出一道道的血痕，流血，血流出來，仍不知覺。不知覺的玩著稠的黏血，直到流血過多，昏去為止。

一九八一年十二月九日

希望我好好的活著，可能有人不願意我這樣活著。除了自己以外，可能還有別人。

今晚九時，調查局約談，在台大附近的尚上咖啡廳。

忽然我變成有毒的人
從來不曾料到
從我知道有毒開始
朋友、父、母、手足、是否都沾染了毒
被誰
我這人
這人曾經毫不留情的
殘忍的殺死所謂害蟲

鼠、蛇、蒼蠅、蚊子
應該鄭重的和他們再見
朋友、父、母、手足
有毒的人最好變成鬼
鬼
有毒的人最好隔離開
不必工作
有人監視著
一個人活著
才不會散播毒菌

一九八一年十二月十二日

去到光華商場，那兒的舊書，令人感到繽紛雜亂，陳設在此的字畫，染有歲月的黃斑，缺乏整理，看起來不甚愉快。走道間有幾位洋人，看到那些字畫，大驚小怪，過度興奮，大呼小叫。書架上的書冊裡插有一兩本色情的書，彩色的。

到中央圖書館台灣分館查書，那兒充滿了人，太多高中學生了，廁所的味道不好。

有一夜因為在僑光堂看完《荷珠新配》，笑得太多，精神亢奮。又和調查局的一位鄭先生見面，喝了一杯濃咖啡，幾杯茶，遲遲無法入睡。聽著隔樓的鐘聲，報時的鳥叫聲。直到清晨五時許才昏沉睡去。

沮喪和絕望，令人神喪智亂。

買了一件新外套，花了七百八十元，心痛。

施叔認為〈健康公寓〉淺，不耐讀，令人錯愕。她認為浪費素材了。

黃凡、蘇偉貞、黃驗、李赫、曾心儀等人欲去淡水「聖本篤」。

G小姐打電話邀我；是非人地，拒絕了，想去更美好的地方。

《費尼茲花園》（The Garden of the Finzi-Continis）結束時，有一位女高音婉然，哀苦的唱著一條令人動容的哀歌「人生悠悠——哪！」那充滿淒切黯然又不失希望的調子，讓我久久難以自拔。

失眠夜，人如鬼。

如果我能沉下氣來，多好，我擔心兵役，擔心生活，擔心作品，生活在堆滿雜物的黑暗的房子。聽著孩子、女人的叫囂、哭鬧聲。請問？

在每一次沮喪、絕望中，我愈昇華、愈堅強了嗎？

一九八一年十二月十四日

昨日去信義路三段，鍾肇政以《台灣文藝》之名開設的「泛台書局」開幕。

見到一些長者，龍瑛宗、王旭雄，巫永福，吳濁流的長子，劉兆佑，鄭清文、李喬、李魁賢、施明正、趙天儀、高天生、吳錦發、曾心儀、林邊；老中青三代。陰雨的天空，感覺這些人和台灣本土文學的命脈息息相關。有些人說的話聽起來很的可笑，知識不足，視角偏頗，其實那只是個人的問題，另一群政黨的文人也未必不如此。未必不如此，或甚過之。我倒是看到一些特殊的個例存在。

鄭清文比較持平，能談一些事。

語詞錯亂的施明正，身邊放著一瓶威士忌，一面喝一面忙著為眾人畫圖像，畫得實在不如何。

當時有二十一人，由李喬出面，請大家每人出五百元，慶賀開幕。鄭清文邀我一起收帳。我不知會有如此情況，口袋中只有二十幾塊，其實我根本沒有多少錢，這下糟了。收完了，鄭清文怎麼算也只有二十人交的錢，問我該如何？我不敢說實話，就說那就給二十人的錢好了。鄭清文說：「這樣可以嗎？」我說：「這樣好了。」於是就交了兩萬元出去。鄭清文是老實人，我的內心是惴惴的。

一九八一年十二月十五日

騎車在都市，恍然之間失去了方向，疲倦，無法認出方向。

一九八一年十二月二十二日

本日冬至，把〈震旦號列車〉印好，裝訂好，改名為〈妄夜迷車〉。前夜，食物中毒，渾身顫抖，那夜又極冷，大約九度左右，不住發抖，抖了兩個小時，牙疼，抖得頭腦刺疼，嘔吐。孤獨並不稀奇，只是父母也令人感覺不安全，感覺對我是種威脅，這是一種孤獨。比較能說些話的友人，後來卻發覺，心靈、思想的差距愈來愈大，這是一種孤獨。病殃時無人照料的凄涼，這又是一種孤獨。

驅車去台大書店附近吃了一碗「花生湯圓」。花生半腐，湯圓皮稀糊，甚差。

一九八一年十二月二十四日

《自立晚報》九、十日登〈所謂伊人〉用黃克的筆名發表的。《台灣時報》壓了六個月，周浩正、黃驗到《自立晚報》認出是我的東西。（感謝他們）。

十七日清早回去北投八三一醫院體檢。——還需服兵役與否？他們會放過我嗎？沒趣。想看《五四運動史》。周策縱著，眼睛卻無法忍受，看不了多久。昏花。

晚上和王德生、布傑榮、張玲玲吃火鍋，後來進來一位婦人，法國人——蘇珊娜，她和先生寫過一本有關園藝的書。五十歲左右，臉孔枯瘦了些。

據說她和先生一九六七年在巴黎，因為同情學生的抗議行動，為執政者討厭，遷到瑞士去。只要是反政府的人就了不起了嗎？比較尊貴嗎？

一九八一年十二月二十六日

二十五日與王德生一起到淡水，同行的還有潘台芳、張玲玲和她的弟弟。盤旋了一個下午。淡水河的夕陽，河邊停著抓鰻苗的船，岸邊淤積著暗色發臭的泥漿，海蟑螂到處竄動。

在龍山寺泡了兩壺茶，劣茶，劣陶壺，劣瓜子。

我那篇小說〈所謂伊人〉不好嗎？

一九八一年十二月二十八日

憂愁的日子，憂愁。我等待時間，時間，過於著急於某點的渴望，急於成名！急於佔位子，那個年輕作家不是如此。施叔向楊素霞說：「王幼華需要的只是時間」。

去淡水一日遊，心緒激越，不耐於安靜沉著的思慮，慌慌然老想幹什麼似的，想法像浮在淨水上的油脂，不甚好，無法深思。

一些中文系的老師們在清大聚會，討論現代文學的教授問題。這些名單中，沒有幾個令人心服的。他們竟然能知解作家嗎？

空氣裡有溫熱的味道，好似春天。

宋濟群有四壁的圖書，偶爾談談也能從他那裡得些學者、作家的信息。寧願與能知的人在一起。他的思想並不令我驚訝，甚至有些可惜的地方，好異尚奇，喜歡反國府的言論。但是他讀得多，還有自我校正的能力。

一九八一年十二月二十九日

看電視轉播一場莫罕默德．阿里對夸里．鄧恩的拳賽。

夸里．鄧恩是個英國傘兵，體重二一六磅，他在第四回合被擊倒了三次，但是仍搖晃著爬起來，奮不顧身的搶攻。變色變形的臉，不服輸的勇氣，是悲劇勇者。夸里．鄧恩金髮，粗壯的身體，難看的臉孔。衝上去、衝上去，被打倒、被打倒，也許愚蠢，也許，但是勇敢。真正偉大的也許是阿里，禁得起重拳、狠重的拳，技巧熟練，頭腦清楚。像風車般長而直而強健的手臂。

夸里．鄧恩被擊倒，單腿落地，跪在那裡，但右直拳仍不屈的打出去。

一九八一年十二月三十日

不太敢來檢討反省這一年。二月二十八日才從丹楓療養院出來。賦閒了一個月，才到夏典公司，十月中離開，來台北不能不說沒有斬獲。心靈之視野大得多，看了不少好電影，好書，一些表演藝術。但最重要的是寫出些好作品吧！好作品——哈哈！

在子夜徘徊尋思，為自己的走向，不禁再三的推被起身。

今年的金鼎獎電視轉播，看到陳先生代表頒獎，領的是方東美的《中國之精神及其發展》，一個不恰切的人物，代表領取嚴肅的著作，有種荒謬感。

慾望之折騰人，名、利的煎熬。——聯副的那篇〈狂徒〉壓了一個多月，可怕的折磨，每早跑到信箱抽出報紙，打開，失望，再放回去。如果主編有看這篇作品的話，不可能有這種待遇的。有燃燒掉所有作品的衝動，這衝動不止一次。「受了欺侮，還要感謝他人；因為這是自找的。」

寫了三年多、第四年，還這樣，既失望又哀傷，也許要換個方向。也許騰轉過身來，奔赴另一處溫暖的所在。

展開一本新日記，將來會是若何呢？往後的日子——

余光中在金鼎獎頒獎會上提出多元、民主，而且批評性的語言，劉紹唐，或者唱片公司的一些人，都露出語詞間的不滿，行政院長孫運璿、新聞局長宋楚瑜，受到攻擊了，太多不滿的情緒啦！該好好檢討。

去寶宮戲院看許鞍華的《小姐撞到鬼》，蕭芳芳演得不是很好，纖弱，看不出來好的演技或深刻的地方，雖然有地方想表現，但是總不夠勁，戲班那些人物、背景，配角的演技都不賴。

獨立，獨立於眾多人事、感情外，獨立而成熟的人在正常的人世顯得突兀。大多數人需要依賴，需要溫暖、人情，親情。法西斯主義迎合眾人「依賴」的、「被指揮」的渴望。

七點回到家裡還想去金獅戲院看一場免費的電影，在床上躺一會，忽然起不了身，身體笨重，腦筋遲鈍，鏡中的我變成個自己看到也駭然的鬼影。

第四章　塵市幻影

一、冬之卷（一）

一九八二年一月三日

那麼，除了文學創作以外還有什麼？不寫——還能，要幹什麼？

元旦和顏、駱聚會，和一個女人到「華揚」喝咖啡。餐廳裡有位唱著歌的女子，身材豐滿，穿著透明的青色的薄紗裝，滿口日本演歌腔調，太吵鬧，無法談話。咖啡倒是很香濃的。

返回台北，疲倦，無所事事，惶惶感變得更加嚴重，尤其今早。蠢蠢欲動而不知如何安措手足，在房子步來行去，倒下，一如無謂的獸。

因為回到塵世之想，以身入去，人變庸濫，為某些人，某些簡單的事苦惱，反覆不斷，其實並無多大意味。

個性的驅使，使我的命運走向艱難，苦厄，就是我這個人的生命展現吧。

一九八二年一月五日

到信義路三段「泛台書局」，幫忙編第二十二期的《台灣文藝》，學點編輯的方法。

一九八二年一月八日

反抗意識強兀，恨意滋生。眼珠茫然，發紅。我有運動啊，每日拖地，抹窗，睡眠亦足夠啊——

一九八二年一月十三日

虛妄的可怕。——恨意和疲倦充斥心中，像隻走獸，只注意自己的一切。不想寫了，恨透了寫，寫令我反胃，若有一擊，我便會燒掉這些東西。

有點不滿的自覺，我太認真了，是自找的。

父母現和我連繫、注意我，只是因為錢，只是要錢，我要搬開這裡，不想給他們一分一毛。令人寒心的行為。太久了，這種關係太久了，反胃，令人反胃。

鍾延豪的慾望是什麼？錢，權，和搶到眼前的什麼。借楊仔的話「層次不足」。

編《台灣文藝》的二十二期，這算得上令我尊敬的雜誌，但它令我失望。

剩下三千多塊錢，公車票一張六元，守互相助費、電話費、瓦斯、水、稅，都要錢。

「莫迪」是位高大的女人，我和她握手，她淡藍色有許多冰裂紋的眼珠使人迷惑。她穿一件藍棉襖，七分長的牛仔褲，黑絲襪有些抽脫了線。她一根根的抽煙，抽得很兇，有著反應很快的腦筋，肥大的乳房。她先生是個瘦長的高個子，下巴有咖啡色鬚，神態略嫌緊張。喜歡盯著人看，藍色眼珠打量個不停。瑞士來的。

兩篇自得自滿的作品被壓著，狠狠扣著，將近三個月仍未發表。

等待，等待，生命大部分的時間都在等待！有意思嗎？你說，你說一說看！

八時許就睡下，睡得極不安穩，電話像死了一樣，不曾發出一響。雨聲，潔淨的地面，有時我坐著，攤開紙練書法，飲杯濃茶。

煎兩個蛋，波菜，一杯酸烈的高粱。

一九八二年一月十六日

〈狂徒〉終於登出來了，《聯合報》。似乎有股力量灌滿肌肉。那是一種補償的滋味，這一種執、得，是好是壞未可知。已然不太重要。擔心、憂懼仍未消除，三個月的壓稿，該想的都想過了。

插圖是吳○○畫的，很差，簡直——

我發覺自己不住的追求知識，思索美與藝的境界及表現手法，與群眾需要的距離愈來愈遠吧？我的意思是不太能揣測他們的心理反應、感覺。

想去旅行一趟，不知那兒最好。

有一種想法：報社的主編能了解，消化我的作品中的思想、意念，可能是要五年、十年吧。

張豪打電話來約，是否明天去阿忞那兒，有宋澤萊、高天生，想見個面。他是個自制的、善良的，有所為的人，文藝界多些這等人多好。

一九八二年二月六日

換一個方式過活吧！快樂，快樂，快樂。

年過完了。把心底對人世批判的意識除去吧！快樂些吧！

忽然接到銀梅的來信。

真正感到寂寞，不是接不到反應，是看到反應的內容後，與自己的文學觀、創作觀不甚相合的寂寞。

一九八二年二月二十一日

二月十六日寫完〈惡徒〉。兩萬五千字左右。

二月二十二日寫完〈午後的白酒〉。六千字，一天內完成。

吳錦發讀完〈都市生活〉的首段一萬字，極興奮。

二月十八日，在布傑榮處舉行一場家庭演奏會，來了許多人。

演奏者：兩把小提琴，男的。兩把中提琴，女的。拉中提琴其中一位女的，因為不斷拉琴下巴受了傷。兩把大提琴，一把是韓〇瑩，另一把是穿全身黑的醜女孩。

觀眾：

個子瘦小日本人，跟他來的女人，很枯瘦，有著滿布血管的手臂。一對夫妻，政大國際關係研究中心，研究員。

莫迪夫婦，一對比利時人，一位健壯的女人。還有一位台大哲學系畢業的貿易公司職員。

演奏的效果不錯，樂器很好，在台灣能聽到這樣的演奏，很不錯了。之前聽台北市或台灣省的交響樂，節奏不對，音準不對，樂器品質太差，聽不到兩分鐘便不能忍受。

二十一日晚去聽巴赫的double bass演奏，他在大提琴上模擬「西塔琴」、「電子琴」的聲音，用音樂表達「戰爭與和平」的概念，技巧嫻熟，無懈可擊。

一九八二年二月二十五日

與吳錦發去「豪華」電影院看《Escape from New York》，John Carpenter自編、自導、自演。

故事是假設NewYork的精華區，被劃為犯罪者之自生自滅區，不讓其中的人出來危害社會，有相當的暗示作用。Carpenter令人難耐，他的角色扮演有很大的問題。就犯罪者而言，只能算是一混混，模樣像縱慾過度的傢伙，手腳不夠靈活。情節上危機狀況的掌握和交錯，遠遜史提芬．史匹柏導的《法櫃奇兵》（Raiders of the Lost Ark）。娛樂片吧，其實不值得多說。

《台灣文藝》二十二期（七十五）登〈歡樂人生路〉。

讀完馬克．史朗寧的《俄國現代小說史》。這是張豪送我的書，書中描述現代俄國作家的生平與重要著作，那些人處在革命的狂潮，民族復興的湧起的時代，背景資料也很充分，讀來有極大震撼感。

另外讀Marcus cunliffe的《The Literature of Unite States》，《今日世界》印的。這本不是一本很好的書，簡略而且浮泛，讀不出有價值的觀點，很多雜蕪的修飾。美國文學的特色那就是：介於追求文學藝術與投合世俗需要之間的困境，許多作家為投合金錢報酬而努力創作，作家與社會之間常常發生矛盾和拉扯。簡單說就是資本主義，經濟掛帥下的文學創作現象。美國很難產生偉大的作家和思想，就是這個緣故。

一九八二年二月二十六日

去台大外文系《中外文學》拿回〈妄夜迷車〉中篇小說，侯建不喜歡——寫信給葉石濤，想用限時掛號寄給《文學界》。鍾肇政打電話來。曾〇〇請吃飯，在復興南路的日本料理「寶船」。第一次喝到溫暖芬芳的清酒。

來到的人有：高天生、張豪、楊仔、吳錦發、曾心儀等人。

曾心儀半夜打電話來，她喜歡〈歡樂人生路〉，那種感覺很好。她說：只有看過一場好電影，方有如是的感覺。

我的文學觀：

文學一如人之生命體，任何一個主義為人本身即已存在的一部分，創作即在挖掘及顯現潛在的因子。作者要設法把自己的生命觀表達、解釋出來。如對天、對人、對社會種種的看法和意見，如此才算成全圓滿。作品的原始素材並無主義的存在，視作者之心意、企圖而顯現。我的企圖在儘量展現其原始面貌，且深信其中的豐富，乃包含一切之主義及方法。

寫作也只是在妄圖喜悅，盼得人們之瞭解，以另外的方式渴求溫暖、尊嚴、受人誇讚、肯定自我的途徑。——雖寫出這樣的話也不免虛無，有無意義的空泛感，也懷疑是否確實如此。

曾心儀三番兩次的與我電話，也許是她在葉石濤那兒聽到什麼。那是向無謂紛爭的熱切追索，原始而危險，傾向毀滅似的燃燒。

聽舒伯特〈冬之旅〉二十四首曲的連作，一個被女友拋棄的男人，在冬天冰天雪地時出去旅行。「——我的心即將融化，而你的身影也將消失」。

葉石濤新書《作家的條件》，其中有談及芥川龍之介瀕死時的精神狀態及怪異行為，例如捕食蒼蠅。

日本料理：花枝捲，放在如木屐般的器物捧來，一條大木船上載著紅色的魚尾，生魚片，還有搞不清楚的海物。用乾紫菜包的菜卷，灑幾粒芝麻的白飯。生魚片、芥菜，味道鮮美。第二天的排泄物腥的很。——清酒的味道真好。

下雨，春雨大量的落入土裡，侵入土層，一日晴空萬里，太陽猛烈的晒下，浸泡在水份中的細菌、種子、苞體便因熱量、能量，改變生命形式，經過複雜的變化，紛紛茁長而出。

背景天氣的描寫，作用在陪襯、加強、暗示、連繫。

小說家與其思想的構圖包含了：光線、顏色、人物、動作、表達方式、情節安排。

夜，肚餓，卻不想吃什麼。對街公寓的一樓是由南部北上來謀生的麵攤，賣牛肉麵。那國語極好聽的太太，有些暴牙。——前棟樓的一樓，則有吊著暗紅燈籠的擔仔麵。

肝炎是何症狀？住處一樓某戶愛打麻將的家庭，在深夜聚來眾多虛妄的人。他們在這家人的門口或蹲或站，抽煙、苦悶的吐氣，說著誇張的言語，無聊的撩著凌亂的頭髮。

一九八二年二月二十八日

老是惡夢連連，夢到與施叔談論理想生命應該走的方向，起了無謂的爭執。與顏根旺意見不合（人際）。

夢到一個腐爛、飛翔的女屍。她帶來陰慘，淒厲之感，胸口一陣陣麻熱癢。

真實的顯露自我，他人便很難忍受嗎？就如銀梅亦如此，她不再給我一通電話。——僅有的驕傲也喪失。

〈歡樂人生路〉原先給《台灣文藝》是有意角逐吳濁流文學獎，（鍾延豪說的、力邀的。）書現在印出來，早已過期，而我一毛錢亦未得到，這下生活難過了。

《聯合報》退我〈午夜的白酒〉——真難過，那狀況如貓爪下的青蛙，毫無抵擋與抗拒的能力。對作品所受的待遇感到痛恨，懊喪，不只一次，每每有燒掉所有東西的慾望。

也許現在著手寫的這個中篇寫完畢，就要有一個決定。

整日所見文學界的人物令人煩倦，而不得不見，除此以外幾乎沒有朋友。

《文學界》的執編許振江北來，在「明星」邀十幾位作家見面。為了避免對一些才弱質薄，拿文學當化妝人的厭惡感，拒絕去了。以免過度興奮無法成眠。

打一通電話給S，她回答中午才知道我的電話，此刻是下午三時，她沒有回電，她下午六時有事。

吃一碟豆腐乾、滷雞翅，喝酒。在啃吃肉類的時候有一種快感，動物性的快感，這樣好嗎？常感到被這種生物性本能支配，對食物的要求，總不能滿足。是厭食症的初步嗎？

二、春之卷

一九八二年三月一日

早晨九點，顏根旺電話來，他父親死了。

一九八二年三月三、四日

死亡是什麼，一個堅強的外在者，時刻都努力護衛這「堅強」的形像。顏清泉死在大甲鎮上的旅舍中。次日，方有人發現，心臟衰竭。他某次喝醉，坐在床上對我聲嘶厲色的說：新聞有報導，有個兒子，憤恨父親不給他錢，而將父親活活捏死。這故事影響他很深吧。

安靜的小鎮，濕雨的春日，今日暖和了。

買兩隻煙斗，一隻給駱石欽、他二十五歲的生日，抽煙斗，煙燻得兩肺的感覺奇特。

不想回到桌旁。

《中外文學》此期有篇署名「陳彥」的小說〈星光〉，內容令我訝異。是說一個女人和男人在山中迷途的故事，男人叫王華。除了主角的名字少了幼字，其中部分情節略同我的〈諸神復活〉第二段，打電話給編輯「秋雲」——她說這人沒有留通訊處。

小說是外表的化妝，完全是，一定要人肯定她的裝扮——阿恣。

葉石濤給我一封信，竟自稱弟，稱我兄。文壇裡大頭症的患者所在多多，裝模作樣的到處都是，像他如此實為不易。

胡耀恆無論如何是有些故事可說的人，他的白人妻子，混血的兒子。

施叔以「施淑」之名發表〈漢代詩歌〉論文。

這樣春日的夜晚極舒服。

想以顏清泉為題寫〈家長〉，敘事詩。

在公車上不其然遇見小說家李赫。

一九八二年三月十二日

迷惑——蘇珊娜，年近五十的法國婦人，她給我們看一本很精美的書籍，她在法國出版的，主要在介紹以日本為主的東方文化。書背有張年輕的照片，頭髮就是當時流行的俏而短，奧黛麗赫本？莎岡？短髮垂下來掩住一隻眼睛的。有時我盯著她看，她就顯出女人的味道。蘇珊娜的臉孔有許多錯雜的皺紋。

布傑榮刮去了他的鬍子，從房中走出來，恍若兩人，一個三十歲，黑髮，大眼的女人從香港來，和他住在一起；他眼中發出亮光。那女人穿著白色透明的長褲。那女人的來到，使他變了一個人。

喬治，是位邋遢的畫家，心裡如同他的畫那般，很多垃圾。他應該是在躲避心理的困惑。到台灣來是在尋找什麼嗎？高更到大溪地？或者？但是不能一直在掙扎吧，不夠認真的畫畫。只敘述夢魘而已。

受邀到「中泰賓館・天然台」吃蒙古烤肉，十六個人。吳福成、高天生、李敏勇、邱新德、鄭清文、李魁賢、王幼華，沙漠、陌上桑、吳錦發、周浩正、曹永洋、陳恆嘉、楊耐冬。

這才知道，鹿肉的筋紋是迴紋針形的。

濕的棉被，美娜看我的眼神，令人迷惑，她是東北人，後腦扁平，臉孔線條強直而美，唇亦復然。濕的棉被，鞋子，空氣，車把，都是濕的。

因為放棄某一部分的陰慘和安靜，出去奔波，買了一千多元的登山鞋，一回頭來寫，就無法承續那時的心思，寫出了骨卻無肉。

也許對愛的感覺重新有了渴望——蘇珊娜給我泡一杯咖啡。

濕啊——需要去看幾部好的電影，唸兩本好的小說。豐富起生命來，創作的思潮再湧來吧。

一九八二年三月十七日

去淡水一趟，真舒服的陽光，風——啊——

和王津平與一個學生在龍山寺喝茶，之後在河邊聊天。

前日回台北的車上碰見一個女孩，溫柔而美麗那一型的，車上擠的很，我手中的紅色包包不知放哪好，她幫我拿了一會，竟同一站下車。和她說了些話，感覺很不錯。大一，德文系的，我站在天橋上看她走進一條巷子中。

當每個人表現出他是一個完全自我的時候，總令我傷心，而且他一直是自我中心的，視之如手足的，——我常常如此挫傷自己，明知那些人是自我的。

春天的感覺，想去追尋愛情，或者什麼，因此人變成浮躁，不耐煩。

看完《兒子們》、《分家》（賽珍珠）有一些感觸，我們常在外國人的眼裡看到自己；很多我們都不知道的自己。

一九八二年三月十八日

去看電影《爵士春秋》（All That Jazz），Bob Fosse自編、自導。

並不特別令人感動，有一兩刻不錯，整個來說，在感官上、視覺上很豐盛，舞蹈亦精彩。零碎鏡頭剪接得很精彩，拼接得很流暢，感覺甚佳。

溫美舒適的陽光。

寫一篇東西，大約兩萬字，另有兩個中篇的題材，我懷疑自己有寫下去的能力，還有幾篇到處投稿，遲遲難以發表的、壓死的作品，令人沮喪。

一九八二年三月十九日

〈誰在乎馬可（我在法文系的名字）〉——現實社會的某種意念。（創作）

〈兩徒〉（狂、惡徒）所寫乃犯罪意識之表現。

此際所寫的〈魔地幻記〉，乃是對未來世界有所渴求的自我解釋。並以此反對索爾・貝婁（Saul Bellow）——小說永遠是過去的事之說法。

十九世紀以前的文學乃平面的文學，二十世紀由於心理學、社會學的出現，文學方成為立體、多元。

一九八二年三月二十三日

寫完〈魔地幻記〉，三十頁。

星期日和父親去土城台北監獄，找重慶中央警官學校的同學朱光軍，他現任台北監獄所長。朱所長此時正為去年曾關在牢裡的李敖傷腦筋，這人寫文章攻擊北監，朱所長經歷過許多血腥場面，會有自處之道。中午時分，三人喝一瓶拿破崙。朱光軍的眉毛是八字形的，很是少見；說話常帶「嗯」聲。他說監獄中有一個犯人，用長釘釘入腦中，想死卻未死的故事，有趣。

晚間去孟昭熙處，他現任台北縣局長，有一種冷靜自執的味道，高官吧，不知道早已如此，或仍因為外在形象的影響。晚餐喝一瓶白瓷瓶裝的貴州茅台，吃萬巒的豬腳，澎湖的長條花生。

朱光軍說另一個故事：犯人用碎玻璃割腕，切腹七、八次，鬧得大家受不了，後來丟了一把菜刀給過去，要他趕快自殺，犯人反而害怕，不再自殺了。

對「人」與「愛」之不相信，懷疑，已到相當嚴重的地步。

最大的問題是反抗的強几，過度自尊，自我意識太重。理想！竟是相信理想的蠢蟲。多無趣呀，突然發覺自己的所行，皆很可笑，不知其間的差距，於是一直遭人踐踏。

一九八二年三月二十四日

與季季通電話談〈惡徒〉——給我不少意見，但還是與我的想法差不多，高信疆亦是如此，竟然把我的內容搞錯，不明白某些文字、情節的意思。藍媽媽和蘭媽媽用字的更換，以為是錯字。又說老人死在山上，以為是楊刑警殺的。造成誤解另一方面是自己文字的使用太粗疏，這個毛病，一直沒注意，吃虧很大。

沈錦添打電話來說〈歡樂人生路〉甚好，季季卻不同意。她說六十八年她就注意我，大約是認可我的才氣。還是……我少唸了些書？急於表現腦中的意象，所以作品藝術之浸染不足，還是需要努力吧。——她做了十三年的職業作家，是經驗談吧。

去看《大西洋城》（Atlantic City），路易・馬盧（Louis Malle），執導。

電影敘述一種浮著虛假，水面之油的絢爛，使人難受的敗壞，倒是很符合真實的狀態，像發著腥味的奶油。有著對美國虛偽的繁華，浮誇虛榮的批判。女主角的演技甚佳。畢蘭卡斯特（Burt Lancaster）的造型卻感很不適合。

季季希望我改〈惡徒〉，以便讓她、他們看得懂，可以預支稿費。這需要好好考慮。

一九八二年三月二十六日

讀陳森甫的《細說西北軍》，文筆甚差，不少粗陋處，然而亦顯現了不少真實。中國軍事之落伍、原始、人民的無知、窮困敗壞、愚蠢、不衛生歷歷在目。曾想過以平民教育的方式去教育廣大群眾，但是人性的問題不解決，永遠便無希望。人的互爭鬥性的無謂，無知，在爭取名位時的盲目、嫉妒、攻擊的本性，無法改善。

為政治而政治，令人仇痛，不耐！日日所見皆惡意反對的言論，一些荒謬之論，不真實的刺激趣味，印象、情緒式筆法令人難受，驚惶。反之亦然，執政黨對黨外的言論也令人難接受，動輒威脅、查禁、送監牢。不論如何，中國啊——台灣至少別再如此可厭與毀滅性的循環下去。

無法解決對這些問題的厭煩感，中國、台灣之向前進，朝幸福、繁榮前進邁步，民眾知識之增長，才是重要的。政治是什麼玩意，那麼重要嗎？屠殺、恐怖、毀滅循環毀滅，永遠的墮落、無名之惡的掙扎，中國的希望、前景呢？

讀《八十年代》、《亞洲人》、《深耕》等雜誌有所感。

「湧現型」的作家，我，或者誰？（宋澤萊？）

「控制型」的，陳映真、王禎和？

確實受到過寫作衝動、情緒泛起的鞭打！（在獨自旅行的那次，在台中的一家電影院裡）。

我常與王津平、李元貞、even施叔談話、接觸，相信對他們亦有很多的幫助，至少我代表某一種意見，是不那麼極端的。

他們並沒有受過真正的苦，至少還比不上我的家族受的災難。他們尚沒有忘了自己是誰的勇氣，不可能放棄原有角色的扮演；可能也永遠不能。至多是社會關心，但這已經很不容易，遑論那些穩坐大位之諸公了；口口聲聲呼喊萬歲的諸公了。但社會關心不能作為本身名、利之化妝，阿悉就令人失望了。

動不動就產生虛無、頹唐的心靈狀態，我並不迴避這樣的傾向與耽溺，前些日子就有這樣的自覺。

沈錦添喜愛我的〈歡樂人生路〉。季季不然，她喜歡前段，到後面就不愛看了，我懷疑她的理解，但也可能如張豪的說法，對那種不願工作、反對工作、懷疑論者的不同意，反對這樣的說法和想法。他們未必知道我的反面意圖，一直堅持不妥協、對抗的意志，究竟是為什麼？個人的抗爭當然微弱、虛渺，然而如果確實感到不能在如此之社會結構中存在，虛無亦何妨。社會當然不會向我妥協、我亦不必向它妥協。

陳映真的〈雲〉、陳若曦〈路口〉都甚弱。

陳映真的文字有種虛假感。

一九八二年三月二十七日

獨自飲了五瓶啤酒，滿腦子酒精，血管膨脹，血球快速的移動、神經麻木。腦子會發霉嗎？眼眶和額頭疼痛。

兵役還沒解決，只能找工作，不能結婚，不能出國，三個多月了。效率是什麼？騙人的東西！小說？騙人！

我完成了某一大部分的文學觀、生命觀。

我不喝酒根本無法睡覺，喝酒的次日痛苦卻可以使人煩擾一陣子，為對抗身體的苦楚讓我感覺有事可幹。

多虛假啊，矯飾的人們。

有許多男人、女人、婦人用石塊丟一個人，我惱怒的跑上前驅開眾人。一個婦人不滿意，便撿起石塊扔我，卻扔不準確。我也揀起石頭回扔她，我扔得準多了，她受不了，終於放下手中的石頭。

一九八二年三月三十日

二十七日夜晚，喬治打電話來，說要去一找位叫陳來興的畫家，去他在永和的畫室。去了，結果蘇珊娜和布傑榮也來了，另外還有一位叫小惠的女人，一位高瘦，臉孔有如山羊的，有些精神異狀的加拿大人。

陳來興不在，這家是他台北女人的家，據喬治說他是個憂愁的人。（一）對自己的畫沒信心，懷疑，生活很辛苦，不賺錢。（二）有兩個太太，在彰化鄉下另有一位糟糠之妻。

小惠我記得，在聽巴赫演奏會時在國父紀念館見到。她給我奇異的感覺（不甚良好的）。陪伴她的加拿大人沒有什麼知識，缺少智慧，精神恍惚。

她喜歡我的〈歡樂人生路〉。

後來一群人到我住的地方喝茶、聊天。

二十七日中午以後和高淑斌、布傑榮去看電影《法國中尉的女人》。是小說《蝴蝶春夢》改編的。相當好的一個故事。敘述了一位憂鬱症患者的愛情，那是個錯亂而激情的美的故事。描述階級衝突和愛的迷人，內容十分豐富。導演用同樣一個演員演一百年前的人物和現在的人物，有很巧妙的暗示作用。例：男主角高貴的未婚妻和她的僕人，在一百年前階級、富貴貧賤分明，一個是主一個是僕，服飾、儀態差別非常明顯。在今世，僕人和未婚妻「同坐」在一架鋼琴旁彈琴、唱歌，穿相類的服飾，看不出兩者的差異，唱完歌後一起去喝咖啡，相處自在、和諧。

認識一個叫沈國楨的女孩，會照相，在「新象藝術中心」工作，對少見的女性攝影師很好奇。

二十八日早晨去一個女孩家看《男歡女愛》的錄影帶，結果因為機器不合，跳動得太厲害，草草結束。也好。故事還真不錯。再看了卓別林的《The Kid》《The Circus》小人物的辛酸，很迷人。

最後看了一卷秦始皇陵墓出土的文物錄影帶，日本ＮＨＫ到西安拍的，一位叫陳舜臣的台灣人幫忙日本人拍攝。日本人的攝影機意猶未盡的在漢武帝、高帝的陵墓上盤旋，如姜貴死前身邊的兀鷹那般。

在這樣唯美的鏡頭下敘述下，被日本人侵壓的恥辱感，似乎消失了，對陵墓之豐富，龐大驚訝。

帝王封建時的嚴酷、威重，那麼多凜然的武士塑像，怒氣賁張的馬俑，自己的遺產，卻這樣的看見。

二十八日下午去「雨路登山社」集合，準備登北插天山，坐上省糧食局的交通車，往「鄭白山莊」。一位西班牙女人，叫柏蕊琪，她一個人，坐在我旁邊。我較習慣於和外國人相處了，不再如此不自然。談了一些事。她學生物，現在在師大國語中心學中文，家在西班牙鄉下，對都市生活感到不適。她坐Fly tiger的廉價飛機來台灣的。

我想運動，完全想動動身子，沒有太多的時間去管顧別人。爬山的途中，竟發覺身體的狀況很不錯，體力有些不足外，令我吃驚對山的征服力如此的強勁。

鄭白山莊的粗茶淡飯吃不慣，真的。

一早四點多，出發往神木，走了將近八公里。那裡有間避難小屋。那神木是七、八棵連生在一起，粗大的樹幹，狀況相當好。然而與我在大壩尖山、阿里山、雪山等處所見的大有不同，沒有那種凝重，厚實，深沉之感。北插天山的雨水豐潤，山路十分泥濘，到處堆著濕滑的落葉。不知什麼樹，葉子短細精悍。偶來的濕霧，陣陣飄過。沒有登頂，坐在稜線上休息，瞬間幾乎睡著了。很危險，也不想登頂了，大約只差兩百公尺。我爬得太快，也就這樣吧，不一定要登頂。

下山時又幾乎與幾年前登奇萊山一樣，登頂後下山，心志鬆懈了，談笑間走錯了路。那時走到一處山澗沖出的小徑，四周很陌生，雜草叢生，應是沒人走過的。遲疑間，一塊裂成數片的石塊完整的堆在小徑上，我一踩踏上才分開來。一條粗藤掛在澗邊，這裡完全沒人走過。走錯了，這是個危險的荒僻之地。我的警覺性救了自己的命，回頭了。

我想起安格爾（Ingres）的油畫，柏蕊琪有點那個模樣。

回台北，在師大那兒吃了牛肉麵，和兩位顏色、青春皆褪色的女人，一位是國中老師，一位是留美的碩士。還有一對年輕的女孩，很青澀的少女。通通不知道名字。國中老師，大約是我寫〈某人〉小說中的那個女兒一樣。姿色平庸，內心寂寞，找不到合適對象，年紀的壓力很大。

一些題材。來中國、台灣的外國人，許多是在原本社會的失敗者、畸零人，來到東方尋找救贖。他們大半是盲目的獵者——來到台北的外國人——也許是個好題目。

驚遇「無名氏」他的三部曲，《印蒂》、《海艷》、《金色的蛇夜》。早期讀了一些《死的嚴層》。他的作品可能會有很有意義的東西，那日找來唸唸。

鄭白山莊內有位強壯的女人，用腰力撐起一包白米。大約有六十公斤。

一個很像耀珠的男人。稍胖、腳穿膠鞋，腰間用一條細膠繩綁著水壺；一把柴刀。工作累了，他倒在避難小屋，三分鐘之內睡著，大聲的打呼，渾身是泥。

工人操作的怪手，冒著煙，呼嚨呼嚨的響，輕易折斷一隻樹的枝幹，移動巨大的石塊。

看到一篇〈作家的細心〉的文章，裡面說，一位女作家只一瞥一群清教徒聚在桌前，就有描寫他們的能力了。這個說法，與我某些創作法相合。

爬山，你可以看到許多善良的人，單純而樸實的人。更覺在城市人們的互相爭執，充滿爭鬥心的可鄙，如同垃圾那般的。

一九八二年三月三十一日

早晨醒來，對愛的渴望又強起來，覺得需要一個愛人，透過對她的愛去擁抱這個世界。

追求快樂沒有錯吧？我對家裡人的來台北，有時感到極度的不悅。家對我的傷害不時湧滿胸口。無法嘔吐的恨。

對渺然浮動的愛，沒有勇氣去負擔，去挑戰！那麼不如就將之摒開吧！

十一點半，剛吃完自己弄的一大碗麵，想去看電影《火戰車》（Chariots of Fire），嫂子在樓下哭泣。她的女兒齊如玉走失了。我在巷口來回走動，風沙不斷的吹起……。市場的攤販議論紛紛。我終於找到她了。她兩歲，和一群孩子在一起，她佔據了一輛三輪車，從別的孩子那兒搶來的，不知道母親哭著找她。

稍一會，我去西門町「銀獅」看《火戰車》。

愛，至信至深的愛，能拯救坎坷虛無的靈魂嗎？

一九八二年四月一日

夜半起身，受到思索之鞭打，起身，吳錦發從高雄打電話來。「不要悲觀啊——」

下午與高淑斌去看了一部《新十八武藝》，劉家良導的。

除非我自己認可了自己某一點，否則永遠是不可能滿意的。征服自己的道路啊——如此艱難。

一九八二年四月六日

四月三日喬治和蘇珊娜的畫展開幕，去參加。來了一堆外國人，一位高大美麗的女人，她笑起來有若一池飄動、蕩漾的綠水，迷人。她是加拿大人，蘇富比的台灣負責人。一位法國青年，穿著一身粉紅色的衣服，奇特的美感。一個穿著笨拙木屐的德國女人，她們的高大、漂亮、炫麗。

五日去信義路的泛台書局，參加《台灣文藝》頒發吳濁流文學獎，巫永福評論獎的典禮。

會後到「一枝春」吃酒，來的人有：黃凡、陳賢明、宋澤萊、高天生、傅敏、林鐘隆、林煥彰、廖清秀、李魁賢……

在「泛台」見著施叔，之後她回鹿港。

葉石濤並沒有看我的〈妄夜迷車〉。秋雲沒有到「版畫家畫廊」，都有點失望。

早上，陽光好時，我到台大操場去晒太陽。

沒有什麼確定的訊息，我當守枯境，至少不需與某些人過度來往。每回都感到心中一團廢氣。參加這種聚會，因為只是個小角色，每有被嘲弄、輕視之感。

擺盪的人，擺盪的人。

不相信的人與事，何必去盼求，若能抑止這份騷動，止不住的熱情，傷害就不會如此之大。

張豪有意寫我的評（應該只是同情之說），陳賢明說彭碧玉要我的電話、住址。我又忍不住開始期盼，而久久將陷於憂傷之境了。

犧牲乃是救人，自救的方法。

一九八二年四月八日

死亡之陰影、幻想，乃是一人之最大刑罰，永恆的、無時不在的刑、苦刑。

與王德生、蔡、高淑斌去圓環的白宮電影院看電影《酒店風光》，片子演到一半，突然插入色情影片，內容是服侍「納粹」的軍妓，她們恣縱的演出，色情的鏡頭一段又一段的出現。這部電影的內容有部分也涉及於此，但並非色情片。電影院這麼做，是招徠生意吧。

六時許，再往電影圖書館看《基諾與郭陶》（Deux hommes dans la ville）。

一九八二年四月九日

還是沒有見著《台灣時報》出現我的作品，失望了。也許不該責備報紙的編輯。也許該責備編者兩次三番說敷衍的話，我也算容易被敷衍吧。

《自立晚報》登出頭條：他們要用「一百萬元」徵長篇小說。我又迷惑了。已然對寫作厭煩，考慮放棄它，掙扎不已。

助校二十三期《台灣文藝》，林承謨的〈牛〉相當好，宋澤萊的〈K君雜記〉陷入了自戀的情意結中。

一九八二年四月十日

去買了份《台灣時報》，因匆忙一瞥間沒有見到我的「玉照」登在副刊。很失望的回去，一路都在感傷的和自己爭辯，難過得想流淚，這幾日，竟脆弱得無法復加的軟化，極容易想流淚。

回來，看到小角登了〈畫展〉，兩千字的，沒有什麼感覺了。

《中國時報》上有位精神科醫生提出「精神運動型」病患的名詞，這種精神病的類型，頗符合我的狀況。我在童年期經常會有過度運動，無法停止，不能自主的現象。

一九八二年四月十三日

去淡水，沒見著龔鵬程，見著陳筱芳，喝了一杯咖啡，二十塊，便宜。

去《中國時報》副刊編輯室，見到季季，她有不少白髮，暗紅色的唇膏，沾著口紅的煙頭。很舒適的一次聊天。

在龍山寺，看到這期《暖流》雜誌，宋澤萊的一篇文章，〈台灣文學論〉，把我歸類為鄉土派。

一九八二年四月十九日

與顏和他的母親以及郭某，開車去台南。到鹿耳門的天后宮去看熱鬧，農曆三月三，媽祖誕辰，龐大的廟建在田地中。許多前所未見，奇怪的風俗，祭神的趣味儀式在此出現。

夜宿台南時，四人到一間叫「金琴」的西餐廳去，剛坐定，一位胖壯的婦人，帶了一位小姐過來；稱她做「何副理」，說是要為我們免費服務。主人周木良顯得難堪，因為他是老實人，完全不懂得這種地方，是他到新竹來玩，阿德如此招待他，他方回報。一段時間後，我們的座位那來了不少女人。這裡算是個沙龍或酒廊的地方。姓何的女子是廣東人，高而瘦，相當美麗，感冒著，牙齒有些不整齊的缺陷、顏色焦黃，說是煙和檳榔的結果。一會彼此熟了，也較有趣起來。這裡使人流連大概就是因為她的甜蜜和旖旎，我實確感到這種氣氛。她感冒，身上發出古怪的味道。起初認為這兒一瓶啤酒是市價的六倍，我一肚子不願意，之後，女人來陪伴，我又發覺這價錢薄的可憐。

四月十五日晚，去訪李喬，有些冒昧，他也有些提防，不意傾談之下，他興奮了起來。送了我四本書，一本《痛苦的符號》，另三本是《寒夜三部曲》。

回台北，竟感到疲倦，也許是因為父親要兩位在三灣墾山的老鄉，開車把一組舊沙發載來台北。坐在老鄉的車上，發覺這人心裡有些許不悅，意不甚暢，使我的情緒低落。父親老愛藉其警察的權勢，做些勉強他人之事，我不知和他衝突了多少回。放下沙發後他們離去，我獨自背負起沉重龐大的沙發上三樓。在三樓樓梯間碰撞，狼狽的歪斜。

宋澤萊寄來一封信，看了以後決定不再和他做無謂的討論，他的聲勢如日中天，意見滔天。對金錢和權位的滋味思索了起來，也許那可以使我得到快樂。

台北市團管區放過了我，國家放過了我。我不必去當一名軍人了，這是我相當無法承擔的，無法說服自己去做的工作。

《台灣時報》登〈戈保這個人〉。

我寧願走在鋼索上，極危險，但我自己知道，墜落時亦自己知道；樂此不疲。

一九八二年四月二十日

我不喜歡她穿的衣服，和腿，但她卻是個快樂的人。秋雲。她的眼珠是淡棕色的，很淡，因此可以看得出瞳孔收縮的情形。像一尾在清水中的魚。

寫好〈無敵蔡先生〉，近五千字。

一九八二年四月二十三日

昨夜去信義路某間北平館吃烤鴨，為送蘇珊娜回法國，後至傅育德（喬治）畫室，喝蘭姆酒。王德生來住，一夜裡我說了好些話，鬱苦的談對官官的感情。都是些過去的往事。高淑斌大約八月到法國。王德生……

剩下四十幾塊，胸中悶苦。

《聯合報》三十周年慶送的那隻錶，摔破了表面玻璃。

一九八二年四月二十五日

太容易激動了嗎？

去《中國時報》副刊辦公室，四時三十分到，等高信疆，七點他方才來。談〈惡徒〉這篇作品，他的情形和李喬一樣，片刻間他便認同了。他說話的方式令我難以分辨，「你是大家，將來一定是」，「我們立刻替你出一本書，五月四日就出廣告」……他的妻子，柯元馨稍後來。她有一種令人覺得適切的美感。

一九八二年五月十日

母親因盲腸開刀，十五天。在新竹省立醫院待候。

《中國時報》四月三十日開始登〈惡徒〉。

今日早晨去拜訪「龍瑛宗」，在他信義路四段自宅中。為時報寫〈藝文掃描〉。差不多了，目前台灣所有重要的文學刊物，皆刊登過我的作品。《中外文學》、《現代文學》、《聯合報》、《中國時報》、《文學界》、《台灣時報》、《民眾日報》、《台灣文藝》、《自立晚報》。

李喬寫信來，有意邀我參加《寒夜三部曲》於高雄之座談會。

一九八二年五月十一日

對許多片刻來講，生命使我感到太冗長——冗長。

一九八二年五月十三日

昨與陳萬源到龍潭，去鍾肇政那兒。他說：「已經成名囉——」

「我決定要來經歷這段考驗。」我想。

十二日〈惡徒〉連載完。

陽光甚為佳麗——早晨起，這幾日酒喝多了，身體有敗壞的，不舒服的感覺。我不太喜歡鳥，因為我老是見到牠們死亡的狼狽；而不知牠們生之喜悅。

張豪和楊仔來我處，談談。與張的談話，經常互有所獲。

一九八二年五月十四日

沈錦添來電約我到「台大校友會」，在立法院濟南路口附近，喝冰咖啡。他為〈惡徒〉激動，「無懈可擊」他為二羊感動極了。昏眩的撫著頭，為了害怕他說出令我無法承受的話，在某些地方我適時的阻止了他。「宋澤萊的〈打牛湳村〉沒法跟這個比」，「你在台灣真是……」唉！

一九八二年五月十五日

校抄法朗士的《天神飢渴了》。昨日一日陰涼，大陸沿海水禍嚴重，雲和水從那兒來的吧。今日一早陽光亮麗，有一種想去那兒的衝動。又因消沉的意識，害怕自己出去，恍然若失，便會在那裡焦慮，傷感得回不來。

忽然有通電話來，我不確定是誰，她說了一個名字「林盛蘭」？（待查），陌生的聲音，我猜測她是那位去北插天山認識的那位，果然……。

她來我這，下午並去新店碧潭，划了一小時的船，回去時，她向我握了手說「謝謝」。

師大英文系畢業的，現在在師大附中教初中，住在師大教授陳祖文的家裡。面貌普通，寂寞，年齡超過二十五歲，已如許多這樣的女人一樣。在台北。

一九八二年五月十六日

《中國時報》登「問題小說」短評。瞿海源的論點相當大頭化、一派教育課程的口吻。蔡源煌的論文像患了文字便祕症的人，應該沒有好好唸我的東西。二羊這人還是被遺忘了，終究是個被淘汰的人。感覺很多評論者不過是「揀把最利的刀來殺人。」唉！各說各話。

午覺間，聽到樓下一個男人操北方口音，急躁的在說話。語言裡，談的是自己沒法養活兩個孩子的困難，哀然。

一九八二年五月三十一日

生命之際最有意義的兩種狀況：學習而有所得，有所得而運用中。

幾日為前景抄寫初鳳桐翻譯法朗士的《天神飢渴了》，疲極。

去王津平北投山上的家，見到師母和小孩，更了解他的情形。

林玟來，說要做個午餐請我，結果帶一罐頭，和一些沙拉，很難吃。我接她妹妹寄來的《The painted bird》方知她的名字。

去碧潭划船，不甚淨美的濁碧色的水潭，我看見一尾磚紅色的水蛇。——有一位她學生的友人在彼處淹死。我們的船划過。

陳健次和鐵柱來，三、四年不見，他過得還好。陳健次訴說了些在真實生活中掙扎的故事。很粗糙但真實，他說高中時代的玩伴玉雲曾為他堂弟墮胎三次，我感到苦楚。

某夜，我嗅到窗口散來的香味，令我愕然，它不是桂花香，竟是三稜殺蟲劑的味道。

一夜，我的臉被一陣抓擾驚醒，是一隻蹣跚，沾到毒液，掙扎苦楚的肥大蟑螂。

林樹桂喜歡我的〈生活筆記〉——那是將生活、思索完全朝向藝與美的凝縮與思考，是一種對美的慾求的表現。那日我請她和梁〇〇吃飯，到陸羽茶館飲武夷茶。

啊，台北市，那麼許多寂寞的、平庸的、慾求不平衡，生活在某一角落的女市民。

三、夏之卷

一九八二年六月三日

常感疲倦。眼睛更是弱耗，模糊，光影凌亂。

去看了一場Arther pnn的《Four Friends》，首段的甜蜜令我辛酸。後來的情節太突兀，富商因為反對女兒的男友，在婚禮中開槍胡亂掃射，我就不相信他的東西了。沒有這樣的可能性，有暴力傾向的人亦不至於如此。

秋雲待我的態度令人迷惑，也許我的頹廢引起她母愛式的感情。《中外文學》的酒會上一直和我接近著，快樂的在身邊旋轉。她是說感覺同在酒會上的年輕作家劉〇〇，可能想追求她，藉我擋一擋。

林玫打電話來，約星期六下午見面。——我感到惶惑了，真的是。

《中外文學》這期十周年專號登〈午夜的白酒〉。

一九八二年六月六日

六月一日《台灣時報》登短文〈創作的奧秘〉。

把《天神們口渴了》翻譯稿拿到前景出版社。因為《台灣文藝》辦了個「太平洋戰爭」的座談，去了一趟。見到一些老先生。

吳坤煌談當時他和張我軍，張深切，洪炎秋在北京的情形。

晚上，邱莉打電話來，她從紐約回來，很快拿了一個國際關係碩士，要我去國際青年活動中心看她，去了，談了一些事。她的思考十分短淺，但有如此認知已頗不易。

連日的雨，有些荒涼孤寂之感。

寫〈生活筆記〉諸篇，有虛洞之感。我有寫這類作品的素質和能力，但不能多寫，在那種構思中也感不舒服。樂趣很少。寫那作品必須身心枯槁，心思沉靜、細密方行。

一九八二年六月九日

去看《40 Carats》，麗芙．烏曼演的，她是個北歐的女人，身形中有著粗糙，頑強的痕跡。

下雨。買書，買一捲喜多郎的音樂，唉，著迷，多危險哪！《中國時報》文化公司寄一份出書的簽約給我。呔，高興啊——真的，歡喜。

開春以來，我的運氣一直極佳。該感謝。

有名之後就會有摔跤的可能，摔跤而不被擊垮的本事，需要很多的學習。

一九八二年六月十三日

對找一份工作的興趣愈低了。

價值五、六百元的腳踏車被偷走。

林玫偶在晚間打電話來。

陳健次上次說他天天代步的摩托車暫停在路邊，有幾個人正要把它扛上發財小貨車。他趕緊出聲制止，卻被那幾個強盜亮出刀子威脅，他不敢向前，只能眼睜睜的看著辛苦買來的車子被搶走。

一九八二年六月十四日

昨晚吳錦發從高雄來，和楊仔來這聊聊，夜晚睡這兒。我做了一夜的惡夢。和人發生爭鬥，互相毆打，說出最重、最惡的話。

白日，去輔仁大學，《益世雜誌》邀約，見到楊一？，林明德，翁望回，劉依萍等。中午在日本式的店「武藏」吃飯。

疲倦還是？厭倦了孤獨，禁慾的生活，對自卑和自我斲傷的情緒反感了起來。要如何設法突破呢？激熾的愛情能挽救嗎？還是會帶來更不堪忍受的苦恨。唉！躑躅，徘徊難定。

一九八二年六月十五日

我是個內省型的作家嗎？寫出巨大的作品了嗎？滿意了否？在台灣，已是最佳作家之一了嗎？我費了那麼大的努力去寫作，捨棄愛、溫暖、人群，極努力、偏執的去做。我成功了嗎？

看了一部無聊的片子，在夏典門口等人，夜，十一時，想喝酒，找不到開門的雜貨店，午睡睡得過頭，很疲憊，一身的肉都鬆軟下來。

寫一篇稿子，我發覺所謂創作已經成熟了，幾乎不可能寫出不太好的作品，但是也超不出原來的格式，忽然的就寫不下去，厭倦了筆下的人物、形容詞。

為什麼不去愛，沒有愛，還是沒有值得愛戀的人。

若是不愛，洞察了生命的弱點，虛妄，為什麼還會想愛，忍不住要去愛？既渴望寂寞，為何還盼求一個接受自己感情的對象。這是不能和諧的難。

一九八二年六月十六日

讀那布可夫（Nabokov）的《羅麗泰》，些微的失望。虛無感充斥，腦門中空，思想無法集中，若浮流稀薄的雲。無法創作，感到無比的落寞。

一九八二年六月二十日

計畫去「蘭嶼」，交了二千四百五十塊。連到台東的車錢，總共要三千多塊。

看麥克，西米諾（Michael Cimino）的《Heaven's Gate》，看了很難過的一場戲，不知道為什麼要把事情搞得那麼嚴重，或者是那麼嚴重，他沒處理好，有些東西，片斷，重複，笨重，遲滯，說服力不夠。

疲倦症出現了，翻譯《天神們口渴了》的後遺症。手肘放在桌上便疼痛，不想寫，硬寫，作品空洞而虛假。最近只有〈生活筆記〉而已。另一篇〈神的故事〉寫完了初稿。

高淑斌在眾人嬉鬧、起鬨下，趨身向前吻了喬治，她不應做這樣的事，我待不下去了，很想走開。

她告訴過我不想畢業後做個上班族，每日擠塞滿人的公車，在都市間穿梭，嫁人生子，然後老去。要去法國的心很強烈，所以結交了那麼多在台灣的歐洲人。

對人生、現實過度的探索，使我不想忍受浸在荒謬汁液中的人。

在華視「綜藝100」的節目中看到「金梅」，她唱〈帶動流行的女孩〉，又唱又跳，衣著絢麗，俗艷；走的是動感路線。那歌的歌詞是自己寫的，不太高明。我不知道她長得和銀梅那麼相似，在某方面。應銀梅的要求，去過她在中和的家，父母都是廣東人，跟部隊來的。金梅從小唱歌賺錢，養家，她母親給我看她在東南亞演唱的照片，以及和一群外國歌舞女郎合照的照片。父母對這位女兒似乎是很驕傲的，銀梅則注意著我的表情，猜測著我是否能接受吧。

吳錦發說：〈妄夜迷車〉是王幼華的〈打牛湳村〉的。

一九八二年六月二十一日

天氣太熱？我一直在思索無法創作的原因。真是熱呵——昨夜起床五、六次。

喝酒！然後就快樂起來，我是最偉大的！最偉大的！最偉大的！噢！炫耀！豪華！完美的！

一九八二年六月二十三日

早晨下雨，來了兩個山地人，協助耀珠搬家。跟著他們一起到八里的龍形村去。相當鄉村的坡地，後頭是一片青綠的觀音山餘脈。前頭是淡水河灰灰的波流。齊如玉髒兮兮的跑來跑去。公寓三樓，相當寬，光線稍差。看見這女孩（她的姿影恍若母親的一部分）。在這兒。……，將會一代代這樣的延續，流動……承傳。

母親為這個兒子買了這間房子，登記王愛華和耀珠的名字。

楊○○寫信來說她二姐最近淹死，悲慟，也使我頭劇烈的疼痛。久久無法入睡。

一九八二年六月二十八日

因為擦地，搬家具，身體活動得力，渾身細胞熱烈得快爆炸起來。蟄伏太久，害怕活動，使自己頭腦不清，思想昏亂，一直不敢多運動。現在卻因為太冷靜、守靜，而趨於乾竭；運動會好。

一下午寫成了〈常家寨映像〉一個長篇敘事詩，大約二百五十行左右。故事來源是汶上同鄉會會長；做旅遊業的徐震回山東老家的故事。

昨晚至忠孝東路四段福星川菜，朱光軍的二女兒結婚歸寧。在座皆是父親中央警官流亡來台的同學，坐席之間的談話，可以看出總總不同的樣貌。過去我很欣羡他們，如今未必然。因為更清楚警察這個職業的關係吧！

買兩件襯衫送給父親，一千一百元，雅樂牌的。

一九八二年七月二日

頗為寫詩苦費心。宋澤萊在《益世雜誌》二十二期，〈台灣文學三十年座談會〉一文裡，在葉石濤、黃春明、陳映真、王禎和、七等生之後列我的名字，並稱為「代表外省籍百萬青年的心聲」。他說我是「本省化的外省子弟」因此不受外省文化集團的歡迎，事實上本省文化圈也不見得能接受我。

一九八二年七月四日

某些作家原本是畸形的人，在他精神的變貌中找尋與校正人群的謬誤，他們寫出發出奇異但前瞻的聲音。

「明星」（重慶南路）的咖啡難喝，飯草率，卻偏有那麼多文藝人士愛去。太多製作出來的「名不符實」的浪漫，文藝腔調。高天生約我到「明星」，和他的愛人陳小姐一起來。高想寫一個評我的東西。

一九八二年七月十日

七月五日去蘭嶼，一夜未曾好睡，搭七點鐘往花蓮的自強號列車。車上冷氣夠強。十點半左右到達新站。接著搭往台東的平快，沒想車開得如此之慢，先是以為一兩小時便可達，沒想坐了五個小時，平快車才緩緩進台東站。天氣陰沉。原以為自己慢了，沒想到參加這次旅行的大都是坐這班車的。來了輛台航的車子，載我們一行二十六人往馬蘭機場。

在馬蘭機場搭一輛小型飛機，這螺旋槳飛機，機身狹窄，引擎聲嘈雜，重心很不穩。窗外大海茫茫碧藍一片，穿入雲層時搖幌得更厲害，令人膽顫心驚，心神游離間，不安全的感覺，不斷襲擾，只好藉構思小說，編造情節來分散注意力。二十五分鐘後到達蘭嶼，下降時，緊握著座椅，瞥見駕駛座的窗上有隻綠色的蚱蜢。如果飛機發生狀況，牠可以很輕易地跳離吧。

海島附近的海色美麗，層次多變，深藍、藍、淡藍，綠，淡綠、微黃。看到特有的Mini Pig。

第二日往開元港，一路用健行的方式。中午到東清國小吃午飯。飯後倒在水泥地上小憩，昨夜沒睡好，起得又早。一隻蜥蜴跳到我的臉上。——我去一家商店，店主為湖北來的老軍，職訓總隊的隊員（綠島？），娶了一位美麗的海島婦人，生的五個小孩在店裡店外或坐或爬。他說回不去老家，又沒多餘的錢，只好留在這了。他稱讚搶銀行的「李師科」是位英雄。

沿途看到穿著丁字褲的雅美人，年紀大的幾乎都乾瘦，皮膚曬得黃褐。不少老人跟我們要菸抽，也在地上撿菸蒂。同行的團員有些羞辱性的言詞，拿西瓜皮給老人，哄他吃。這讓我感到難堪。島上的「現代化」還有很長的路走，而勢且必要付出很大的代價。

一九八二年七月十一日

昨晚的電視出現「金梅」，我終於忍不住打電話給銀梅了。原先只是想說說話而已，想把電話掛了，她說「不要」。於是今天我們見面了。——她來我這兒，她愈來愈美，——不甚驚人的，只是較成熟的美。懂得較自然貼切的表現自己。我碰觸她，她發著抖讓我握她的手。

這是多年來再次的碰觸一個女人，從而我發覺有許多觀念將要修正。或者說是要較正常些。兩日寫完〈花鳥之戀〉（《環球時報》劉克襄邀稿）。

一九八二年七月十六日

我躺下——如大地，站起若——大山。

愛情是在獲得更大的自在，而非絆束。

三天內寫完〈無聊者李村〉——此篇參加《中國時報》徵文。

林玫來找我，她的眼睛不甚好，近視還有些病變。她剛去澎湖回來，和銀梅一樣，都說怕曬太陽；不能陪我去，我極渴想去的淡水海邊。

去蘭嶼曬黑的皮膚，今天都脫完了，對當時著迷的女孩的感覺亦隨之去了。預料之中。

十三日，去來來飯店，法文系同學會，很省的一餐，她們都擦口紅。我第一感到女人嘴唇擦口紅很美，令人激動，倒是看到「美娜」的唇。

在高淑斌家看到艾克兒的照片。聞說她已訂婚，在美國。不久去法國。

不想去打電話，做一浮泛的感情之交觸，思量又恐說人說己，便無可如何了起來。夜——只有用酒來澆灌慾望，使之低減，使之飛昇。後來，我想不論對艾克兒那形象之追尋，執著若何，那總讓我不斷的躍昇。雖然，丹楓療養院的醫生對我禁慾的生活表示反對。杜甫詩：「聞歌不敢放，淚下恐莫收。」我無法說清自己的情緒。

喝過多的水份，用手指一按擦皮膚，便有水痕滲出。

我寫信告訴吳錦發，信念可以帶給人的勇氣，自信，和能力，我的信念第一是真，然後善，最後才是美。

期待自己仍是不憂，不懼。不論在何時，何處，我一再逼顯、質問生命的真像。

一九八二年七月十八日

竟然喝醉了，用一瓶七喜汽水，加入公賣局的「白蘭地」，喝了一瓶。頭痛，欲嘔。

看王禎和的《美人圖》，這可能是濫得虛名的好例子。義和團式的意識，善惡過於分明，小林豈如此之善，鄉下人一定質樸、忍氣嗎？誇張的描寫能力不如盧克彰的《變調多重奏》，在盧克彰的作品裡可以見到才氣，情感，王禎和就是一種怪異的扭曲感。

另讀莫泊桑的短篇選集，除了幾篇以情節取勝，之外，偶有佳作而已。

我寫的〈無害者——李村〉，那種入魔入魘式的思想，令自己感到慄然。

一九八二年七月十九日

昨夜去中國飯店參加殷維中的婚禮。

他確實希望我去的。雖然我懷疑，兩小時前還猶豫是否去。已透支近三千元了。還是去了。

她們竟覺得我真的有了成就。在兩大報登了兩篇小說。覃美德還做了剪報。——感到某種成就的喜悅感，但消失得很快。

早餐沒吃，布傑榮回瑞士，再到前景出版社交法朗士譯稿。

中午下麵條，但無胃口。下午起身，竟有些起不來，疲倦，飢餓。

一九八二年七月二十一日

〈無聊者——李村〉今日定稿，改為〈模糊的人〉。

和沈登勝去豪華看《鬼哭神號》，不太有意思的片子，見解含糊，動作刻意嚇人。特技相當精彩，化妝甚差，可以看出血是用果醬塗的。

去「獅子林」，張豪家族的新事業，「靜心園茶藝」。經營法不如「陸羽」茶館。貴。冷氣不強。

得再寫一篇參加比賽之外的。沒錢了啊——

何竹萍說在時報看到我的名字，倍感親切——你要再寫啊。

于吉梅說，恭喜你得到了——美滿。美滿？韓國式國語。覃美德說真沒想到你會來，你的東西我都有剪報呢。何竹萍說我以為你現在都和名人來往了，沒有時間。——葛芳譚，他說確實不了解現代的文壇。要說，我對這樣的恭維自得嗎？「十年辛苦不尋常」，我意料之外會受到如此多掌聲。為何不自得，這是代價，往上，遠處看，自然心虛的很。就如莫泊桑，我亦想將來會不遑多讓。——往前去吧！有掌聲了，我希望的嗎？龐大的作品，長篇作品呢？

走在西門町，隔兩步便有拉客的色情黃牛，突然有衝動，一槍打死一個。

一九八二年八月二日

對人世感到厭煩，片刻裡看到一個畫面，那是登大山時的畫面：獨自站在荒僻的山野中，劇烈的喘氣，見不著一個人，靜得連一點聲音也聽不見。

於是我不得不用煙、酒，不睡覺來摧毀我的健康，否則強健的我，便自體內，肌肉內生出極多的妄念和妄動的慾望。

粗野的雨落下來，白色的雨珠，滲入灰色的礫石中，不一會便使它們顯得灰髒、暗淡。寫作真的使我感到快樂嗎？亦是鎖心摧命的動作。燃燒後必有灰燼，灰燼使燃燒窒息。

一九八二年八月四日

等郵差，或者什麼人來挽救心力疲倦的我。頭痛欲裂，郵差的腳踏車聲來了，原先我不這麼煩躁，因為許多小孩吵鬧，心情鬱悶。流動販子的腳踏車聲，每每使我誤認是郵差，探頭出窩，失望。

還是下去樓下打開信箱，竟然是《文學界》第三集和《笠詩刊》。太好了。又騎車到夏典看到《中外文學》哈！〈魔地幻記〉登了。這下輕鬆多了，不用那麼著急趕稿，這個月的生活可有著落了！回到空著的房間，不禁自言自語了起來。這傢伙，我本一直禁止自己自言自語，這片刻卻忍不住了。後來我發覺《尼克的故事》中的海明威，在〈大雙心河〉的短文中，他在荒榛的林中獨處，也這麼自言自語的說話。

九歌出版社《七十年散文選》編輯委員來一封信與我，要收〈諸神復活〉那篇文章。這是我第一篇發表的散文，委員是陳煌，林文義，林錫嘉，有一千元可拿。

愈想看清事物，眼珠近視得愈厲害。

今天撞了兩次頭，一次撞在床上，一次牆壁，我的腦袋大了很多嗎？

每次聞聽有人在咒罵，憤恨的說著傷人或被人傷害的話，就感到湧胸塞肺的痛楚，何況是置身於其中呢？——以一個小說家的角度去面對，心情就寬鬆得多了。責備人，或將一切罪過委諸於一人時，那種情緒的發洩，倒是很過癮的。很多時候我們都把某一件過錯，歸給一個人，認為就因為是他才錯的，似乎這樣最方便。

一九八二年八月五日

一年前寫回憶式的小說，殘稿兩萬，三萬字，寫不下去了。去前景出版社台大門市部看見米洛茲（Czeslaw Milosz）小說的寫法，那情調和節奏，覺得有意思起來，可以參照，以那種方式進行。

讀《尼克的故事》、《皮藍德婁小說選》、宗白華《美學散步》、《傷痕文學選》、柳無忌《西洋文學研究》。

米洛茲——《被拯救的舌頭》，寫從小必須學習各種語言，德語，法語，意地緒語等等，很是辛苦。

普魯斯特，喬艾思，用意識流表現了百種的技巧，亦不如何。這種創作觀，在他之前實亦出現過。只有安下與穩定的生活，才能來做讀書筆記。放下寫得令我頭裂的東西，接到消息知道《中外文學》將登稿，有錢可度此月。

一九八二年八月八日

晚間坐在夏典，看書，看「美娜」的那張強烈的臉。

原先想去看〈神劍〉，余天樂來，便到他那兒去看錄影帶。他弟弟播了《艾曼紐》（Emmanuelle）——寫一名二十五歲的女子引誘十六歲小主人的故事。唯美的地方處理的甚好，但是故事太過勉強，情節太戲劇化。最後的幾段談了比較有思想的內容，可以賦予更多的意義。

《影武者》，黑澤明的，——看了前頭的十分鐘，就令人昏昏欲睡。故事平庸，步調沉緩，但影像之美，情調的荒涼、枯髒非常吸引人，可能便是黑澤明內心世界的誇張、渾濁的呈現，不過中譯文實在差得不忍卒讀，是盜版的草率之作吧。

再看了一部《伴遊女郎》R級的美國片。——這樣的片子竟然也有個溫情覺醒的尾巴。由此可透視美國中下級文化的剖面。並不否認色情的鏡頭，讓我感到舒適與發洩的；感官上的享受。

又一部描述重機車黨到處飆馳的片子，——引擎不住的嗡嗡怒吼，除了炫耀某些奇裝異服、車輛，橫生的肌肉之外，還有什麼？

半夜兩點三十分才返住處。天樂的弟弟用摩托車載我，經過辛亥隧道。——路旁的山丘那兒處處墳墓，他指著一處如同軍營的房子說，他兄弟曾住那兒，月租三百。

我大概不適合做道德的執行者，為了抵抗它變得蒼白潦倒，乾枯，近乎死亡的僵硬。對於邪惡卻那麼容易沉入，興奮，神經酣暢……但我又不能忍受爭執，傷害，不能狠下心來侵害什麼。不忍人之心，常常翻湧不已。看見不好的事又不能阻止，往往懊喪得無法「站立」。

一九八二年八月十一日

《台灣時報》登〈李敢住那裡〉。

《中外文學》寄四千八百元，可觀的一筆啊！

一九八二年八月十三日

昨日早上九點花蓮的佩玲打電話來。

陪她們到歷史博物館的明生畫廊看畢費、畢卡索畫展，然後到大世紀電影院看《神劍》。之後回住所，再到國父紀念館看《遊園驚夢》。

《中國時報》「美洲副刊」把〈花島之戀〉寄來。

一九八二年八月十六日

校自己的稿子，時報文化將出版的小說集。

由於稿費多了，便把許多作品擱下，非到心靈泛出、滿溢時才動筆。

二十日內連來三個颱風，島上風雨交加，天氣忽晴忽雨。突然有用文字表達愛情的慾望。

昨夜的《楚留香》劇集，楚留香與蘇蓉蓉長久以來的愛戀，終於走到互相坦示的時候，就在此時，蘇蓉蓉猝不及防的用一柄長劍插入了他的胸背，楚留香口噴鮮血，難以置信的問她為什麼暗算？看到這一幕，感覺那把劍也刺中了我的胸腑，使我無法承受。想起了官官曾給我的重擊，但我並不再愛她，只是那一擊的可怕，至今記憶猶新，這情境使人舊創復發，感到傷口裂開的疼痛。

一九八二年八月二十五日

一、○○發生感情風暴，亦使我痛苦異常。
二、十八日往高雄，在鳳山鄭炯明家討論李喬的《寒夜三部曲》。到場人數頗多，夜晚住在他那兒。
三、十九日獨往南鯤鯓廟，參加第四屆鹽分地帶文藝營。彭瑞金、許台瑛、許振江、洪素麗、楚卿、陌上塵、向陽等，皆為新識。
四、二十日下午往台中，二十一日和顏、駱開車往霧社，車駛到翠峯，再往紅香村去。走了三個多小時崎嶇山路。在高惠民（泰雅族）家的溫泉中浸泡。這一趟旅行有了〈香格里拉戀歌〉的雛形。
五、二十二日由翠峯下山，途中遇見蔡璇夫婦，同往廬山，二十三日返台北。
六、接到時報文化的兩萬塊版稅！
七、告別林玟，她的行為使我頭疼。

四、秋之卷

一九八二年九月四日

啊——好多美好的女人，美好的畫，讓我感到愉悅——我這人呢？黯然的旁觀者。

看報紙某公司徵內勤人員，去應徵，結果是新光人壽。又是人壽保險，只有他們才一直在徵人吧。

買了一架相機，pentax加腳架，閃光燈，共一萬元。

沒有找到教書的工作，以後又是一段空洞的日子。

一九八二年九月五日

煩、疲倦，無法入眠，肛門流血，腦後長膿包。死亡幻想。

一九八二年九月十五日

十一日去大理街《中國時報》，美洲版創刊酒會。

十八日去《聯合報》，第七屆小說獎頒獎。

二十一日，死亡多迷人啊——寫完〈香格里拉戀歌〉，其實十七號左右完成的。

二十五日與李喬和鄭清文到台大醫學院。李喬演講。夜晚住鄭清文家中。

二十七日夜，和富財，周白到麗水街的一家餐廳吃晚餐。老闆娘來替我們服務，她的手是長久時間浸在水中的那樣。她的髮型和衣著很時髦，但我可以感覺到她的年紀；和有意和我們接近的渴望。蒼白的臉，微凸的腹部，為金錢所迫吧？

一九八二年十月七日

在惶惶，虛無中度過二十六歲生日。

和顏步行去竹北吃拜拜，他眾多的姻親，依靠一個神鬼的祭期牽連相會。

當晚在頭前溪大橋上，看到一輪肥大冷穆的月亮。

啊——我的喉嚨發出輕喟的嘆息。

離婚了的「韻子」，帶著兩個小孩，生活困難。於是願意去當某商人的第三個女人，我感到黯然，不是輕視，只是黯然。她渴望談談，不停不休的訴說。她眼眶濕潤，身影薄弱。

一日，為秋風所傷，還是頭痛症，忽然發熱，頭部苦疼，乏力。倒下。

她說：「我一直逃離，厭倦，害怕與人相處，對人完全沒有安全感」。

去看「金馬獎電影展」，在真善美戲院，布列松（Robert Bresson）系列：《慕雪德》、《驢子隆巴達》、《貝斯作品集》、《失聲呼叫》、《墮落天使》。

最近毫無作品！唉！

一九八二年十月八日

六日去木柵繳電費，騎腳踏車走錯了路線，在景美興隆路上不止不歇的繞著，一個多小時，淋濕了身子。在途中認為自己應該咒罵，把憤怒、咒怨，壓抑都發洩出來，太苦了，於是便開始自言自語。然而罵人的舌頭太笨拙，詞彙那麼少，可是仍然使我激動得不能自已，危險極了，淚水往上衝。腳踏車搖搖幌幌，太危險，急駛的車輛太多，於是我又努力的穩定下來，讓不清的神智凝聚……

昨夜的夢：我去釣魚，在公園的池子裡，只要我下鉤就立刻有魚上鉤。釣上來後牠們都不掙扎，死氣沉沉的。那些魚很是虛假，有的像烤過的，有的鱗片被削成流線型，有的骯髒的像團氣泡。最後有隻墨綠色的魚，在我的手掌中動了動，睜著朦朧的眼珠，看著我。

一九八二年十月九日

八日去看了一部《遙山的呼喚》，日本東映株式會社出品，高倉健、倍賞千惠子主演。不做作的美感與溫情，頗為感動。

一九八二年十月十二日

十日下午兩點在溫州街吳昌杰（醫學院的學生）的宿舍內，有一群學生找我談鄉土文學運動後的創作。四個女的，一個男的，大約都是社會系、醫技系的。二、三年級，觀念很模糊，抓不到主題，說是大學新聞社的成員。都年輕。

十一日下午去青年公園。相當溫暖的感覺，許多人在公園裡，那兒搭了兩座宋朝式的民間劇場，相當具有美感，公園到處放風箏的。彼夜的節目是山歌（客家），布袋戲由李天祿的小宛然演出。布袋戲背景音樂放的是錄音帶，兩個法國人在演出「孫悟空大鬧天宮」。很差勁。劇編得不夠好，演出者也僅皮毛而已。那法國人是蔡○秀的先生，因為她才有機會演出的。——享受一些節慶及人群的溫暖。後騎車去耕莘文教院聽張曉風談「泰戈爾」。門票三十元，遇見神父「陸達誠」。

今夜和富財下台中，去東埔溫泉。

一九八二年十月十六日

啊——總算快樂了起來，哎喲，哈哈哈。

十二日夜八時許和富財，周白三人搭車到台中，富財請了一餐酒飯。住在敬華飯店。次日，到台中車站集合，共有十個人，六個男的、駱、顏、四個女孩，一路陽光普照，車到水里，再往東埔去。在往東埔公路局車上和一位身上飄出久未洗澡的臭味，滿頭油垢的中年山地人，喝一瓶米酒，哎喲多舒服，酒。

下午到達東埔，出發向彩虹瀑布，那兒有冰冷極了的水，我跌落水池中。在那兒烤肉，在暮色中下山，是一段心動的小路……S才二十歲，說話小聲細氣。畏縮，心細密得很。我們內心在玩某種互相追逐，躲避、窺視後，碰觸了一會。

夜晚，飲酒，未盡興，倒是大家去打了一場籃球。二日往雲龍瀑布去，走過「父不顧子斷崖」。來到那兒，幽靜的山色，親近水流，在瀑布激湍之潭中驚起了一隻藍黑色，細頸優美的野鴨。

我喜歡這道水流，它的石床，是堅實的花崗石，美麗且堅實，它的第二層瀑布長而遠，有百公尺那般深，深而不可之及。

下山，顏和S愈近，S以她的安靜和好奇接受他，這亦是好，我向之望去。不禁莞爾。

回台中，原來期望去鹿港找宋澤萊，去了沒見到。又折回到台中，人太多，又回敬華飯店。十五日早晨和駱，S，吃了一頓早餐。

顏開車往鹿港，三人又去了，找到了宋澤萊。顏也為S激動著某種情愫，如我所料。

周白向我說他在二十歲時曾有過一段婚姻，當兵時，女人改嫁別人，懷著他的孩子。他的憂鬱和感情流連在某一層次中，聽來也是很傷感的。面對山野之美，他自顧自的笑。

這是青年人的遊戲，我疲倦又興奮，……在鹿港和台中公園等待駱時的憂鬱，絕望，狂亂而不能自已……

再回來，醒來時，面對她，於是就健康多了。

偶爾S的臉孔出現有若「瓊娟」的影像，表情也像。剎那間，她也暴露出星星點點恣意與嘗試的願意。

人際之間愉快的關係，宛若陽光，曬暖了我內心某一處陰溼，骯髒之壞地。

回台北的中興號途中，S的身影已模糊去了。

滾熱的泉水，除了有些窒悶外，是極舒服的，清除緊張，疲憊的，烘烘然的肉體，愉快的漫步……

要找朋友來喝酒，要找朋友來喝酒——

要找一個人來傾訴、傾訴，真正的傾訴。

一九八二年十月十七日

昨夜所感到優美，平和和快樂是一兩年來未有的安祥和喜悅。

一九八二年十月十八日

我的快樂很快遭到腐蝕。

親眼見到鍾肇政父子與陳永興接掌《台灣文藝》的鬥爭。楊仔對鍾肇政說出很重的話，張豪在旁邊默默。

「四季」出版社退我的小說稿，卻寄丟了，我冒著冷汗找了三間郵局都無下文，忽然這樣的挫折，使我的手腳冰軟，在山上磨出來的銳氣忽然都盡了。簡直無法再走路。時報那本書還在磨菇，等……。

一九八二年十月二十日

高信疆給我相當大的鼓舞，誠然感激他。

四季出版公司幾乎掉了我的小說稿。今天去拿回來，下午就送到陳信元那兒去。若不收第一版稿費的話，他願意在十二月底或元月份出書。

高淑斌明日飛巴黎，我送她五百元。她的姐姐高幼芬從黑暗走出來，像極了她母親。

高信疆對我的才華很確信，要我超越目前文壇所有人。

一隻狗不停的在喊叫，我相信牠的喉嚨一定很痛。牠卻忍不住要狂吠一場，歇斯底里的叫一場發洩、發洩被捆綁的煩悶。

一九八二年十月二十六日

數日內寫完〈親情〉、〈公園內〉、〈無聊男子〉，皆為短篇小說，三、四千字，寄給高信疆。

讀納布可夫（Vladimir NaboKov）《我的瑪莉》。他的所謂內在旋轉寫法，並不特別喜愛，有提出一些概念性的生活的思索。並不夠深刻、激情，不能令人震動。

《夢幻兵士》是安部公房的一本小集子，大體來說是有佳段，而無佳篇。據說他是日本最具得諾貝爾獎資格的作家，我頗不以為然，並不太好，而且受卡夫卡影響太大，許多篇顯得匆促，偏執某一觀念。

一九八二年十月二十七日

鐵柱騎摩托車，兩人去陽明山。

校「台文」稿，替幼獅寫〈青青子衿〉。晚餐煮了塊豬腳，想喝杯酒。去樓下，雜貨店，順便打開《自立晚報》。赫然見到〈無敵蔡先生〉。

唉！本已要求向陽退稿，他來信稱在十一月之後再說，沒想今日登了，感謝。版面畫的很精彩。

一九八二年十月二十八日

不想吃東西的毛病又犯了，一直到下午四點多，才吃了四個肉包子，打電話給時報出版社，版面又沒畫好，難過極了。這一拖又久了。

不了解為甚麼投了如此多的作品，竟然連一封回音都沒有。

騎車去蘇胖子那兒吃麵。台大的學生下課，人群中我見到秋雲，她不知要去那裡；沒看到我。唉！天色陰暗。是不同路的。

一九八二年十月二十九日

去看一部電影《戰火浮生錄》（Les uns et les autres），是充滿人道主義的作品，一九八一年出品，紅十字會支援的傑作。

在西門町豪華電影院旁——有一位女人走到身邊來說。「我是做套房，房間的，要嗎？」。我看著顏容憔悴的她，她低下頭，一會走開了。

恐懼，作家內心最大的陰影。李喬寫信來說到此點。

一九八二年十一月三日

《益世》發表〈花島之戀〉，沒有評。

《台灣文藝》發表〈生活筆記〉。

去溪阿縱走，我們九人在杉林溪小徑路旁露營，此夜有極美的月光，白而亮，整個路面都是白光，空氣清新，氣氛溫暖。四周是沉靜、優美的杉林。

夜晚和素琴、S，駱，去露營區逛逛。那兒燃燒著十幾處營火，許多人圍著圈在歌唱，舞蹈，歡笑聲不斷。

素琴，三十二歲，她和我談男女的一些問題。直至九時許才回營地。夜晚不時有夜遊的人們嬉笑的走過，使我們無法入睡。

次日步向阿里山，——S，我看著她無法說話，為使登山順利忙著處理各項事務，一直沒有注意她，她的模樣令人惶然，偶時停下來思索，才想到我是要通過她來平靜急躁，煩亂的心情的，因此我才來這兒。

但是我感覺做不到，無法，完全不可能，S相當傲慢，我感到無能，無助，枯萎。走到阿里山，在山莊對面搭了帳篷，相當和暖的一夜。

第三日，我們步行去神木，到姊妹潭，因為想在潭邊露營，便去潭邊打水。因為就只兩人，我忍不住向她說：「我真不知道怎麼跟你相處，我沒見過如你這樣的人。」S沒說話。又離我遠遠的——

下午一點回台中，路邊有幾隻迷亂的烏鴉停在小徑上，困惑的跳上跳下，歪著頭想著什麼。

想化成一灘水，向四方流去。

一九八二年十一月四日

無法逃離，自身性格裡永恆的悲劇。

蕭元中來尋我，他唸文化大學影劇系。他說阿忞上課時，眼眶發青，不時把腳勾在椅子上，露出裙裡，座位上的學生們頭低垂下來，不敢正視這樣的女人。

下午和文勝去中正紀念堂，正巧信義路三段幾間民宅著火，冒出大股的濃煙。拍照。池裡有許多肥大斑斕的錦鯉，噢，迷人的姿影，輕柔曼妙的游移。公園裡有三、四位新娘披著白紗，攝影師用著錄影機，昂價的器材，為他們留影。

覺得S該去當一名空中小姐。她很適合。

由於並不想和他出來，太年輕，固執，有時令我無奈，但只得陪他，我可能太心軟了。不願拒絕寂寞的人。陽光使我的眼睛疲憊。漸漸的發怔，而想起她來。一些日本觀光客和金甌商職的女生，在這裡走動。

S靠在車站的柵欄，雙手下垂，像兩尾俊美的魚。她喜歡觀察人，不帶感情的。而我的眼睛卻不時浮現她的面孔。不帶感情的。

她偏過頭，移開眼光，傷害我，收回我注視的手，自顧的走開。用某種平淡的語氣沖開我的想念，以及靠近的渴望。

看著那些在墨綠色池塘游動的魚，我想去買包魚食，塗上農藥，魚群會毫無戒心的會吞下餌。

一九八二年十一月五日

我從冰冷酷寒的山嶽出來，重入有情世界，啊！苦不堪言。

好些了嗎？我想是。下午去時報文化出版公司，遇見高大鵬，鄧獻誌，張守雲。談談。柯元馨後來，她還是那樣美麗折人。

一九八二年十一月六日

好多了，生一場情感的病，再次痊癒。《台灣文藝》的作品大有問題，浮薄。黎龍的作品也如同的標題一樣「擱淺」，是內心的萎弱，創作力的擱淺了吧。

唉！回去當個鄉村教師吧，回去吧！坎坷啊——世路——偏執得令我自覺了。四度在阿里山上，我二十七歲了。還迷戀青春。S是個好女人，可惜我們距離太遠，她並不愛我，喜歡的人太多，浮得很。她可使我健康多啦！安心，情願安於某一位置，不再留戀台北。唉！

一九八二年十一月七日

應該準備一下撤退的事。咳！寫封信給柯元馨。有些事我想，還是要溝通一下。不在意冒犯她，或什麼人了。

張豪昨夜打電話來，他的敏感度和才份很夠，但仍然沒有足夠堅強的創作毅力，忍受痛苦的勇氣；很難從自己的觀點中躍出來。

一九八二年十一月八日

下雨了。下雨了。下雨了。有人死了，出喪，今天是好日子。我剪了一張雙人芭蕾舞的姿影，壓在透明的桌墊下，多美妙啊，兩個人和諧的演出。優美極了。

一九八二年十一月九日

所有的奮鬥有何意義，我為文學所做的努力、準備。都顯得荒謬，可笑。看著櫃子中的書。哈哈哈……

不再寫了，不再……無所知覺的浮流。愈想自救，愈顯出掙扎的可憐姿態。

一九八二年十一月十一日

兩天我已無甚感覺，許多事都變成反射性的，不由自主的笑。像有一日去施老師那兒，她看到狼狽和倉皇的我，竟然笑了。好惱啊，那日就是喝醉了。至今還無法忘卻，因為她從來不笑，有時只不過，呵呵兩聲，那次她真的是覺得我可笑。

父親說：「我看你就是這樣的料！」。父子多年來吵架，就是這樣，互相輕視。我故意平息它，不去深想。他輕視我，覺得我可笑。寫了一年餘，我確實變得更可笑。

為什麼不跟自己說話，唱唱歌也好啊——

幾乎已經忘了她長成什麼樣子，明天卻要再見到她，多危險啊——我這樣的心情。

早晨做了一個夢，夢見我爬上一棵松樹，卻不敢下來，手腳軟冷，一直感會向下墜落。還好，旁邊有一對夫婦幫助我。在我向人求告，哀號的片刻，已經完全沒有了自己。

一九八二年十一月十二日

好和暖的陽光吶——

沒有寫作該有靈滑泉湧的筆力，有好的概念，卻澀滯的無法描出。用字顯得稚拙，重複。

毛〇〇忽然打電話來，「你的〈惡徒〉很多人都看不懂」、「每一段都很熟悉」，他的意思是抄襲；或者模仿而來的。

杜甫說「魑魅喜人過」。人們就是這樣，在某種自尊心被撩撥到時，不願意去承認一個平常並不在意的人，竟然冒出頭來。使他的心中有種被愚弄或輕視的憤怒，但隨即想出一個理由來否定掉這件事的價值，一個理由不夠，再想出第二、第三個理由，綜合一下，原來那傢伙竟然是那麼沒有價值的，沒有什麼大不了。想到這兒便沾沾自喜起來，興奮極了，連忙想和別人溝通一下，當別人也為這傢伙太出風頭而不舒服，不知如何來減低一下這人的威風時，剛好有人來跟他說出第一第二第三個理由，這幾個理由足夠否定這人所有的意義及價值時，他們便高興起來，大聲嚷嚷，高聲談笑，為失落感找到了平衡。

他們的批評不外：這人名利心太重，平常所有的努力就是為了想出名。當然他的努力是很辛苦的啦——為了出名嘛，犧牲也是應該的，他運氣好——很多人比他優秀得多。他這人平時就很差勁，滑稽，沒有什麼內容，粗野的很，你們看到都是好的一面，我就知道他有一次⋯⋯。

一九八二年十一月十四日

早餐，抽一根煙。

醒來，抽空的感覺，好似蟬蛻去了的「殼」，有些重量，但薄、空。那麼，實體到哪裡去了。在丹楓療養院，見到不住顫抖的病人，我知道那是怎麼回事，害怕和心底的不忍使我避開他。今日我顫抖的肢體不禁令我啞然，不知如何是好。

睡得不安穩。老是覺得醒著。

月亮出來了——

我真那麼令人討厭嗎？老是見著陰沉了的臉。

我跟你一樣感到這樣的乏味，但是你為什麼活著？……

多美妙的雙人舞，對於那種狀態我卻無法描述，只在剎那靈會到那種美妙……，之後，之後，遺留下的只是不住仆倒僵硬的肢體，隨後僵硬消失了，剩下不知是什麼的一堆。

早晨起來你做什麼？嗯？——

我喝酒，你做什麼。唉！別這樣對我好嗎？

深夜，我有極想哭泣的慾望，面對牆壁，只是起伏了幾下，沒有半點水份滲出來。

設若我死，我將化成一道道血水，流在你們門前；告訴你們我的苦楚。

一九八二年十一月十八日

痔瘡又犯了。

於是我就不敢喝酒了，為什麼？為什麼，肉體的痛苦啊——折磨人。我不想吃什麼，飢餓和衰弱又逼迫得我不得不去吃食。

昨日開始寫東西，為了振作喝了一杯濃茶，整天都興奮著，疲倦累積到下午、晚上，今日又因睡眠不足而苦惱異常。

在稿紙上鋪展生命，鮮血，骨肉，及……。

早上起來就感到惶然和孤獨，以致寫出的東西很軟弱，緩滯。但這也是跑長路，寫長篇須具備的持續力。但我怕力量不夠，堅毅的勇氣和忍耐力都要加強。

一九八二年十一月十九日

變成「軟弱的人」不是始於這時候，只是這時的惶然特別嚴重。一直思慮或者該打電話去尋找一個愛，焦慮扭曲著我。渴望自救，無法抑阻的愛的盼望。

我這支單人舞蹈跳得倦乏，憂鬱，筋疲力盡，瘁而欲死，在無限黑暗中活動。

遇見未染髮的高媽媽，她高興的說：高淑斌「寫信回來啦！」喜樂之情溢於言表。對這裡的憂鬱感，陌生感，更加嚴重了。

看一部《虎口巡航》（Cruising），一群寂寞的男人俱樂部電影，在慾望和雄壯肉體苦楚的扭動、發洩之餘，其實他們是些可憐和疲倦的人而已。不甚好的一部電影，遠不如我的作品，比較有深刻的意義。在所謂雄壯的肌肉之外，做為人類的脆弱，是值得同情的。

「男人和女人完全是兩個不同世界的人，硬要把他們湊在一起的話……」這是高大鵬向我說的。

一九八二年十一月二十日

長期在沮喪中，黯然中，愈來愈像一團墜落，無法自主的漩渦，晦暗的濁流……

騎半個多小時去仁愛路四段「太極畫廊」，想看麥慶揚的畫，結果已展完。看到一些老畫家的畫。最喜歡的是楊三郎的「桃山之秋」。

桃山在武陵，畫面鮮活，黃、金、紅，筆法純熟，老練。

他把那山脈畫成一座座肥滿飽實的胸脯，定價三十六萬，現在一個包子五塊。米十六塊一斤。

張義雄的畫，怎麼西化的如此，如此厲害。

目前台灣的電影、音樂、美術都一樣，只要模仿的像外國的，就叫做好。這是一個階段吧，不知道能超越嗎？東南亞，中南美洲等等，就只能一直停留在追隨、模仿的地步。

現在所謂的好創作：文學，美術，音樂等等，就是模仿得非常像西方，就算是傑作嗎？愈像水準就愈高嗎？

一九八二年十一月二十一日

文學將是人類進化過程中的尾巴嗎？

有很好的寫作題材，卻弄不出情節，向內在不斷的搜尋過後，發覺裡面是相當虛洞，只有些清淡雲氣而已。

太重要了，忽然有個觀念跑出來，那裡出來的我並不太清楚，但是它解決了這些年來的一個重大的困惑，它的意義在闡說我這人由十六歲開始，生命進行方式的意義。在此之前曾多次想說明卻也解說不清，無法澄清。

它就是所謂的「逆叛」，就是某種超越的渴望，對常人生活的厭棄。正常的人，正常的生活使我感到痛苦，感到拘限，正常的人們一再重蹈生命的陷阱。常民的生活中有太多不知覺的愚昧，傷害人、傷害自己，譬如法律、道德只是表面的。日常的規範中藏著很多殘忍，不道德，口是心非，卑鄙的東西。至於容易腐敗的溫情，往往經不起考驗，不能抵擋惡意的傾壓。

在超越的途程中，因為一直在揀擇最「美」的道路，這條路的終站目標是「神」，我已可望見。有些優美如神的人們，他們的生命進程是如何而至於此的呢？我有渴盼探索和了解的想法。

一九八二年十一月二十二日

自我完全實現的可貴，潛能的全然發揮——至此我相當肯定它的價值。當然這個實現必須是有意義的，創造性的，對整個人類有積極作用的。（這個評價當然在既定的某些客觀上是有標準的。）

一九八二年十一月二十三日

為活下去找到一個藉口，連自己都覺得丟臉。

一九八二年十一月二十九日

二十七日到新竹，下午五時在火車站等S，天色暗得很快，恍惚間她來到。顏開車去接廖小姐，四個人向竹東去。結果本日並非矮人祭。明日才是，返新竹，夜晚住在顏家。S在體育場邊的小吃攤喝酒，急了些，臉孔紅著，眼內浮出血絲。

次日，夜晚並未睡好，似乎精神旺盛。兩人去竹東，一番周折，才到祭場。我們沿途談著，總算對S有個較全貌的了解。到了祭場，上山去找了一塊平地，煮了一些麵，躺在一塊大岩石上睡午覺，但因為蚊子太多無法入眠，S卻睡得很好。到夜晚我疲倦了，她自顧的下場插入擁緊著跳舞的人群……逐漸我失去了她。

回到營地睡到十一點多，S仍未回來，她應該回來，我下山去找她。這時的祭場已充滿狂亂，酒醉的，打架的，暴戾之氣瀰漫，還有倒在路邊喘息的男女。

一直找不到S，擔心極了，一遍又一遍的搜尋她，疲倦、無奈，播報器壞了，臨時搭起的飲食棚中找不到人，回到營地，再下來，再回去，再下來。在跳舞的人群，在一堆堆的柴火前。

二點多，近三點，我經過在階梯上的人群，她發現了我，用手電筒照過來。

回去營地，S倒下便睡了。我不再喜歡她，甚至有些厭惡，仰望在樹林中混濁黑暗的天空，感到被欺騙利用的情境。我去找她只不過是某種道義的責任。S僅是個浮游的女子，這樣的女人我以前見過，我喜歡上她是和這段時間的挫折無助有關，這事的發生我也有錯。

S睡得很自在，凌晨五點左右，雨落下來，我用傘遮著彼此的頭和臉，雨大起來，不止的下。起床時她的頭髮浸在水中，我們在雨中整理睡袋，背包。

下山，我告訴她我的感覺。簡直不想再多看她一眼。

祭典本身是有趣的，但置身於其中的狂亂感，卻不是早已由那先脫出的我樂於重返的。

一九八二年十一月三十日

二十四日《台灣時報》登〈生活筆記〉三則。

S是個難看的人，先前並不知道她難看的一面，我見著了。她的難看使我變成可憐的人。

想到彼時的情境。怔忡……。

後遺症來了，後遺症來了，我又犯上這段感情實驗的後遺症。……噢——

五、冬之卷（二）

一九八二年十二月一日

覺得滑稽，怎麼會這樣呢？

我的道德觀，我的自持，忍讓，緘默，擇善固執，都顯得可笑！

對此身的存在感到沉重憂傷，於是把所有的力量朝向文學發展，有如宗教似的獻身。絕對的追求。

中午十二點四十去東南亞戲院看《郵差總按兩次鈴》（The Postman Always Rings Twice）。並不喜歡，無我小說中追求的沉深，刻骨。

一九八二年十二月二日

有些事好像總不是那麼簡單可以處理。

著筆寫五峯矮人祭的典禮，和環繞這事所具備的諸多外在關係。回憶式的寫法，這不過是兩三天前的事，我忘記了她的面孔，卻在情節中找到許多無法言及的興奮，情愛的激觸而無法自主。不斷的提醒自己，勿要將自己投入危殆的愛戀中。

我在等待另一個戀人出現嗎？喔，我浸在某一種想像的甜蜜汁液裡。

一九八二年十二月三日

快樂，打從心底冒起的興奮。我總是迴避，現在我有了表達出來的渴望；用文字。

我的快樂也許來自S，也許來自下午就可拿到的〈惡徒〉，時報文化出的第一本集子。我想到邱莉在去年大約此時回來，她坐在黑暗中向我說：「不要把艾克兒放在心上，找一個真正愛你的人吧。」聽秀華說此時在美國的她，已經剪短了頭髮，像個平淡無甚味道（麥當勞式的）的美式的女知識份子。暑假時她去了法國一趟，回去唸博士。當我向邱莉說我還相當想念彼時，她神經質的笑起來，「真的嗎？太叫人嫉妒了啊！」

我的躁症又跑了出來，想找顏或駱，大聲宣布，或談談我的愛。煙斗……

S向我談亞瑟・潘的《四個朋友》，不禁啞然。

由於興奮和某種生命光輝的躍動，我變成一個奇特的人。

一九八二年十二月五日

接到我的第一本集子《惡徒》，時報文化出版公司出版，三二〇頁，三十二開。

我簡直昏亂了。四、五年來的努力。打電話給張守雲，下午兩點。她向我說四日下午打電話去，從一早起來就開始等待，將近兩點，忍不住向電話機說起話來，生氣極了，好不容易下定決心打。她們拖太久啦！

「王先生你的書印出來啦！」

簡直是太高興了，在室內手足舞蹈。坐253到莒光路下車，開步走……微溫的陽光，風吹來，……我拿到書啦！忽然變得心虛，不自主的謙卑起來，出時報大門，簡直忘了怎麼坐車，要到那裡去。提著二十本書，眼眶濕潤，咯咯咯的笑出來。

褲中沒有零錢，想打電話給施叔。

二十本書滿重的，我還是努力走到1號公車的站牌，大約兩公里，省下了計程車錢。

昨夜陳健次、鐵柱來我這，李玉麟，還買了瓶竹葉青酒，幾人喝了一杯。

一九八二年十二月八日

我害怕沒有愛，追求愛，一直不被愛，也許得到片刻又因為不敢相信，不敢接受而失去愛。愛的星火在灰燼中重新燃起，它並沒有新的燃料，助長這樣的燃燒。……我在黑暗的房子中走動，喃喃唸著。

我打給她的電話，在S空無一人的房間中無人應睬的嚷叫著。她不在，不在，不在，不在，不在……。

那片刻中她的臉孔是如此使我激動而愛戀。在另一方面則是我這人，可憐可笑。

我是個美麗的人，我要美麗下去……。

我發覺不太能忍受顏對性與愛的想法、做法。

陳〇元不出我的第二本書。是繼夏典、前景、四季而後拒絕的，我要好好的記住他們的輕侮。

昨夜八點四十五分，電話打通了。今早，我寄了一本《台灣文藝》給她。

「S嗎？我是王，我寫信給你好嗎？」「……，好啊。」

一九八二年十二月九日

搭公車出去，為的是走掉心中的煩躁，把那寫的慾望提升出來。

我等待你那麼久了，你出現了嗎？

你出現了嗎？你是誰？你在嗎？

在那裡？你是誰？你是誰？

有位十九歲的青年從二十七層的大樓跳下來。摔死。人們用青白色的膠布遮住他。記者說他和家人打架，因為成績不好。

前兩禮拜一位淡江中文系的學弟，用藥下在酒中，毒死了自己和愛人。

他們都是勇敢的人，勇敢的人。

渴想飲酒，卻只剩下一千五百元。啊——危險了，危險了，可能要透支了。粉刷房子，換大門的四千元使我破產，正式的破產了。

喂！你是誰，喂！你是誰！

一九八二年十二月十日

寫完去矮靈祭的故事，重新反省那段感情。覺得大有問題。希望我能用理智來支配這段病熱。——時間和瑣碎的事沖淡了對她的熾熱，以及那煮沸了般的心胸。

一九八二年十二月十二日

我二十七歲，轉眼二十八了，竟還如此忘我。沉醉於意亂情迷之境不可自拔。忘我之愛。母親打電話來反對我去喜歡在飯店工作的小姐。

一九八二年十二月十三日

不太能定靜下來寫作。於是唸些書，在台大附近的一間二折書店買到一本姜貴的《旋風》。兩日讀完，算是相當用心唸的。一百元。本要去看《求火》（Quest of Fire），錢不夠，還是向店員新華借的。

《求火》並不太好，只是提供了某一種狀況，八萬年前的某一支種族的情況而已。倒是對其中所說「好的笑」感到有意思。「她」的出現，和她「碎亂激動的笑」非常有意思，她是懂得笑的一支較進化的種族，而本片主要的那個種族並不懂得「笑」，是從她那裡學來的。女人第一次笑時，那三名出發去找火的「人」很納悶。不知道怎麼回事。笑……我想起失去笑的那段酷寒的日子。

某日，我騎車經過公館圓環，正是下班時間，這兒的交通情況是嚇人的壅塞，停下車等紅燈，在路邊的一座綠色的電信局豎立的變電器材上，看到寫有「人吃人」的三個黑色大字。（內政部前面，而且不止一處，地下道牆壁，好多處都寫了。）

一九八三年一月三十日補記。

一九八二年十二月十四日

前衛出版社的林文欽把年度小說選的入選同意書寄來。前陣子李喬曾電告我〈狂徒〉入選。這次的主選者是葉石濤。一九八二。我看到他的簽名，有種扭曲著想笑的感覺。

他們要送兩千塊。希望能早些寄來，剩下七百多元。去青島東路的「青輔會」登記，找職業。失業者。在寒冷的冬日搭車去登記……。天氣只有十一度。林文義看著我的集子《惡徒》說：「真的好，真的好……」。但因為他很會做人，大概隨時都準備著幾個不會得罪人的應答。所以很難確定他的「真的」。

一九八二年十二月二十日

雨夜，寒冷，在遙遙的遠處聽到哭泣聲，以為那只是小孩們的哭鬧，隨時會停止，未料竟是死了人。胸口悶塞起來。

昨夜和吳錦發去陳永興那兒，他有一位美麗的妻子，很像S，美些。陳是個有心人，充滿善意。他說將為我找工作。她正為《台灣文藝》的事忙著。彼妻是不能生育的人。吳告訴我。他知道，仍願娶她。吳的書《靜默的河川》出版，蘭亭印行。

後往《聯合報》找沈萌華，吃晚餐。

又到向陽處，在那兒見到林彧，是個溫善的人。收穫頗大，感覺甚好。在彼處見到游喚及後來的蕭蕭。蕭的外表比較像補習班老師，提早告退回來。

鐵柱、顏、駱，打電話來問S的事。她寄了張卡片給我，廉價的，無甚意義，我撕了它。決心已下，不再和她見面。

兩日內完成生活筆記數則，〈人間即事〉寄予吳錦發。

昨午後郵差來，得一千八百八十元，免得我去向富財借款，有了這錢電費、電話費方才繳了。

一九八二年十二月二十四日

讀赫塞《克林索的最後夏日》（Klingsor's Last Summer）。

有一個問題，這篇作品中的Klingsor和華納與柯林中幾個人，作者都在描述他們對愛的追尋，生命的虛無、浪費，以及無意義的思索，只是角色不同而指向卻一，表現了濃厚的宗教企圖，和自我奉獻給最高上帝的渴望。主要角色都懷著同樣的困惑，不斷的追尋、歷練，而至死亡。過程都差不多。如果作者只寫過一兩個這樣的角色，是相當精湛深刻的，但重複太多了，其他的《荒野之狼》、《流浪者之歌》也幾乎莫不若此；這本書他寫於四十幾歲時。

S來台北，沒有打電話來，在她此刻的生命中沒有愛的情操。不住詛咒自己的愚昧。甚至也輕貶起她來，末了，想起赫塞所言的「愛人是多麼美妙的」，忽然就軟下心來，視他的言語為啟示。原諒了她。能愛人，唉！偶時卻因為矛盾的思念和尊嚴委屈的憤怒，而致心靈的激盪而致想嘔吐，嘔吐。

有種自囚的企圖，不出門，啊——陽光的溫暖舒適。自囚者在五坪大的室內，心靈開始激盪、幻想，七情之慾奔動、超越、昇華，手足舞蹈的欣喜。

昨日去戶政事務所辦遺失身分證的事，那女職員竟問「你二十七了嗎？」，看起來太年輕了？故事，人間的興趣也許不必這麼多，而掌握住某一題材，深入的投注文學的一切試驗。也許這值得try。

文字、氣氛之醞釀。這和以前之化萬事化萬物的觀點稍有異。以前那種是躺下如下大地，承擔所有善惡。現在是由一點進入而滋繁出巨大的世界。

和施叔面談所感到的不自在，是在於她的不動，僵直，她說話沒有表情，姿態，語氣平枯。而許多人，如陳永興，我，都對對方的語氣，反應，姿態，表情很在意。

自囚，沒喝酒，沒喧嘩。

「我去台中好嗎？」「看你啊——」「我去台中好嗎？」「我去台中好嗎？」我去了。九點鐘到的，她在櫃台，唇上有著口紅。

一九八二年十二月二十五日

因為失去，失去的張惶失措，一直想找一個替代品。

被撕裂去影子，拼命的想去找回，盲目的闖動。那感情是種重量，重量的習慣性，驟然的失去，就迷惑的、不適意的想去握住什麼，在空白中胡亂的抓動……。

一九八二年十二月二十六日

彷如，在一個即將崩潰的巨大水壩底下走著。

青輔會打電話來，介紹了一個工作，去應徵。地點在一間公寓內。是位馮姓的作家，他正在翻譯一套日文的歷史書籍，需要一位助手。和我面談的是他太太吧，看起來很憔悴。馮姓的作家在房間裡，沒有露面。她太太希望我不抽菸，她先生聞到煙味也會想抽，一抽便沒完沒了。不經意看到下一位應徵者竟然是劉義田，大一法文系的同學，後來轉歷史系。有點自卑感的鄉下青年。聽說他結婚了，可能需要錢養家。我向這位太太說：「這人不錯，我認識這個人不錯。」然後轉身離去。

薪水很低，我還是自己寫作吧。

一九八二年十二月二十七日

有時在愛的情調中，就變得柔軟，易動心。有時就冷淡下來，彷彿生硬得如同岩石般，自厭式的反省。

讀《紀德日記》，內容很多與我相似的東西，這樣好嗎？連筆觸，甚至思維的方式，行為的方式都雷同，這樣好嗎？該反省、思索如何越過。（前景，詹宏志譯一八八九——一九一四）

不能寫東西，需要去和人撞擊、碰觸，在我腦中某一處的靈妙的豐沛的泉水乾涸了。

想去太平山，缺錢，或者《自由談》的那則訪談，或者林文欽那兒來一筆吧！拜託。

自囚的慘烈——。

一九八二年十二月二十八日

我是內心有潔癖的人。

去東海大學（十六日），和S，一片片相思林，濛著細霧，走過去發現並不如遠看那麼美，回頭，發覺原來站的地方，也在水氣中，也有著恍惚的美；而當初站在那裡並沒有美的感覺。

一九八二年十二月二十九日

張豪來信，修理了我一頓。還是有些東西可以參考一下。我的創作主觀意識的telling強，showing太少，這個說法是正確的。

對他和楊仔的失望，感覺已到某程度，不需要再多說什麼。

昨夜去看保羅．紐曼（Paul Newman）演的《Absent of Miracle》，他的暮氣，老年肢體的沉緩，令人氣喪。片中呈現的沒有規律的生活，令人迷惑，不知所以，正是我〈過活小調〉中所要表達的東西。正反合三個角度下的各種解說都可以成立，未必那一個角度即是真理。

停筆一段時日吧！等豐富起來，再下筆吧！

林彧寄了封賀卡來，他是個溫和親切的人。他和吳正東寄來的卡片一樣寫著：「更上一層樓」。

接到《自由談》雜誌寄來二千九百元。多得令人心跳。是寫氣功大師吳三洙的專訪。唉！真抱歉，寫得壞。無意義的寫作。

一九八二年十二月三十日

鐵柱一晚向我說對死亡的妄想，慾望的折騰，不快樂的心情。我阻止了他再說什麼，向他輕言細語的把這個鬱結昇華出來。我們同在艱困中成長，相濡以沫，這是生命中微微的溫度。

去泛台書局，鍾延豪說：「我下輩子不要當人，當豬好了。」，「當人多痛苦啊，當豬多好？」當他的惡都可以解釋成一種虛妄的掙扎、發洩，知道自己的一再令人父母、親友難堪，於是他變成某種美麗的人，這樣的自省，使他成為值得憐憫的嬰孩。

致良知是一種方式，自我修持的過程和方法。有時人們呈現的善、美，是不自知的，而那種顯現，我卻能特別知覺到。

這一年來的回顧：

我的作品因為自我的嚴苛壓榨，呈現出質地不純但力量深厚的東西。自囚的行為使心思更加敏銳，分析能力加強，對文學和音樂的認知進步。

出一本書是最大的收穫，是一個重要符號。

本年發表了大約如下：

一、〈狂徒〉二、〈惡徒〉三、〈妄夜狂車〉四、〈花島之戀〉五、生活筆記（八千字）六、〈李敢住那裡〉七、〈午夜的白酒〉八、〈魔地幻記〉九、〈歡樂人生路〉十、〈狂者的自白〉十一、〈無敵蔡先生〉十二、〈畫展〉，大約十五萬字。

今年收入在九萬元左右。（版稅兩萬）。

零星收入：諸神復活、狂徒、創作的奧秘、訪龍瑛宗、訪吳三洙，共六千九百元。今年收入是不到九萬元的。

未發表者：

一、〈香格里拉戀歌〉二、〈健康公寓〉三、〈模糊的人〉四、〈生活筆記〉（四千字）五、〈無聊男子〉。進行中的長篇小說〈兩鎮演談〉七萬字……。

第五章　模糊的戀人啊

一、憂鬱的耽溺

一九八三年一月四日

今年會是怎麼的年，我充滿了某種程度的信心。

二日在顏家中，來了許多人，明忠，蘇兄，富財，阿鐵。我們和「韻子」玩了一天的牌。一直想讓彼留在我的身邊，彼，唉！彼！忽然我就感到彼的心思了，恍惚的眼神，在精神的戀情中，第一次感到那般的接近。是怎麼啦！在找尋一個替代品，那替代品是久長以來的不可及，盼望的某種情愫，彼的寂寞、哀愁、無奈亦然顯現。

直到夜晚，坐在彼駕駛的摩托車後座離去。她紫紅色的唇，為我的裝扮，在夜色中逐的暗去。那日的風狂大。

在路上看到：

一位蒼老的女人，鼻涕般的白髮，搖幌的垂吊在耳邊，怎麼了呢？她的愛人是誰啊？那些都不重要了是麼？她彷彿滾動、隨風飄搖的埃塵，她不曾被愛過嗎？她愛過誰嗎？她一生都快樂嗎？受過多少折磨、苦楚，現在人們還在意她嗎？

《自立晚報》登〈香格里拉戀歌〉，一萬字。

高大鵬評〈惡徒〉，三千字。《時報書引》。

彭瑞金評〈狂徒〉，二千字。《自立晚報》。

我注意到她搖幌的雙腳，彼注意到我的呼息。

我的頭髮洗得不好，不徹底，水沖的不夠，蓬亂得如同萎亂的雜草。

唉呀，唉呀，往返台北的車站碰見新婚的同學高志浩。

彭的評論仍不夠全面豐實，且對現代社會的文學潮流，或整個文學史的認知不周全。〈狂徒〉內涵的豐富他並未言出，文學性語言太多，指義不清（不夠清朗），他對這樣的作品可能沒有興趣。

高大鵬的評，除了對我的比喻「斷層下古錢幣」之外，在每種層次的言解倒是可觀。

高一月六日來電，言及斷層下的古錢意指〈司機大夢〉中的古錢幣。

一九八三年一月五日

有什麼訝異的事嗎？有什麼新奇的事嗎？唉呀，唉呀，唉呀！

讓我自由，讓我追尋，讓我狂奔！你能抑止快樂嗎？什麼事也沒發生，但是快樂！

一九八三年一月六日

給李喬一封信，我想健康，快樂，也許幽默些的生活。

和黃蘭淦去日新戲院看《電雷奇兵》什麼的，昨日文勝從部隊中心出來，邀我去看《神鵰俠侶》。

唉！片子裡人物的語言乏味，簡陋而滑稽的情節。看著、看著幾乎頭痛起來，看的很辛苦，我就不能平淡些嗎？從俗些嗎？那麼多批判好嗎？從俗才好些吧。

忽然，去寄書給明道校長汪廣平，想去他們學校工作。

地面、天空都潮濕著，想到對S的無法釋然。以我這樣的性格，總是在追尋某種不可能，想跳脫侷限。違拗生命、性格的定然，不依照它的模式因而而痛苦不堪？

沈錦添打電話來問，〈香格里拉戀歌〉的技巧大有問題，零亂，沒有一定的內在秩序，看不出是用何種方式，浪漫、自然，或現代主義的寫法，破壞力很大，使讀者有挫敗感，這和張豪的某些觀點一致。

我的作法。第一，該回頭看看幾乎已經忘記的現代文學潮流及其表現方法。

第二，我有意放棄那些技法，以最直接的激情出發，以全知或未必如此的觀點出發，零亂的隨意表現，以呈現內容為最主要目的。

第三，把標準的各式技巧重頭練習一番。其實〈香〉是個簡單的小說而已，沒想做這麼多研討。基本是存在主義的思想，批判現代文明所予人的扭曲。表現手法又似意識流的，但未必全是。

一九八三年一月八日

設法仍使自己相信愛的存在，易感動的情緒要設法抑制。

讀John cheerer《The Stories of John Cheerer》。

無焦點的事件併串寫法，正是我有些作品的表現方式，如〈麵先生的公寓生活〉、〈首市亂彈〉、〈都市之鼠〉等等。或許如伍迪・艾倫（Woody Allen）的一些電影《安妮霍爾》（Annie Hall）、《我心深處》等。這樣感覺是來自真正的生活感受吧！而非仿襲而來，所謂「直覺的藝術」形式，這和我一直堅持的以真實感受去寫，不借重任何曾有的方式或觀點來寫的做法是對的。說實在John cheerer的瑣碎和枯淡，疲倦的情調並非我所喜，缺乏生命力、激情，沒有英雄，所以與我不同路。他的原創力，藝術力量顯得平淡乏味。許多部分重複，單調，如〈對海有洗禮的力量〉這樣的啟示不止一次出現。《泳者》甚佳，以原始「狗爬泳」（姿勢）去回溯生命旅程，構思很深刻。

讀福婁拜（Gustave Flaubert）《三個故事及十一月》。是張豪所衷心的筆法。繁複、重疊、曲折、文意故造神奇，思想有深邃之處，但似乎過度耽於意象的經營、賣弄，對現代生活缺乏啟示性。再談吧，未讀完。

〈十一月中的瑪麗〉是我正欲動筆寫的肉慾追尋者，它的結尾是昇華之愛的獲得，我的要求可能並非如此。

一九八三年一月九日

我喜歡站在危殆，最易受煎熬鞭打的角度，恐懼的、興奮的立在那兒。

她是屬於春天的女人，浮動，輕碎，繽紛，緩慢升起的慾望，晶瑩的心思，氣息芬芳，無處不散發迷人的氣氛，惱人欲醉。春——夏——秋——冬……而我期盼的一個四季，迴還流轉，完整而深邃不疑的，坦然而堅毅的愛。

因為想和緩兩頰，額頭，眼眶的苦痛，用手掌揉得整個臉變成了張不可輕碰的敏感的皮肉。（剔光毛只剩薄皮的綿羊。）

我的淚在胸口滾沸，卻無法昇過頸部、喉頭，滿至眼眶。使我無法好好的哭泣一場。頸部常感冰冷、硬梗；那是多久以來鍛鍊而成的。曾痛恨少年時代動不動就滿臉淚水，刻意去扼止，鍛鍊來的。如今想想好好哭一場卻無法。要麼把這頸喉剖來看看，問題究竟出在哪裡吧？

一九八三年一月十日

人生是充滿虛偽、罪惡、痛苦的深淵，啊！那些道德者粗糙的，模糊的教訓扼殺多少生命的豐泉、狂熱的慾流，讓豐沛的力量變成乾涸！可恨！

孤獨者無罪，受害者無罪，人人都是嬰兒，原始的魔鬼是什麼啊？領導者的夢囈，神學家妄造的對象，道德恐懼者服從的規律？魔鬼的意義是什麼？

平靜可取嗎？為何一直努力要維持它，情緒的奔放的錯在那裡。永遠反覆呈現的矛盾。人可被逼到最絕望狼狽的境地，人的反抗呢？一絲絲微弱的抗拒呢！

沒有自殺的勇氣，懦弱的人常需要培養面對生活的勇氣，不僅是鍛鍊氣勢。常幻想已得絕症，於是就在最大的痛苦疑雲中振奮起來，反而更有勇氣，智慧，有信心去面對生活。死亡像一座巨大的象徵，使人優越。人群中帶著死亡標籤的人引人注目。

將死的人如神般的光潔。已無勇氣，智慧，美醜、貧富，善惡，歡樂、愁苦，倫理，男女，年齡之分了。

我必須宣布，曾以台灣的作家的水準做為挑戰的對象。而在〈魔地幻記〉完成後。大約我業已肯定自己的成績啦！不必再和他們比較了。現在是另一個出發點！哈哈哈！——向世界文學的諸神出發，擠去！

我要反覆討論死的命題，追索它對人的所有意義。面對死有人極端恐懼，有人卻很嚮往。死常像刑罰般的扼止人們犯罪的衝動。恐懼有時約束力薄弱，那些強亢，衝動的人們啊，不時便要激起昏眩的、死的迷惑——破壞、殺戮的能力是不容易就這樣被阻止的，他們獵殺的本能在瞬息間會騰躍出來，他們血腥的殺戮文明人，使人驚駭。對古早的人們來說他們卻是回復到本能的真實，真我啊！仁慈的世間啊！他們適合做一名戰士，去屠戮敵人，或遭敵人屠戮，血腥是他們的故鄉；適切的安身地點。或者開設一座屠場吧！如羅馬世代的競技場，讓他們去搏戰吧！和巨大的獅子、老虎、巨象、野牛搏戰吧！讓他們相互的砍殺吧！

一九八三年一月十一日

昨日下午去沈鳳群忠孝東路五段的公寓，和他坐在房間內喝保力達B加米酒。用這樣的酒折磨起聒噪煩悶的心情，喝了一瓶左右。邊吃邊看第四台的日本連續劇，這劇探討父子之間的摩擦，青少年虛妄衝動的故事。劇編得相當不錯，細膩入理。

酒的燥熱和茶的刺激，興奮，一夜未曾好睡。

《幼獅文藝》元月號登〈青青子衿〉短短的自剖性文章。

《益世雜誌》也登一篇彼日和林文義去陸羽茶館的「兒童文學座談」。（與我無涉，劉依萍好意登了我的名字）

藏於胸中的火熱，身體外表也有融化，熱裂的跡象，嘴唇破皮，頰上長出分泌汁液的紅瘡。

背包、水壺、登山鞋、心情，什麼都準備好了。但是延期，啊，延期一星期。沈想叫我出去街道，陪他狂亂的走動。使許多寂寞，慾望很多的女人動心。

我也想狂亂的走動，去搜尋那久已不知如何的愛。據說她在中山北路的某一航空公司上班。

疲倦，遲緩，還有身體中藏著的不知名的病毒！

原來一切都那麼乏味、無趣，收音機在說他×的千篇一律的抗日、忠貞、愛國、偉大、崇高的烈士忠勇事跡。

一九八三年一月十二日

運動，身體發熱，酸疼，喘息，跑步，揮拳。流汗。

用殺蟲劑噴在牆角和書桌四周，那毒氣使我的眼角，鼻側疼痛，今早死了六、七小蟑螂。

昇華的生命境界和方式，對人們、讀者可能提供某種程度的滿足，善和美的需要，歸於正道的渴望。

讀朱光潛的《西方美學史》，比較起來《中外文學》所刊載的文學批評和諸多文論家的文字，簡直不忍卒讀，破碎混亂，意義糾纏。大陸的口語式表達，相當清晰明確。

人總希望自己是躲在暗處，別人看不到自己，而能看到別人的一切。能看到所有人的所有祕密，掌握他人的隱密，那可能會是什麼；應該是崩潰吧。

當然你也和我一樣，有時在深夜無法入睡，很多人都睡了，大家都進入另一個世界，你醒著，輾轉反側，反側，孤獨和背棄的感覺湧來。原來夜是那麼長……。

燙傷的額頭在結疤。

突然想起兩位溪邊高中的主任教官，劉〇〇和溫泰坊。對他倆人的心態和做法有些分析描述的慾望。前者是一板一眼循規蹈矩，後者是溫和善良，處處寬容。

今日有許多妙思出現，自囚了一日，因為鐵柱說曾call to her，也許S會打電話來，因此捨不得離開這屋子片刻。我已然有些非理性了，全然忘我了。

連沈鳳群對我的服裝都有批評，可見我的狼狽了。

夜晚喝醉的慾望強兀，但只去雜貨店選了三隻有冰裂紋的淡色酒杯，一隻十五元。我的服裝和猥瑣的面貌，使店主處處防衛著我。

我在積孕和醞釀，創作的風景將會出現。

駱打電話來說：「有人用筆在她們飯店的宿舍牆壁上寫字。」為了不可及的愛，表現某種穢亂、粗暴的愛情慾求。

一九八三年一月十三日

原來男女之愛是野蠻的，有原始性攫奪的本質，它的形式，外衣歷經文明的掩抑，迂迴了些而已。

西門町寶獅戲院五樓的地面，發著隆隆的抖動聲，來源是上上下下的電梯，四樓小吃的爐子，電玩的馬達。

《First Blood》，描寫一位退伍軍人，越戰美國某突擊隊僅存的勇士，回到都市後的不適症，引發一連串的戰爭。很可惜，情節太過簡單化，商業化的考量吧！並沒有把它提升到現實的殘酷面。九名隊員只剩下他，不應該活著回來的，活回來是錯的，那些訓練是讓他死的。得到勳章回來，註定是和原有社會不協調，格格不入的。因為人們的日常價值觀，和在死亡陰影煎熬下的精神狀況是異常的。片中忽略了去討論這個癥結，結尾簡直像看倫理片。

很有意思的揭露。我在高中時代的艱苦練拳，登雪山等等的鍛鍊出來的憂患意識，人的價值究竟何在？應該怎樣對待「別人」？至今仍支配我，更別說唸大學初期的不適應了。（good subjects）

電影院悶熱的五樓，充滿擁擠的人們。看到一個爸爸和擦著紅指甲油的小女兒，在玩著某種慈祥的遊戲，對話十分有趣。小女兒長得很像他的父親。人們是不是會有互相調換性別的幻想，那麼像自己的女兒，是不是會喚醒人的某部分本能，使人陷入迷思之中。

想到Thomas Mann的《威尼斯之死》，這小說便是一種自我的追尋。

一九八三年一月十四日

我只有不斷的說曾經歷的美好故事，以此來阻止創傷的痛苦。我想到舒伯特（Schubert），他在金錢困窘，失戀的陰影下，努力的創作，而創作出來的音樂卻是優美、平靜，甜潤的。某一方面，他必須用這樣的音樂來換錢。

昨夜S打電話來，晚間十二點過後，我向自己說故事，說一個很美的愛情故事，夢中有那位緊緊依偎我的「余」，我們像一對無法分開的鳥兒，走路，吃飯，和人說話，到哪裡都靠在一起。那感覺給我舒適愉快和溫暖。這個夢一直到天亮。

夢中很有意思的一點，那就是見到一位林豐老師，省悟到原來我厭倦任何考試的原因。那時還是個學生，即將面臨一個重要的考試，而這位老師好像想要告訴我們應付這個考試的方法，他說了又說、演示了又演示。我卻聽不出真正應付的考試方法，不禁厭煩起來，而焦慮更加昇起。

我讀書、考試一直不佳的原因，可能和九到十二歲時讀書方法的養成錯誤有關。那段時間看的故事書太多，活動過度，對死板的教科書，一字一字唸背的方式，很不耐煩。不懂抓重點，分析內容，讀了數十遍還是無法抓住考試方向。

一九八三年一月十七日

去太平山和顏，阿鐵。和顏在一起，我就不太能用真我去面對一個團體，我需要在意他的感覺經驗和以後的想法。

一群又一群女子，她們是寂寞的、適婚的，無對象的，身影間顯現的是褪色的青春。

太平山公園保存的森林，原始而猙獰，糾結不清的樹木，這是唯一的收穫。大元山沿途被砍伐得僅剩犬牙般的殘根，這是種粗暴的，死亡式的掠奪，使這一帶原是豐茂林木的山，僅剩下莽莽草澤。四周的景象如：丟棄的林道鋼索，廢棄的枕木，停駛的生鏽的火車頭，讓人很不舒服。駕卡車的司機說「日本人種的樹，同樣的土地、樹，他們種活了，中山裝來了，卻使山林枯竭了，光禿。」唉！是不是他們由於戰亂，世局動盪，暫留者的心態，因此肆意掠奪，使這片山林哀傷的匍倒，現在該怎麼做呢？如何回復它呢？

《台灣文藝》一八〇期登〈模糊的人〉。新八〇期。

那些女人使我們有意逃開。我在她們口中，印象中也變形成某種怪異的形像。

對山林資源我懂得不多，這些樹木是否已無價值，為什麼要從國外進口原木，是不是另有一套計畫，將要種植更昂價的樹木，還是由南洋進口原木更廉價。

那時正雷厲風行的執行反攻大陸的政策，一切為作戰做準備。說不定砍樹賣出的人，被認為是或者自己也認為是效忠者，為的是增加國家收入的。

那群女人，三人，四人，兩人為一群組，適婚年齡，懂得男女遊戲的種種。她們需要結婚，出來尋找男人。結婚真的好嗎？「狄波」那東西，據說打了針就會使她們經期停止，鬍子長出，不會隨便懷孕，是給落後地區婦女用的。衛生署有意推廣這東西，讓女人不要無謂的懷孕生子。「性與婚姻」並非適合每一個人，它造成的困擾使人們憔悴。

由於十五日早晨未順利的排泄，在登山卡車上腹中脹滿了氣，極不舒服。在車抵翠峯湖時，我走到山中草叢掩蔽處想排泄一番，在那裡我看到許多沾血的衛生棉，縱橫狼藉。第一次見到這種景象時曾使我驚駭，大約十八歲，在溪邊高中露營時。第二次在雪山三六九山莊的木搭的便所裡。她們生理上的限制令人同情。

這一群女人，由於我們的有意避開，以及不甚有意的嘲弄的話，讓她們不滿。也不能怨我們的，她們給男人的壓力很大，總想迴避。當然那少女式的活潑，做作的嬌態也不適合我的年齡。

陽光晒在蒼白的臉上，溫熱，舒適。

對S的感情我處理得不佳，我該更謹慎些。

酗酒，使我的牙肉一碰就出血。

一九八三年一月十九日

明道中學不能用我。寄了一本書給前輩作家田原，也許黎明文化有空缺吧？《聯合報》的王必成連封回信也沒有，欺人太甚。

受傷的右手掌裡某處血管裂開，血液在裡面四處溢泛，一大片的手掌表皮都變成青紫色。

一九八三年一月二十日

每一次的感情，都像一次玩命。我這時從鋼索上失足，僅一隻手拉著那個索。

陳永興和郭楓談幫我找工作的事，（帕米爾書？和《文季》？），他們喜歡我的作品，可能會找我去。

一九八三年一月二十一日

我不該下山的，下山以致遭受慘傷。我回到山上去。嚴肅的，自制的；充滿勇氣的。日記，忽然愛你極了，我發覺真正了解我的是你，呀喲。各方面的牽扯使我創作的靈、力乾燥而乏味，可怕的文字僵滯症，一天寫不到兩千字。我的天啊！

「I am unique」，S真是個蠢東西，昨夜十一點二十分打電話給她。言語乏味，她真的是無知，我若不愛她，她就顯得膚淺，不知所云。

也許你並不了解我，而是我向你說了太多話，喋喋不休。

在吃饅頭時覺得應該向世人發言：人類應該向有限性挑戰，向人性的進展做努力。現在美蘇擁有的武器，其危險性，恍如一群拿著利刃的嬰兒，人性仍是野蠻的，他們互相砍殺，不知利害，而終究導致可怕的毀滅！

一九八三年一月二十四日

去耕莘文教院，《台灣文藝》辦的座談會。去了二十幾人。陳永興、李喬、鄭清文……新識者，苦苓、陳明台，白萩等。搖幌的人群間，彼之妻子恍如五年後的S，如此相似啊。那裡有一個「人」的祕密存在，人其實在同一時間裡，是可能同時以不同年齡、身分、情境、姿態出現的。他們被不同的外在塑造，因此在觀念的執著點不同，被導引的方向不同，也以不同的面貌出現。然而在某處相似的形影卻不時顯現，那是無法磨滅的印記。

夜晚有場演唱會，李安和籌辦的「台灣情歌大家唱」。禮堂全滿。會場聚集了一群人，是些平凡需要慰藉的心靈，很簡單的歌曲和旋律就能感動。我曾鄙視過那些無法自處的心靈，亦無法回去經過重重鍛鍊過的青澀我。我是以另一種人間的心情來看待他們的。不忍人受苦之心吧！

學習哭泣，重新來學怎麼哭。

鄭清文寫作的「冰山理論」，除了是受海明威的影響外，還有很多日本感覺派小說家的影響。我的作品：

（一）如同「冰山理論」和感覺派那樣的寫（二）直截了當的說出來，並設法向更多人發問，不那麼隱晦，不尋求奧妙的表現法（三）不住的擴充這個方式，探索並追求更豐富的表現法。

讀陸達誠致贈的《張志宏神父紀念文集》，深有感懷。這是以刻苦方式入聖的人。為世人無條件的犧牲奉獻，自苦的修行，能感動身邊的人，除了感動，也影響他人行善。確實是某種典範，除了典範之外，還具有什麼意義呢？各種宗教裡都有類似的聖徒，他們算是正常人嗎？

在文教院的櫥窗讀到一本書，那書封面的標題令人印象深刻。是德勒薩修女著的《比死更堅強》。這句話有某些啟示性的打動。死，原先是很絕對的名詞，對我來說具有很深的涵意和內容。

由前述之理論想出一個故事情節。（某甲看到某乙，某甲直覺的認為他不應該是這樣的一個人，他外表也許是正人君子，所行都很善良。而某甲見過像他這樣類型的人，可是卻相當邪惡。某甲因為不相信某乙會是好人，所以用各種方法引誘，逼迫某乙犯罪，做出邪惡的行為。某乙果然如他所料，很快就墮入邪惡的行為之中，這樣之後某甲才感到安心。）

和曾心儀去看了場楚浮的《最後地下鐵》。談了不少話。

昨夜在「綠灣」飲啤酒，送許振江回高雄。林文義、高天生，和他的女友。頗為歡笑。林文義說周應龍以文工會名義歡送古蒙仁出國，有二十四名年輕作家參加。周應龍致詞的官樣文章，頗為滑稽，那是一種得體的官式文化吧，卻是粗野的我們想嘲笑的。高天生的女友、讀法律研究所三年級，原來我們在一九七七年一同參加救國團的「南橫健行隊」。她是隊員之一。她記起我。

吳錦發把我的〈生活筆記〉中的一則改為〈精短小說〉發表。

高信疆離開《中國時報》，應該是有激烈的鬥爭吧。

一九八三年一月二十五日

愛，我的生命中的渾濁被騷動，以致神智不清。我已平靜的忍默使S完全消失。但似乎有渴望去追尋另一個愛。內在無法抑扼的渴求。

買瓶酒，卻只能喝兩杯。

郭楓回電，要我的書，也許替我去找教書的工作。

田原回信，黎明文化出版社在改組，也許可以談談，待遇不好。

寫好〈好朋友〉，三千字。

一九八三年一月二十六日

沮喪重入心懷，苦悶異常。有些不能控制的胡言亂語起來。吾是不能成聖的人。「成聖的人需要有一團體，一處緩衝地，否則無法活下去。」陸達誠神父如是說。孤單的抵抗很危險。

一九八三年一月二十八日

昨夜和周白去六福歌廳看一場夜間Show。一百五十元。有很多想法。

一直想結束寫作。已欠缺想像力和對人生豐富的情感。

獨自飲酒，想念S，非常的想念她。唉！「走上好漢坡時我已筋疲力盡，她坐在草地上，滿臉通紅的瞪視著我，她也極疲勞，她需要我，但是我不在她那兒。」我把這段想像當做完全的愛。痛苦異常。冷酒在我肚中，好一會才蒸發出來，而我的眼睛模糊，醉了。

一九八三年一月三十日

昨夜我招她入夢，醒來時卻痛苦不堪，可怕的惡夢。天明時大雨傾盆，說是冬日極少這樣的情況。新竹那兒還下了冰雹。

一九八三年二月一日

去敦化南路的聯安川菜，喝陳保育的喜酒。騎李玉麟的摩托車，拋錨五、六次，在川流不息的大道上。

唉！一些相識許久的人。

我再見雪琳，唉，仍不知如何解釋那一段情懷。她愈像她的母親，她母親滿頭白髮了。她坐在她愛人的旁邊。我們之間仍有一份無法釋懷的情愫。為她我喝十瓶、二十瓶酒好嗎？在淡水的時間，我又再度拒絕她。天真、真實，熱烈的愛。唉！可恥者我。仍無法解脫啊！嚴重的罪惡感，良知的鞭打。

真難解釋啊，人的感情。她的愛人，帶著金邊眼鏡，四方臉，高大，健壯。她的眼光是高的。那青年帶著某些傲慢，執著。我是她第一個愛，在雪山。那不知如何便發生的親吻。太過於錯亂了，我的感覺，奇異的我如何存活下去，不能簡單些嗎？

她比我又幹練得多了。我變成奇異的神經質、潔癖、高華、深秀。而面對這群平凡的人，卻感到脆弱而無能。

我該在最豐富，最熱烈時，激烈的迸射，化成碎片消逝嗎？我面對著白紙哭泣又哭泣，歌唱再歌唱。

她穿著紫紅色的洋裝，紫紅色。

咳！某一種濃郁情調下的人生之歌。在歲月相摧，相逼的日子裡，在現實擊打的夢魘，哀苦裡，那首溫柔婉轉，熟悉極了的曲調。有兩個女子出現，那是C和M，高中時代的伴侶。

一九八三年二月三日

一下午寫完〈我是歌〉，大約兩個半小時完成初稿六千字左右。昨夜亦快筆完成〈我是愛〉，四千字左右。

過於亢奮，在寫東西的時候，恍如激烈的戰鬥。精神不穩定，頭臉都疼了起來。煙抽得極兇。

一九八三年二月四日

心臟非常不舒服，作嘔，震顫。

我怎麼會在那兒遇見她呢？潮濕、寒冷、漠不相干的小鎮，有咒語的鎮，濕雨，無目的的漫遊，無期待的盼望，不可及的目標，不停不停喪失的愛。我坐在幽暗的車廂，站在溼淋淋的小鎮，沉悶，無可如何，等待著更冗長、煩悶的旅程。在混亂、醜惡、陌生、充滿敵意，錯亂的室內，我獨自忍耐，抵抗、抗拒、等待，……走一樣的步伐，無法逃脫，……在最後的幾秒，一場戲上演，靈妙契合，壯壯烈烈的相遇，劇烈的火花在激撞，熱力流動，溫暖的愛，驟然在穢亂，苦愴的海中升起一朵花，極鮮紅而美的花朵。有歡樂的歌聲和旋律，你和我的青春在高聲齊唱，歡愉、興奮的舞蹈呀……愛，終於解除了惡魔式的咒語……

剩下四十元……。晚上餓了，買了三個麵包，十九元。

接近十一點，我出門，濕又冷的夜晚，手腳冰冷疼痛。無法不想她。雖然清楚她僅是幫助解除咒語的影像，她完全無法了解愛，該如何去愛，她與我的距離是大的。又濕，又雨……雜亂的頭髮……。死亡陰影的盤旋……。

一九八三年二月八日

雨，又濕又冷。

《自立晚報》的六千兩百八十元還未來。透支了。黎明文化公司來信邀見面。十號。《聯合報》田新彬（女）來信，要用〈好朋友〉。今早才把〈我是愛〉寄去。〈我是歌〉寄給明道。

因為寫那篇引發的心臟狂濤迄未恢復，腹上竟長了一顆瘡。

買兩件B.V.D，一六四元。

過年的氣氛濃。

顏根旺打電話來，阿鐵因案坐牢，說是精神異常，暴力事件。

因此產生了〈火與罪〉的構想。

一九八三年二月十日

晨起，八點二十分出門，雨大，想搭計程車，一直招不得。時間快速移走，回家把腳踏車牽出來，冒雨騎到公館圓環，爆胎了。再下車招計程車，到黎明文化公司已是九時十分了。不知會如何，沒人知道。在秘書處坐了一下，再去編譯組見一位女性副主任。工作，工作，工作，……。已經一年零四個月無工作了，轉眼一年半將過去！

一九八三年二月二十一日

冗長的陰雨，過年，看了部徐克的《蜀山劍俠》，甚佳，還有胡金銓導的《天下第一》，想表現傳統庶民的生活的傳奇和趣味，不太成功。

陰雨，冗長的冷漠、桀惡，不豫。昨夜一夜無法入眠，暴躁易怒。

一九八三年三月一日

愈來愈危險，常常陷入恍惚，恍惚中……

若發生不幸，該把這本日記燒掉才好。

一九八三年三月三日

不論我的決定是什麼，都是死路一條，不論去或不去！

一九八三年三月十七日

我的文學試驗，在七十年十月寫作〈狂徒〉後告一段落。試驗性的過程相當冗長，大約寫有五、六十萬字。很可以在其中看出模倣前人，情緒氾濫，片段性的思想，以及無法處理的事件；還有很多消化不佳想法的衝突和矛盾。

寫作〈狂徒〉，其中亦有形式上統一的波折處。此後的創作較具精神的統一，思想的表達較為清晰，凝聚；觀察力也較足夠。對人生與社會的看法有自己的見解。

中國人對抗天災、人禍的方式，是以人本身不住的繁殖來避免種族的滅亡。那方式就像海龜之產卵、青蛙之繁殖等。

丁玲的〈水〉，寫得很聳動與驚駭，成功。

瑪拉末（Bernard Malamud）的《Fixer》前言有敘述到民國三十幾年，因水災死亡了百萬人，是國民政府為抵抗日軍做的破壞，那些淹死的人沒有聲音被聽到。

三月份讀的書：

丁玲、蕭紅、端木蕻良、俞平伯、老舍、錢鍾書、聞一多等人的小說集，「文學史料研究社」出版。

有些作品的政治意識過於強烈，而批評赤共的，相當優秀的作家們亦有這個毛病。俞平伯的文字故作姿態，可厭。

史坦貝克（John Ernst Steinbeck, Jr.）的《前進列車》非常美式的作家作品，較不深刻，比較生活化的寫作。德華出版社。

陳鼓應編《存在之義論》、大宮錄郎《社會心理學》宋明順譯。商務。

阿英，《晚清小說史》。

〈歡樂人生路〉得吳濁流文學獎佳作。大約是四千元吧。正獎施明正〈喝尿者〉，林承謨〈牛〉同列佳作。四月三日領獎。

三月二十五日淡江文學週，文學院邀請參加座談會，在淡水校園的中正紀念堂。六十九年度在學時，曾這樣立下志願要在五年內於其內演講，雖不是個人的演講，也算踏出了一步。一起座談的有顏元叔、司馬中原、朱天文等人。

三月二十日夜與富財到天津街洋子酒店。

俱樂部裡的人物（一）金玲——強恕中學畢業的女子（二）一組老式樂隊（三）琳達——廣東人和山地人混血女子（四）幾位姿色不佳的遠東紡織廠女工（非為錢，為無聊而下海）。

情慾所呈現出的方式，有美有醜，或那種mood。

歡唱不休的日本人。彷彿這兒的一切都如自己的故鄉，只更加了異國女子陪伴的風味。

唱〈北國之春〉的日立冷氣課長，很像日軍的士官長。平頭，硬梆梆的臉，行為誇張，躁動。

而日商即是台北——台灣經濟的心臟，它鼓動、跳耀，鮮血即週流人身——台灣全島。

虛無者之觀照：無欲不動，動即苦，應無動亦無苦。

尼采所謂成熟的人，乃真實的人；非虛偽的人。

一九八三年三月二十二日

絕望，沒有能力「愛」的恐怖，恐怖，恐怖。聽完田維新的英美小說，回台北，忽然非常疲倦，疲倦極了。李喬在夜晚九時打電話來。本來以作品來講你該得吳濁流小說正獎的，但是——形勢比人強。

有意義嗎？有意義嗎？沮喪的殘忍，恐怖，恐怖，恐怖。

一九八三年四月六日

四月二日夜到台中，三日早晨往南投縣竹山鎮，再轉搭柴車往太極峽谷。下山谷大約二個半小時，來到一座潮溼的溪谷。岩石相當粗糙，質地鬆軟，因此河水是混濁的。一行大約二十一名。瀑布距紮營地大約一百公尺。要到瀑布的落地處，沿途溪水湍急，岩石滑膩，長滿苔蘚，去的人沒有不摔倒，撞傷。犬牙交錯的溪谷，有種原始和粗惡的氣味，兩岸深暗濕黏的崖壁上，飛舞著一種小型的鳥。

同行的有敬華飯店蔡○○、楊○○和協和國小的老師們，駱和小桃。我沒有抵達瀑布落下處，因為疲倦和對深綠色，搖幌不已的溪水感到害怕。

四日夜晚開始下雨，次日十時雨更大，瀑布轉成鵝黃色，相當的美，另一處山壁也出現一道道白色瀑布，美，但陰冷潮溼。在下雨前，一陣不知由何地颳來的大風，使得峽壁上的樹木黃葉紛飛，四散落下，甚是壯觀。

夜間在帳篷內，溪水不斷沉重撞激岩石，彷彿一座巨大發著噪音的工廠。爛泥，竹林，陡峭的巖壁，潮溼，就是對太極峽谷的印象；是個侷促而且危殆的地方。我在睡夢中不住的說話，使與我同寢的人感到害怕和憂慮。

三月二十六日開始在頭份國小代課至五月十八日。教五年級的自然課。對所謂的美之於幼小的心靈反應，有了某種程度的知覺。

上課前的起床，仍有些不適應的厭倦感。

三月二十五日夜與司馬中原、朱天文、朱立民教授同在國際會議廳座談。我說的效果不佳，與彼三人之間也講不到什麼話。

四月份《中外文學》刊〈健康公寓〉。稿費九千元。這麼重要的小說竟被拖延了那麼久，姚一葦、白先勇編《現代文學》的心態不行。我一再說等待稿費生活。他們置之不理，如我，畢竟是無足輕重的。

天人合一之負面影響：不征服自然的方式，如：黃河大水，長江氾濫，不曾想去治服它，以人口大量的繁殖來天人合一；來抵抗大自然對人生命的威脅，是可怕的錯謬。

二、再見了戀人

一九八三年五月二十日

四月某日與顏往中雪山，曾即時伸手救助某個幾乎墜崖的高中女生。

四月底完成生活筆記〈神恩〉，大約四千字。

一九八三年五月二十二日

四月完成〈神劍〉、〈愛與罪〉的初稿。共約四萬五千字。

四月十八日《聯合報》登〈好朋友〉，《自立晚報》登〈生活筆記〉，一萬兩千字。十月號《明道文藝》刊〈我是歌〉。一千一百七十元稿費。

代課月餘，薪水一萬兩千元。元旦至今共完成六萬五千字。

一九八三年五月二十七日

我有那麼多豐沛，堅決，貞潔的，優美的愛，為什麼要無意義的浪擲，棄絕。損耗生命！大量的浪費！

方式與角度是模糊的，多種的，充滿角度的，我現在要選擇另一種的方式。

《自立晚報》來一千一百七十元。晚宴韓應斌，李玉麟，花了一千元。

一九八三年五月三十一日

唉！又是一月逝去。有三個小朋友給我來信。鄧淑敏，李淑雲，湯淑燕。

一九八三年六月二日

地獄之代言人。我如同一朵綠色的火，青色的火，在極度黑暗中飄動。成千上萬慘白，陰暗，猥瑣的臉孔躲在角落。他們的渴望由我的口中傾訴、吶喊出來。

看尼采《查拉圖斯特拉如是說》。他的作品並沒有想像中好、完美、深刻。可能是時代的關係，衝突性沒那麼強，也很少人相信上帝了。

〈愛與罪〉的吶喊！久久遶我心不去。

讀馬奎斯（Gabriel GarciaMarquez）〈沒有人寫信給上校〉等短作。他有著海明威的影響，讀之不甚快樂，有些不耐煩，文字過於造作，節省，對影像之經營過度。

一九八三年六月三日

全盤的毀滅對一個沮喪，抑鬱的心理來說是一種想像和期待。

獨自去淡水，淋著雨四處走動。在室內獨自一個人時，猛抬眼間常會看到人影。各式的人影。淡水，……愛，在我心中喃喃不斷的唸著，愛，恍惚是一個特異的咒語，在其中著魔而不可自拔。

淑芳的嘴唇，在片刻變成殷紅色。她是奇異而美的，太過差距的年齡使我感到折磨。

一九八三年六月四日

在維持心靈和肉體的美感上努力不懈。

愛是個魔咒，在我心中如海洋般喃喃不休，不休不止。永遠漲潮、退潮，返來復去。

一九八三年六月七日

寫完寓言A、B、C。共三則，兩千五百字。

一九八三年六月八日

情緒、意志，身體過於健旺，吃得多，運動多，反而無法寫作。

到黎聲電影院看《甘地傳》（Gandhi）。

相當明，細，長的電影。

甘地並非唯一的智者，而是他的方式較適合當時的印度，而為大部分人接受。他的絕食是一種精神折磨的方式，農業社會的革命方式。那時還有的寬容的，聖潔的追求。

反抗永遠比建設容易，印度之獨立相當成功，但殖民者離去後，自己人的建設卻是失敗的。這是他們要的，印度的還給印度。

對抗永遠存在。人不能只向某個人的理想學習，只對一個人的表現滿足。神魔之爭只是人內心之爭。

任何人想完全實踐別人的理想，思想體系，方法，都是不可能的。

世界沒有經典是——完美的。

人需要如蜜蜂之辛勤工作方式才能得到蜜，或者毒。

任何人的思想幾乎都不可能完全一致，沒有不受到各種情況的影響而改變。

人類的心裡、生理狀況，發展的總和，是處於青少年時期。擁有不斷躍動的新生細胞，力量強大，但過於粗魯、野蠻，無法節制，內在充滿矛盾，所謂正（資本主譯）邪（共產主義），兩大集團。對宇宙充滿好奇，企圖心。擁有的力量可以殺死自己幾百次，卻無法控制自己的行為，無法合乎理性，舉止和諧。

人類大腦過於發達，許多地方並未脫離野獸的體質。有些智者昇華了，而絕大多數人仍停留在混沌的狀態中。

我們只期望在適當時刻，出現某一種（在許多思想中）方法，能帶引大家走一條較安全、適合的路。

誰人運氣好，堅持下去，能力夠，他便成功了。

人群團體發展出來的路很多，也可能全是錯誤的。

我們必須有一騷動、新生力量的團體不斷促使我們，逼迫我們前進。

競爭是一種進化的方式，逼迫前進，改變思考的方式。

甘地的到海邊取鹽，是種柔軟的反抗方式，充分利用言論工具（報紙、雜誌）渲染。

《甘地傳》在拍攝暴力及流血場面時顯得太平常，無法顯示殘酷性。或也顯示英國之衰老，無力表現軍事力量。在鏡頭上無法充分表現出來，也是導演這方面的能力問題。

你豈不知我已到了害怕「感動」的年齡。感動使我感到不安，和無法負擔。

「無尊嚴的工作不算是工作。」甘地說。

買了捲福茂的 CrO_2 帶，內容是柴可夫斯基的〈悲愴〉。這個來自大寒原的曲子，厚重、悲傷，巨大。他使韋瓦第（Vivaldi）的〈四季〉變得商業化、變得膚淺。

一九八三年六月十日

五月某日，我在國小辦公室和某老師的小女兒談話，她八到九歲。我替她畫像，用鉛筆畫一個很真實的她的形像，她卻覺得很不愉快。因為畫中的她沒有漂亮的頭髮，睫毛沒有畫得長長彎曲的，眼睛不夠大，嘴卻大了些，衣服太普通，只是學校制服而已。這真實的外貌，她不太願意接受。

一九八三年六月十一日

相信有一個咒語在圍繞我，那是一個恐怖的，原罪的，背負極重的咒語，緊緊將我纏住，永不得出去，思及或碰撞那咒語的圈圍就皮爛心焦，痛苦不堪。那咒語喃喃不休，由幾名穿黃色袈裟的和尚，在一片光影模糊中向我唸訴。

「致良知」實行之日，即是其悲劇開始之日。

一個早晨我都像恍惚迷離的紙張，空空洞洞的在風中浮動。

去YMCA的五樓。這樓的地板常會因馬路車輛駛過而震動，房屋的建材是太減省之故的吧。（耕莘文教院邊）。

「哭教」。——懺悔，我的淚水沖掉了眼珠，然後從身體內湧出如泉般的淚水，淹滿了屋內，我浮在水中。

一九八三年六月十六日

原先相當清醒，愉快的情緒，接到李喬討論〈愛與罪〉的信。因為思索進入那種情況，使自己陷入極端的消沉。李喬或者並不太能了解作品的背景，環境，或者是我表達有問題。

一九八三年六月十八日

花了極多的時間和生命力去尋找真正適合我的生活，我的原始，找到它。但並沒有如湧泉般的喜樂奔湧出來。是我不相信那種情感了嗎？還是要勉強自己快樂，或者很自然的停在空無，虛洞的裡面。

鐵柱帶著他的朱小姐來此處小坐。

《世界日報》轉載〈好朋友〉。五月二十六日。

一九八三年六月十九日

下雨了，窗外的芭蕉葉上滴著雨珠，樹枝上結滿了小顆，小顆深綠的菓子。奇特而不愉快的夢境，我愈來愈軟弱，愈無安全感。體重六十五公斤。我看到許多男人、女人在往下墜落，在黑暗的世界，無盡深洞墜落。

再到頭份國小代課，社會，四年級的。

一九八三年六月二十日

朋友，彷彿即將發生重大的事情。所以，竭盡能力的把我的歷程，一切苦難，經歷，告訴你聽。愛的奉獻，犧牲，和它的可怕。

一九八三年六月二十一日

下午一時三十分後無課，用心的讀了《白痴》五章。遠景版，對杜斯托也夫斯基的寫作法，逐步了然。他的筆記是很重要的東西，先作筆記，組織好內容，才能使結構緊湊，情節繁富。

人道主義之昇華，洞燭之後又如何呢，人是怠惰的，不時需要提示，警告。

第一章，在火車的行駛間介紹主人翁，以及數名重要的人物……。

第四章，麥什金之向葉伴琴將軍子女，說故事，內容相當感人。但……

放課後感到心靈陰鬱。……再一會，洗澡中，想到一則寓言故事。這寓言是以死刑做為招攬生意的賣點，公開處決犯人的行為，是非常多人想要觀看的，像看棒球賽，籃球賽那般，可以吸引廣大人群，創造大量財富。想到這裡，忍不住的笑了起來。

一九八三年六月二十四日

「我是你們的父，我是你們的愛……」

那些優美的孩子們，有時他們的單純使我感動得幾乎落淚，情感滿溢在喉嚨和眼眶。

然而多麼不可靠，不可信，他們成長後，好似坐在這間教員辦公室裡大部分懨懶的人們，心中並無善意。

今日有些情緒不穩，過度的敏感，沮喪的感覺使我不住的呻吟。

一九八三年六月二十七日

人類是極端不可愛的動物，像一大堆黴菌般的。所以我贊成核子戰爭，以及大量的屠殺。

六月二十六日，去龍鳳里參加蘇得利的訂婚禮。

反省此刻的我，就像把手伸進嘴裡，把自己整個反過面來，仔細的端詳；像翻一隻皮手套般的。

一九八三年七月九日

相當多的贅肉，體重六十七公斤。

回台北兩日，渾渾幻幻，不太想做什麼，噢，燥熱，沒有悲傷，沒有快樂，沒有企圖心。卻滿腹中有愛和慾的渴望。愛更多些。

好熱啊……溫熱的風……。

從頭份小鎮裝著一袋逐漸庸鄙的心意回來。

七月二日，去光復中學試教，面試。沒有錄取。

七月六日，黃蘭淦結婚。

沙塵好多呀！有找一個伴侶的渴望。

一九八三年七月十日

昨夜鄭憲哲和他的夫人，還有朴宰雨，唐復光來家內。晚，又往台大吃海鮮。聊一些事。

下午景美圖書館期刊室，一位退伍軍人在裡面大吵大鬧。一位小姐用相當的技巧處理他。這男人留著短髮，四川口音，左腿有些傷，坐在角落不看書，任性的抽煙。那小姐處理的技巧，對我有些啟示。原來對人性醜惡面會有很強的敵意，忍不住會想攻擊，強烈的批判，這位館員的方式，教導了另一種層面的處理態度。

鄭回韓國。他對我的小說有相當高的評價。

下午和唐復光及兩位妹妹，去看一部〇〇七的電影，《八爪女》。

我不願再忍受孤獨，啊——多痛苦的啊，我要碰觸真正的心靈。

伊和愛人來了。出現了，伊的愛人使我自慚形穢，他優秀而俊美。

一九八三年七月十一日

你常常看到這樣的我，在人群中擦身而過。

你常常會看到這樣的我，在各種場合出現，並不重要的那樣的我，好像是一個標誌，代表一個符號。

與人群恍惚脫去聯繫，那些我曾教導過的孩子們。孩子們，彷彿一陣風沙。吹光了，不再有何關聯。一切都不可靠。我把門窗關上，也不感覺熱。靜靜的躺著。

我來這裡幹什麼？我要去哪裡？

一九八三年七月十日

下午三時在中山北路一段的「亞都」，吃了一個「荷定食」，整日僅有的一餐。

不疲倦，只是行動緩慢，明日也許可以吃得更少。

一九八三年七月十二日

《台灣時報》登高天生評〈舊土地要住新生民──論王幼華的小說〉。

昨夜往中華體育館看「中日」威廉瓊斯杯賽。中華隊大勝，觀眾仇日情緒打垮日本隊。

一九八三年七月十三日

準備入黨，去景美民眾服務社領取表格。

去汀州街，《自由談》雜誌社。領四千四百元稿費。

下雨了。乾旱許久。

打電話給荷枝，約她吃飯。她說之前便認得我。她在古亭國中會計室上班。我對她未有半點印象。也許許久前曾見過吧，在頭份小鎮。

〈愛與罪〉李喬不用。傷腦筋了。

這位荷枝不知如何，「相親」，這種方式，使我正式些了；然而並不合適。我可能註定是奇特而坎坷的，想抗拒。

我應該放棄無以名狀的模糊，和懶散，下決心來寫那個長篇！

一九八三年七月十四日

一早起來就感到厭倦，倦乏。神經緊張，沮喪。

《自由談》七月號登〈無聊男子〉、〈公園內〉、〈父女〉等一萬一千一百字。

一九八三年七月十五日

去陽明山吳正東姐姐的別墅，在游泳池裡游泳，還有唐復光，某一位牙醫陳小姐，胡月棠及她的妹妹。

游泳，在超過頭部的深處，我仍無法忘懷十二歲時，在中港溪水潭的一次滅頂經驗，很長的時間甚至不敢碰水。

擁有別墅的人，那種輕淡的成就感，讓人想仿效，草地修剪得好齊整。

「呵啊——應該努力啊。」

神只是某一種類型的人吧。

寫完〈救星島〉。

《世界日報》來稿費一千六。

一九八三年七月二十二日

《自立晚報》連載〈生活筆記寓言A、B、C、D〉。再讀覺不佳。（季季卻說好）。

一九八三年七月二十五日

二十四夜參加韓應斌父親八秩壽宴，在長沙街國軍英雄館，我們那張桌皆是汶上縣的長老。若非他們的語言腔調，和現在常見的台灣人並無二致。

老是覺得枕頭太矮，一夜墊高了起來，卻連夜做了兩個恐惡不堪的夢。

一個搶犯，原來的面孔像一尾紅色的魚，當被抓到判了死刑後，臉孔在數日間的折磨，心靈巨大的掙扎，突然變了。好似魚被鉤子勾住，釣離水面；裂嘴爆鰓，猙獰異常。

看布袋戲（黃俊雄的），忽然發覺孫悟空此生最大的悲劇是他師父唐三藏的迂腐、愚昧，假正直，軟弱，無能，聖人腔調，常溺於危境……但是他有制伏孫行者的法力。

月光，穿過雲層，閃過五樓的公寓，穿過灰色紗窗，直接照到我的枕頭，我的臉上，極皎潔，美麗……。使人有一種極欲忘情的躍動，奔放的訴說，昏眩的追逐的心情……。

喝過多的水，身體滲出水液，彷彿一隻滑膩的蟲。

一九八三年七月二十七日

我確信中國人或台灣的人，還沒有在文化上，思想上找到他們大多數可以依循的準則。儒家文化充滿矛盾，在這世代更顯得停滯，讓人無法進入，無可遵循。我們是一個還未尋找到自己的，未見到自己目面的民族。台灣這一世代種族更混雜，新的生民誕生了，需要不同的思想和力量，請容許我朝這個方向努力去做吧！

一九八三年七月二十八日

與周白去中信，聽他談最近和一個女人發生的事。她有了孩子。他聲言要結婚，她並不愛他，不願意。兩人便不再來往。

身體之實驗，慾望之嘗試，也許並不是什麼罪惡。

一九八三年八月一日

謄寫《兩鎮演談》，已完成四萬多字定稿。

飢餓令我沮喪、虛無，——不可再如此。

因為抗拒別人隨慾而行的移動心志，而想起東埔瀑布之堅實的花崗岩，那是巨大，強硬，華美之石。

一九八三年八月二日

早上去新店明德新村，一座公寓的四樓，去教一班十二人的小朋友作文。

下午去「國民大會光復廳」，青年寫作協會三十週年。聽尼洛的致詞，還是那麼「得體」，沒有智慧與力量的言論。

來的人有周應龍，陳奇祿，潘振球，宋時選，姚朋，高明……。

委實無法再忍耐，三點離開。

相當痛苦的精神緊張和頭痛。

中國——台灣的文學很大部分在這些人的手裡。唉！

一九八三年八月四日

父親再替我向他的同學潘〇〇，提出要求相親的盼望。潘伯父和我無法拒絕，她是高雄某國中的英文教師。她的母親頗嫌棄，因為我沒有工作。

夜裡，我遭到她拒絕的情況，那一種刺痛喚醒我，早晨七時，啊——一早起就無邊無際的沮喪。

再去新店明德新村。

心力疲瘁，有靈思卻無寫作的持續力。

啊，讓我的咒語來拯救那沉降，沮喪的心靈，讓我完成這部長篇吧！我有相當的信心，它可能是部傑作；一部重要的作品。

一九八三年八月五日

當我出生，以為便擁有一個允諾，不知誰向我許下的允諾；那就是這人間的美麗，幸福，龐大，快樂，財富，都應該是我的，都會屬於我的，都會來的。我是被允諾而出生；而成長的。

我寫《兩鎮演談》中的一節。范希淹和羅明達之間愛的影響。愛使那骯髒的孩子，敵意的孩子改變。我簡直不清楚自己怎麼寫出那麼酣然，真切又柔和的故事。——我自己也不相信，或者被那種情況感動得無法言狀。

把〈愛與罪〉送去台大外文系。

一日內情緒不佳，潦草寫了幾字。疲怠感甚為嚴重。置死地，絕望地，濁穢地，為的是寫作，為的是進行心靈的實驗，當有反彈和回復的力量才是。

一九八三年八月七日

人是永恆的，ＤＮＡ，蛋白質的生物，是以兩性交配繁殖來傳承的。偉大者，貢獻者彼此站在彼此的肩上一直承續下去，不休不止的，他們的巨大與永恆，比任何植物，無生命的物質更有意義，更進化。更……

這是回答陸達誠神父，死亡之迷惑。

一九八三年八月八日

對許多人來說，大腦對他是太沉重了；太豐富而不可負擔了。

一九八三年八月十七日

你可曾聽到，你可曾聽到那種潔淨、優雅，昂然，平靜的聲音。你來自那裡？你曾怎樣愛過，你的心胸中藏著是何種的山水，樹林。你曾怎樣面對人世，你曾追求過那些真，善，美，或？追尋那些可曾使你美麗過？

頹廢的酒廊，充滿污濁、亮麗、炫耀的顏色。一個走路都禁不住要跳動的女子，多麼年輕而愚笨呢！酒，喝著。酒，再來一瓶。酒，再來一瓶。

酒使我的臉孔出現一種灰黯的顏色。

我閱讀平心靜氣的、精緻的、領悟式的優美散美，覺得心清意淨。我返回生命曾經過的歷程……多麼艱辛、可貴，我何時墜落於妥協和浮泛之中，隨碌碌眾生無意義的流淌。

我要回到絕對的世界裡去，去追求更高的智慧境界。是的——我要回到絕對裡去。

一九八三年八月二十六日

所有的美，常常只在一剎那。

所有的愛都不可能長在。

所有的愛都有虛假的一面。

去看李察・吉爾的電影《Breathless》。

去台大學生中心聽林毓生演講「什麼是多元化社會」。

在人的表情中幻想，人的動作中幻想。even在聽演講的時候，見她快樂的纏繞我。在他人的言語中幻想，若是她在，她對這些話會有什麼意見。

我沮喪的騎車回來，幻想她已經在房間內，在昏黃的燈光下等我。

厭倦來自生命中的各種慾望的無法滿足。

我想向人說她，路人也好，說她，我誇張的、激情的說，但說的可能是我幻想中的愛人，不是她。

我沒有向任何人說，她，是我心中的奇異的火焰，直到我崩潰為止，她才能逃出。（我多麼傲慢，自私，極欣喜的禁錮著她。）

一九八三年八月二十七日

像千萬隻渴望撫摸的手指。

芒草在溪的兩岸，像千萬隻手指在那兒招喚，輕柔的輪番撓動。

一九八三年八月三十日

希望在我完成《兩鎮演談》之前，勿崩潰，勿被絕望佔領，勿沮喪，勿喪失勇氣。

一九八三年九月十二日

回頭份，到南庄國中教國文，代課。九月一日接到電話的。九月三日到差，臨時找不到老師之故。當然那山景之美令我難以忘懷，甚至入夢來。一星期二十堂課。三班國文，一班公民。

初秋，中港溪沿溪長出繁盛的芒草，白茫茫的，白茫茫的。

中午在學校午餐，單身宿舍有兩桌伙食。

一九八三年九月二十二日

我已得生命中的真善美，所欠的只是——死耳，一死而已。呀！天啊，天啊。我在往南庄的車上，唸著咒語，心中的咒語，因為心湖中起著雜亂的音波。

一九八三年九月二十五日

我的學生啊，我向一切世俗流傳的結論爭抗，忘記身體上的苦楚，疲倦。不相信那些定論，用我的思考和訓練教導他們。

驅車到南庄。每日清早。

我並未發現愛的需要，卻感動於學生的困苦。他們的窮困、卑微呈現了人生的不愉快。他們的苦難令人焦躁、不安。

風在稻田中吹襲，好似波浪，伏起的稻浪映出風的力量，姿態。

那音波混亂的穿來射去，使我昏眩欲嘔，只好找尋出一句詞句來，不斷反覆的唸誦……制壓心靈中的亂流和恐懼，還好，一時間還能鎮壓住。可是到下午，它失去了效用，死亡的沮喪完全的佔領了我。

一九八三年九月三十日

了解到了另外一種寫作法——以一年的時間，有計畫的收集資料，之後將資料內容組織起來，鉅細靡遺的寫一個長篇。

一九八三年十月二日

想必明天仍是，一樣的起來，吃飯，工作，睡覺，沒有什麼驚奇，日出，日落，晴朗，多雲，或是下些雨。你——親愛的，並不知道我。

你——不再能見面。但是人們紛紛向我說應該找到一個愛。不，他們是說一個適合的女人，成家。愛並不存在，或是並不重要。可以不要愛，不要寫作，不要所有一切的極端，不要理想，夢想；也可以不要這身厭惡的身體。但相信那時候的我可以說是不存在了。——是魂消魄散了。

你——親愛的，明天你起來刷牙，睡覺不用枕頭，你洗臉，坐車上班，去冷凍廠當助理，思念你的愛人。這一天很平凡的過去。甚至不曾想起過任何一絲念頭有關於我的。

明天啊——我在一個平靜的日子中游泳。明天指的是今天的重複，重複，再重複。

我已經疲倦了，必須去睡覺，而且一定睡得很快，否則我明天就無法教好書。已經疲倦了，雖然想掙扎一下，使自己清醒一會，但是愛人，啊——愛人——我發覺只有一個人活著多麼好，思念一個痛苦的愛多幸福。我的臉多難看，但人們卻說氣色好多了。在擱筆前，容許我再三呼喚，低聲的，稱你為愛人吧！愛人——雖然你並不知道。

SHOW小說11　PG1776

浮塵戀影：
獻給年輕世代的執拗低語

作　　者 / 王幼華
責任編輯 / 洪仕翰
圖文排版 / 周政緯
封面設計 / 葉力安

發 行 人 / 宋政坤
法律顧問 / 毛國樑　律師
出版發行 / 秀威資訊科技股份有限公司
114台北市內湖區瑞光路76巷65號1樓
電話：+886-2-2796-3638　傳真：+886-2-2796-1377
http://www.showwe.com.tw
劃撥帳號 / 19563868　戶名：秀威資訊科技股份有限公司
讀者服務信箱：service@showwe.com.tw
展售門市 / 國家書店（松江門市）
104台北市中山區松江路209號1樓
電話：+886-2-2518-0207　傳真：+886-2-2518-0778
網路訂購 / 秀威網路書店：http://www.bodbooks.com.tw
國家網路書店：http://www.govbooks.com.tw

2017年4月　BOD一版
定價：360元

國家圖書館出版品預行編目

浮塵戀影：獻給年輕世代的執拗低語 / 王幼華
著. -- 一版. -- 臺北市：秀威資訊科技,
2017.04
面； 公分. -- (PG1776)(SHOW
小說)
BOD版
ISBN 978-986-326-413-2(平裝)

848.6 106002733

讀者回函卡

感謝您購買本書，為提升服務品質，請填妥以下資料，將讀者回函卡直接寄回或傳真本公司，收到您的寶貴意見後，我們會收藏記錄及檢討，謝謝！
如您需要了解本公司最新出版書目、購書優惠或企劃活動，歡迎您上網查詢或下載相關資料：http:// www.showwe.com.tw

您購買的書名：________________________

出生日期：________年________月________日

學歷：□高中（含）以下　□大專　□研究所（含）以上

職業：□製造業　□金融業　□資訊業　□軍警　□傳播業　□自由業
　　　□服務業　□公務員　□教職　□學生　□家管　□其它____

購書地點：□網路書店　□實體書店　□書展　□郵購　□贈閱　□其他

您從何得知本書的消息？
□網路書店　□實體書店　□網路搜尋　□電子報　□書訊　□雜誌
□傳播媒體　□親友推薦　□網站推薦　□部落格　□其他________

您對本書的評價：（請填代號　1.非常滿意　2.滿意　3.尚可　4.再改進）
封面設計____　版面編排____　內容____　文／譯筆____　價格____

讀完書後您覺得：
□很有收穫　□有收穫　□收穫不多　□沒收穫

對我們的建議：________________________

____

____

____

請貼
郵票

11466
台北市内湖區瑞光路 76 巷 65 號 1 樓
秀威資訊科技股份有限公司 收
BOD 數位出版事業部

……………………………………………………………………………………

（請沿線對折寄回，謝謝！）

姓　　名：________________　年齡：________　性別：□女　□男

郵遞區號：□□□□□

地　　址：____

聯絡電話：(日) ________________ (夜) ________________

E-mail：____

忽成歐洲過客

趙淑俠 著／定價270元

《忽成歐洲過客》是趙淑俠來美以後的散文結集。憶人記事、閱世論文、天涯旅蹤、心靈細語……，從中可以讀出人生、讀出情愫、讀出哲理，讀出時與空、讀出愛與美。趙淑俠的散文引領你走向外面的世界，讀完一篇文章，就像打開一扇門，眼前是一片理性、樂觀、有著愛和希望的天地。

紫檀與象牙——當代文人風範

師範 著／定價200元

傳記文學是小說的旁支，但也是最難寫的文體。因為除了文筆以外，作者必需具備豐富的閱歷與認識，在有限的篇幅裡傳達出他們個別獨特的精神。

從這樣的前提出發，這本書由一個歷經六十年文學生涯，經歷創作、編輯、受業與傳道，而且與被寫者之間有師生、同窗、文友、夥伴等密切關係的人來寫，才能充分的凸顯出它客觀、中肯的評價。因此，在師範的苦心經營下，那些不可或缺的描敍中，我們可以通過這本書的平實與簡潔，清晰的看到這麼多文壇前輩們可敬的風範，一定會對後繼者與一般大眾有最多的啟發。

畢璞全集・小說

畢璞 著／定價4100元

《畢璞從事文藝創作一甲子，為臺灣五、六〇年代最重要女作家之一。文筆清新簡潔，寫之有物，不論小說或散文，均感人至深，尤其小說作品從側面反映了作者所經歷的社會變遷，人物特色鮮明生動，故事在平淡中蘊含哲理，影響了當時文藝青年。因此將選出畢璞一生中最好的作品重新編校出版，讓讀者重新回味閱讀帶來的感動。

文學一如人之生命體。作者要設法把自己的生命觀表達、解釋出來。如對天、對人、對社會種種的看法和意見，如此才算成全圓滿。寫作只是在妄圖喜悅，盼得人們之瞭解，以另外的方式渴求溫暖、尊嚴、受人誇讚、肯定自我的途徑。

——王幼華

本書根據作家王幼華年輕時的日記改寫而成，其內容包括兩大部份：其一為日記，紀錄作者離開學校後成為專業作家的心路歷程。其二為小說，作者用自傳體小說的方式，描述服兵役時因適應不良而進入療養院療養的特殊經歷。全書透過日記與小說的方式，勾勒出一位作家對知識的追求、愛情的碰撞、心靈的徬徨與掙扎、創作的挫敗與歡愉等感悟，過程裡充滿了意志的燃燒，精神的試煉和理想的追求。

ISBN 978-986-326-413-2
9789863264132 00360
建議分類　華文創作/小說